O PORTAL

Cris Herman | Bia Schauff

PERKINS

Copyright © Chris Herman & Bia Schauff 2018

O Portal
Cris Herman & Bia Schauff

EDIÇÃO E REVISÃO
Lucia Seixas

CAPA
Carla Hachul

FOTO
Shutterstock

PROJETO GRÁFICO
Pato Vargas

FOTO DAS AUTORAS
Veronica Falcón

APOIO
gráfica santa marta
CRIANDO UM MUNDO DE IMPRESSÕES

Reservados todos os direitos. Nenhuma parte desta obra poderá ser reproduzida por fotocópia, microfilme, processo fotomecânico ou eletrônico sem permissão expressa das autoras.

Dados Internacionais de Catalogação na Publicação (CIP)
(eDOC BRASIL, Belo Horizonte/MG)

Herman, Cris.
H552p   O portal / Cris Herman, Bia Schauff. – 2. ed. – Rio de Janeiro (RJ): Perkins, 2018.

ISBN 978-85-54020-00-2

1. Ficção brasileira. 2. Literatura brasileira – Romance. I. Schauff, Bia. II. Título.

CDD B869.3

Elaborado por Maurício Amormino Júnior – CRB6/2422

O PORTAL

Dedicatória – Cris Herman

Mãe, a você que sempre apoiou todas as minhas ideias, projetos e me ajudou a ser quem sou. Pai e Neca, minha dupla de motivadores que me ensinaram a correr atrás dos meus sonhos, onde vocês estiverem, espero que possam ver mais esse sonho se realizar. Bia Schauff, sem palavras para agradecer a sua magia com as palavras e o novo mundo ao qual você me apresentou. Ao meu amor, D. Theo, você me inspira de várias formas e sempre será meu fogo e eu, seu estopim. Déborah, minha irmã, obrigada por me ouvir e acreditar na ideia e, acima disso, obrigada por todos esses anos durante os quais, mesmo sendo tão diferentes, encontrávamos a nossa sintonia. Aos meus filhos amados, Math e Maíra, que me dão ânimo, energia e novos desafios a cada dia. À Moni, minha sogra que sempre esteve ao meu lado em todos os momentos. Claro, obrigada às amigas irmãs de alma que ficaram empolgadas desde o início, aos meus amigos queridos com quem posso contar. Obrigada a todos que fizeram parte da minha história até aqui. "Aqueles que passam por nós, não vão sós, não nos deixam sós. Deixam um pouco de si, levam um pouco de nós" (Antoine de Saint-Exupéry). Um agradecimento especial a todos que nos apoiam, nos seguem e nos curtem nas redes sociais. É para vocês que escrevemos este livro com tanto entusiasmo.

Dedicatória – Bia Schauff

Filhos, Cadu e Ceci, que compreenderam, com tanto amor e paciência, as noites e finais de semana que passei debruçada no computador, torcendo pelo sucesso dessa obra, que eles nem sequer podem ler. Cris Herman, por me puxar pela mão – literalmente – para mergulhar direto nessa sua ideia incrível e me devolver a paixão por escrever. Pai, mãe, vocês então, sem palavras para agradecer toda a ajuda e apoio não só com o livro, mas por toda a minha vida. O time de apoio maravilhoso: Brendow, o designer; Falks, o stylist; Veronica, a fotógrafa; e Laura, a palavra final na contracapa desta obra. Obrigada amigas queridas que, empolgadas, ouviram-me contar e recontar as aventuras desse projeto. Somos o que somos graças às nossas experiências, então dedico também este livro a todos os personagens reais que fizeram e fazem parte da minha vida!

Capítulo 1

O medo. O medo de ter feito a escolha errada. Meu príncipe virou um sapo? Agata Stone, após 13 anos com Ben, já não se reconhecia no espelho. Não pelo corpo. Era o mesmo. Nem pelo rosto, apenas desgastado pela idade. Mas a cor do cabelo já não era a mesma. As roupas mudaram. Os gostos não eram mais respeitados.

– O que vocês estão fazendo aqui? Onde está o seu pai? – perguntou Agata para as duas crianças com olhares assustados, em pé diante da porta de casa.

– Mamãe, o papai saiu.

– Saiu? E deixou vocês sozinhos?

– Ele nos deixou no elevador e mandou a gente subir.

"Ele nem me leva mais ao cinema e saiu?"

– Venham, crianças – disse, colocando os meninos para dentro de casa. – Vamos tomar um banho, eu vou contar uma história e vamos dormir.

Oliver e Nicolas eram obedientes e tranquilos para dois meninos de cinco e oito anos.

Ben não voltava. Já era uma e meia da madrugada e nada dele. Agata olhou os filhos dormindo tranquilamente, respirou fundo, fechou a porta e permitiu-se sentir raiva. De novo. Pegou o celular e começou a saga de quase toda semana.

Onde você está, Ben?
Sem resposta.
Ben, estou preocupada. Ligue pra mim.
Depois de 20 minutos:
Ben, por favor.

Das outras vezes ela pegara no sono, com o celular nas mãos e os olhos marejados. Desta vez, porém, Agata decidiu ir tomar um banho. Uma agitação incomum tomou conta dela. Vontade de jogar tudo para o alto, respiração ofegante. Preocupação e ódio por Ben, misturados com uma angústia sem precedentes.

"Por que ele faz isso comigo?", pensou ela, pela milésima vez naquele dia.

Agata se sentiu tão agitada e inquieta que levou as mãos ao peito e foi até o banheiro. Apoiou-se na pia e olhou-se no espelho. Seus olhos estavam borrados por causa das lágrimas de raiva, fazendo escorrer a maquiagem. No reflexo do espelho, Agata viu sua banheira. Fazia tempo que não prestava atenção nela.

"Há quanto tempo não tomo um banho de banheira?", perguntou-se.

Agata gostou da ideia e acalmou-se ao imaginar um banho de espuma. Resolveu preparar a banheira. Abriu a torneira e correu até o armário para procurar sais de banho. Encontrou um kit, presente de um amigo secreto de dois anos antes. Jogou-os na água.

"Será que os sais ainda estão bons?"

Apesar de a banheira não estar cheia ainda, Agata entrou e deitou-se. Apoiando a cabeça em uma toalha, fechou os olhos e respirou fundo, buscando paz.

"Isso vai passar, isso vai passar", repetiu em sua mente.

De repente, Agata sentiu a água descendo rapidamente, com borbulhas em seus pés. Abriu os olhos, assustada, tentando entender o que estava acontecendo. Será que o tampão havia se soltado? Mas a água descia com estranha força pela banheira. Agata se encolheu, tentando se proteger. Teve medo de se levantar e escorregar, parecia estar num mar agitado. Foi então que a água começou a formar um redemoinho, subindo em direção ao teto.

Agata não quis gritar, para não acordar as crianças. Mas estava desesperada. Tentou fechar os olhos para não ver o que estava por vir, mas não tinha coragem.

O redemoinho abriu-se em uma exótica cortina d'água, brilhante e transparente, bem diante de seus olhos. Aquilo a deixou hipnotizada. Sem perceber, em um impulso, ela estendeu a mão para tocar aquela cachoeira mágica. Ao encostar a ponta dos dedos na água corrente, surgiu um clarão.

Agata sentiu-se puxada em um tranco para dentro da cortina. O clarão deu lugar ao escuro total. Tudo em milésimos de segundos, que pareceram uma eternidade. Ficou inconsciente e não viu mais nada.

***

Agata voltou a sentir a água quente passando pelo seu corpo, tranquila e agradável. Sua cabeça continuava apoiada na beira da banheira. Respirou fundo, como se despertasse de um sonho.

"Foi uma alucinação."

Ao abrir os olhos devagar, Agata viu azulejos azuis.

"Estranho, o Ben não gostava dessa cor. Eu escolhi, mas ele não permitiu."

Agata esfregou os olhos. Ainda estava alucinando.

"Será que os sais vencidos me fizeram mal?"

Nunca Ben permitiria algo na casa que não fosse aprovado por ele. Além do mais, aquele definitivamente não era seu banheiro. Agata apertou e abriu os olhos diversas vezes. Porém, tudo continuava diferente. A torneira da banheira era a que ela sempre quisera, mas que Ben reclamara ser cara demais. Num impulso, Agata passou a mão na torneira, sentindo o gelado do aço.

"Isto é real."

Ela saiu da banheira e começou a olhar e sentir com as mãos tudo ao seu redor. Havia gabinetes em madeira maciça com tampo de mármore branco por toda parte. O espaço era enorme. Agata começou a abrir as gavetas e armários daquele banheiro desconhecido. Dentro das gavetas, maquiagens, das melhores marcas, em grande quantidade e meticulosamente organizadas. Nos armários, os melhores cremes de rejuvenescimento.

Tudo aquilo era muito estranho. Ela mal tinha batons! Ben não gostava que ela usasse batons escuros.
– Onde eu estou? – perguntou em voz alta.
Olhou-se no espelho e era ela mesma.
– O que está acontecendo?
Agata puxou uma macia toalha preta felpuda, enrolou-se e abriu a porta, procurando seus filhos.
– Oliver? Nicolas? – chamou em voz alta, sem resposta, antes que pudesse notar onde estava.
Ao olhar em volta, viu-se diante de um closet lotado de roupas incríveis, como aqueles de filmes. Entrou e passou levemente as mãos pelas roupas, impecavelmente penduradas em cabides idênticos. Roupas lindas, cores lindas, das melhores grifes, como as que ela sempre quis ter.
– Estou sonhando.
Ao correr para fora da suíte, em busca de respostas, Agata bateu o pé numa gigantesca cama de casal. Encolheu-se de dor enquanto estranhava tudo. Passada a dor da batida, Agata continuou explorando o lugar, confusa, e foi para a sala. Era maravilhosa! Totalmente rodeada por janelas de vidro do teto ao chão, pelas quais se via o mar. Um mar incrível, uma praia deserta de areia branca. O paraíso diante de seus olhos.
– Não, isso só pode ser um sonho!
De pé, com dor e perdida, Agata olhava para a paisagem da janela. Depois de algum tempo parada, olhou para os lados e continuou explorando o espaço. Sentia um calafrio percorrer toda sua espinha. Como um *déjà vu* que trazia uma porção de sentimentos e sensações. Caminhou até o sofá para se sentar, tamanha era sua angústia com aquela situação. Até que um objeto chamou sua atenção. Em uma das mesas laterais dos brancos e enormes sofás de linho, ela viu um porta-retratos. Sem pestanejar, abaixou-se e agarrou o objeto com violência. Na foto, era ela.
– O quê?
Era ela. Feliz, sorridente, com um vestido lindo. Ao lado de um homem maravilhoso, de semblante igualmente feliz e sereno. Aquele jogador com quem ela tinha suas fantasias nas noites solitárias.

"Diego?"
O barulho de uma porta se fechando interrompeu o pensamento de Agata. Ela se ergueu em um susto e derrubou o porta-retratos, que espatifou-se no chão.
— *Honey*! Está tudo bem? — perguntou Diego Leggero, entrando na sala rapidamente em direção a Agata.
Ela permaneceu muda. Diante de seus olhos estava Diego, com um sorriso encantador. Ele aproximou-se e pegou sua mão, enquanto ela acompanhava seus gestos quase em transe. Diego observou seu dedo, que estava sangrando.
— *Honey*, você machucou o dedo! Te assustei?
Diego deu um beijo na testa de Agata e saiu para buscar um curativo, enquanto falava com ela.
— Onde está a Marie? Bem, eu mesmo pego um curativo.
Ainda sem compreender o que estava acontecendo, Agata começou a se beliscar discretamente. Primeiro devagar, em seguida com força. Mas não acordava. Com olhar apaixonado, Diego limpava o machucado que o vidro do porta-retratos causara em seu dedo.
— *Honey*, que cara é essa? — perguntou Diego. — Parece que viu um fantasma!
— Acho que... eu estou... um pouco confusa... — Agata conseguiu finalmente responder.
— Senta aqui. Você está me preocupando — disse Diego, enquanto se sentava ao lado dela no sofá. — Eu só saí por alguns minutos, você disse que ia tomar um banho, que era para eu encontrá-la lá quando voltasse.
— Eu... disse isso?
— Você não se lembra?
— Acho que... não...
— Ah, você está brincando, *Honey*? — perguntou ele, com olhar sacana. — Você quer jogar...
Diego abriu a toalha de Agata que, em um impulso, cobriu-se com os braços. Em 14 anos nenhum outro homem havia visto seu corpo. Ele percebeu sua apreensão, pegou em sua cintura com carinho e a puxou com firmeza para junto de si. Olhou em seus olhos e disse:

– Olha pra mim. Eu estou aqui.
Agata estremeceu. Ele aproximou-se de seus lábios e lhe deu um beijo único. Ela sentiu um calor percorrendo todo seu corpo, um tremor seguido de um frio na barriga. Abriu os braços, até então rígidos, cobrindo seus seios, e deixou-se completamente exposta àquele homem. Ele a pegou no colo e a levou até a cama, calma e lentamente.

Na cama, Diego começou a beijá-la no pescoço, do jeito que ela sempre gostou, olhando em seus olhos. Por um momento, Agata chegou a reconhecer aquele olhar. Abriu um sorriso e teve a certeza de que era ela mesma quem estava ali. Diego começou a descer, beijando seu colo, seus seios. Ela já sabia o que ia fazer. Ele apertou seus mamilos na intensidade exata para enchê-la de prazer sem machucá-la. Então, pegou seu quadril, aproximando seu corpo do dele e a possuiu com vontade.

Agata nunca havia experimentado tal sensação. O orgasmo foi tão intenso que ela entrou em sono profundo.

***

Agata abriu os olhos. Sem saber ao certo quanto tempo havia passado, olhou ao redor e lembrou-se da aventura que estava vivendo.
"Ainda estou aqui!"
Diego dormia tranquilamente ao seu lado.
"Meus filhos!"
Agata levantou-se e correu para o banheiro. Ofegante, começou a tatear as paredes, buscando uma maneira de voltar. Seus filhos estavam em casa.
"Será que estão sozinhos? Ben já voltou? Viu que não estou em casa?"
Ela precisava descobrir o caminho de volta. Foi então que viu a banheira, ainda cheia d'água. Entrou nela e começou a chorar, com medo de nunca mais ver seus filhos. De repente, as borbulhas começaram a se formar sob seus pés e a água subiu em uma cortina mágica. Agata mergulhou dentro do portal. Um novo clarão surgiu e ela acordou, com a cabeça apoiada na

toalha, diante da parede de azulejos brancos e sem graça que Ben havia escolhido.
　Ela sabia que estava em casa.
　Enrolou-se na toalha e saiu correndo para o quarto das crianças. Eles dormiam em paz. Correndo para a sala, percebeu tudo como ela deixara, exceto por uma taça de vinho suja em cima da pia.
　"Eu tomei isso? Que horas?"
　Deixou a dúvida de lado ao perceber que não havia nem sinal de Ben. Voltou para a cama e colocou uma camisola. Olhou-se no espelho, desconfiada de tudo que tinha acontecido e resolveu dormir. Mas, dessa vez, Agata dormiu sorrindo.

Capítulo 2

– Não acredito! – gritou Ben ao telefone, assim que Agata atendeu sua ligação.
– O que aconteceu, Ben? Você está bem?
– A única coisa que você tem pra fazer é cuidar da casa, e nem isso consegue fazer direito!
– Como assim, Ben? Do que você está falando?
– Você já olhou para a sala? Parece um chiqueiro! Sofá imundo de migalhas e tapete cheio de farelos. Para que eu pago uma faxineira, se você não consegue administrá-la?
Agata olhou para seu filho de cinco anos, sentado no sofá, devorando um pacote de biscoitos.
– Ben, são os meninos. Estão sempre comendo alguma coisa.
– Então você não sabe disciplinar essas crianças.
Ben bateu o telefone. Agata, sem pensar, deu uma enorme bronca em Oliver, seu filho mais novo. Não era de gritar, mas ficou nervosa com a forma como Ben falara com ela. O pequeno Oliver arregalou os olhos e saiu correndo. Antes, parou na cozinha e colocou o pacote de biscoitos em cima da mesa.
Agata sentou-se no sofá atordoada e respirou fundo. Na TV, ainda ligada, passava uma propaganda de filtro solar. O cenário era paradisíaco. Sem perceber que Oliver voltara para a sala

com um pedaço de papel para limpar as almofadas sujas, Agata fechou os olhos.

Depois de anos sem ver uma praia devido à preferência de Ben pelas montanhas, ela ainda se impressionava com a cor da areia e o azul cristalino do mar. Em vez de gritos ao telefone, aquela manhã merecia um mergulho no mar, um verdadeiro banho de sal grosso.

– Banho... – disse para si mesma. – É disso que estou precisando.

Agata encheu a banheira, jogou seus sais vencidos, torcendo para que fizessem efeito de novo. Mergulhou na água quente, apoiou cabeça e tentou relaxar.

Estava ficando bem relaxada e tranquila, quando vozes da sala começaram a ecoar. Oliver e Nicolas discutiam sobre algum brinquedo, enquanto Cinthia, a faxineira e fiel escudeira de Agata, tentava acalmá-los. Agata respirou mais uma vez, profundamente.

"Eu não vou sair daqui."

Em questão de segundos, seu pensamento começou a ficar agitado. A voz de Ben dizendo absurdos foi ficando mais clara e mais alta em sua mente. A raiva tomou conta dela.

"Ele não pode falar assim comigo!"

De repente, a água da banheira começou a borbulhar e a descer pelo ralo. Agata levantou-se, assustada.

A água formou novamente uma cortina diante de seus olhos.

– Está acontecendo!

Dessa vez, sem medo, Agata colocou as mãos na cortina d'água e foi sugada para o portal. Ao abrir os olhos, já estava no banheiro de Diego.

A casa estava silenciosa. No quarto, em cima da cama, viu um biquíni e uma toalha de praia.

"Devo ter deixado aqui antes do banho", pensou. O biquíni era maravilhoso. Igualzinho ao modelo que havia visto em sua revista de moda favorita, duas semanas antes, na sala de espera do pediatra.

Resolveu colocar o biquíni e, ao se ver no espelho, gostou do que viu. Ao olhar pela janela o azul cristalino do mar, saiu correndo para a praia. Ah, como ela amava a praia! Já havia até se esquecido do quanto.

Na areia encontrou cadeiras e guarda-sol exclusivos para ela e um balde de gelo com um *prosecco* geladíssimo, ao lado de uma travessa de morangos vermelhos silvestres (os seus preferidos). Surpresa com tantos mimos, Agata encontrou um bilhete de Diego.

"Honey, me espera para vermos o pôr do sol juntos. Love u".

A caminho do mar, Agata pensou se ele seria como o de seu universo. Será que era inofensivo? As coisas já estavam tão fantásticas que ela não se espantaria se houvesse algo estranho naquela água. Levemente apreensiva, Agata colocou os pés na água rasa. Depois, foi entrando devagar. A temperatura era bastante agradável, então ela mergulhou.

O mar era salgado também, e nada de tão assustador estava passando por suas pernas. Concluiu que era igual ao de seu universo com Ben e voltou para a areia, para desfrutar do sol.

Por cerca de duas horas ela relaxou, não pensou em nada nem em ninguém. Não ouviu gritos nem reclamações. Não havia nada que merecesse a sua atenção, a não ser ela mesma.

Na terceira taça de *prosecco*, Agata viu Diego, de longe. De sunga, com um invejável bronzeado, braços torneados e cabelos levemente cacheados e castanho-claros, balançando ao vento. Ele se aproximava com um enorme sorriso.

"Como ele gosta de sorrir", ela pensou.

Ele abraçou Agata por trás, segurou seus cabelos e deu-lhe um beijo cheio de saudade.

– *Honey*, eu sinto muito, mas não vamos ficar sozinhos por muito tempo. A turma queria sair, mas convidei todos para virem à praia. Sei que você gosta de relaxar, mas também sei que adora o pessoal e gosta de uma festa.

Agata abriu um sorriso. Ela iria conhecer "a turma", a qual aparentemente já conhecia, ou deveria. E sim, ela adorava festas, adorava estar junto dos amigos. Também odiava ser deixada de lado, em troca das festas do escritório de Ben.

– Claro, Diego. Mas... eu não preparei nada!

– Não se preocupe, *Honey*, eu pedi para a Marie organizar tudo.

De repente, mais vozes surgiram ao longe, e Agata viu uma turma de homens e mulheres se aproximando.

– Oi Agata! – disse uma das moças, sorridente e simpática. – Ainda não tive oportunidade de te agradecer por aquela receita incrível de mousse que você me passou naquele jantar! Minha sogra amou!

"A minha mousse de limão?", pensou Agata. "Eu não faço uma há séculos!"

– Oi querida, que bom que você gostou!

O restante do pessoal chegou e todos se sentaram na areia ou nas cadeiras. Marie desceu com mais bebidas, taças e aperitivos. Diego ficou o tempo todo grudado em Agata, enchendo-a de beijos e abraços, enquanto conversava com os convidados. Um deles, o colega de time de Diego, o Faraco, era o mais empolgado.

– Ah, não vai me dizer que isso foi pior do que a manobra épica do Carlos! – disse o amigo, começando a rir.

– Nada é pior que aquilo! – exclamou Diego.

Agata, que olhava tudo meio assustada, meio sorridente, tentando participar, disse:

– Eu nunca vou esquecer aquilo! Eu pensei que ele tinha morrido! Passou com a bicicleta por todos nós e de repente estava dando um *looping* no ar!

– Quase atropelou uma excursão de idosos! – completou Faraco.

– Eu fiquei desesperada! – continuou Agata, dando-se conta de que ela estava realmente se lembrando da cena. Era Carlos, um vizinho, andando de bicicleta e se mostrando para o grupo, durante um passeio em outra cidade. Acabou quase morrendo, por causa de uma pedra que o jogou para o ar.

– Foi assustador mesmo, mas depois, foi só épico – dissse Diego, rindo bastante.

Agata parou de rir e olhou ao redor, tentando disfarçar o susto com o que acabara de acontecer. As lembranças daquela vida com Diego começavam a fazer parte de seu ser.

Capítulo 3

Agata sentiu beijinhos carinhosos em seu rosto e braços. Seria Diego acordando-a de mais uma incrível noite? Ao abrir os olhos, porém, viu os sorrisos de Oliver e Nicolas.

– Bom dia, mãe!

Disfarçando a surpresa, Agata abraçou os dois com ternura, mas um pouco confusa, pois não se lembrava de quando voltou da festa na praia. Sua cabeça doía. As doses de *prosecco* haviam sido demais para ela.

"Estou de ressaca", pensou.

– Mãe, o papai está super nervoso. Você alagou o banheiro – disse Nicolas.

– Alaguei?

Agata levantou-se em um pulo. Será que Ben tinha visto o portal?

– O que aconteceu? – perguntou, entrando no banheiro.

– Algum cano estourou! Não é possível! – gritou Ben.

– Mas você não precisa gritar desse jeito, eu não sou surda! – disse Agata, zangada.

O grito estremeceu seu cérebro. A ressaca era forte e fazia tempo que ela não se posicionava diante dos surtos do marido. Quase anestesiada pelas grosserias constantes, achava que não valia a pena nem tentar. Mas naquele dia, as coisas estavam mudando.

— Como é que é? — perguntou Ben, ressabiado.
— É isso que você ouviu: eu não sou surda para você gritar comigo dessa maneira. Assim eu nem consigo te ajudar!
Ben respirou fundo e mudou o tom de voz.
— Eu não consigo encontrar o problema, não parece ter vazado água de lugar nenhum...
— Vamos enxugar tudo e ver se continua vazando. Aí pensamos em uma solução, ok?
— Ok...
Enxugaram o banheiro juntos e Agata saiu para pegar um remédio para dor de cabeça na cozinha. Estava doendo muito. Ao tomar o comprimido, as cenas da noite mágica com Diego invadiram sua mente. Como fora gostoso! Como ela gostava de ser encarada como uma companhia perfeita para qualquer evento. Fazia muitos anos que não se relacionava mais com os amigos e colegas de Ben. Nem sabia o nome deles. Guardou a água na geladeira e, ao fechar a porta, encarou o calendário familiar que ela organizava com os compromissos de todos.

Happy hour Ben — escritório.

Lá estava anotado mais um dos encontros com amigos de Ben, que ele sempre fazia questão de reforçar o quanto eram importantes para sua carreira. E para os quais sua presença nunca era necessária.
— Ben! — chamou Agata.
— Quê?
— Este *happy hour* que você tem hoje, que horas vai ser?
— Por quê?
Como ela se irritava com aquela atitude típica de seu marido! Em vez de responder suas perguntas, tinha mania de perguntar "por quê?"
— É uma pergunta simples, Ben.
— Eu não sei ao certo, depois do escritório, ora!
— Depois do escritório é que horas?
— Não sei, Agata! Por que essa insistência? — disse Ben, já aparentando nervosismo novamente.
— Eu só gostaria de saber!

— Acho que umas sete da noite, sete e meia! E daí?
— Nada... Eu só pensei... que talvez você pudesse chamar o pessoal para vir aqui, fazemos uns queijos com vinho, e assim eu poderia participar mais da sua vida.
— Aqui? Em casa? Nesta zona? – perguntou Ben, rindo.
— Zona? Como assim, zona? A nossa casa é ótima, ampla, temos uma enorme varanda, as crianças podem ir para os meus pais e...
— Não viaja, Agata!
A conversa se encerrou ali. E Agata percebeu o óbvio: Ben não a queria em seus compromissos. Ela começou a se perguntar se fora sempre assim, ou se as coisas haviam mudado com o tempo.
— Onde vai ser? – Agata resolveu insistir, indo atrás dele no quarto.
— Mas que insistência! Você nunca se importou com meus compromissos!
— Claro que me importei! Você é que nunca se importou com o fato de eu nunca fazer parte deles!
— O que é isso agora, Agata? O que está acontecendo?
— Onde vai ser?
— Em um bar ao lado do escritório! Ao lado! Nem vou tirar o carro da garagem!
— Me diz que bar é. Eu não vou aparecer lá do nada! Não é por isso que eu quero saber. Eu apenas gostaria de saber mais sobre seus compromissos e sobre sua vida.
— O nome do bar é Genésio. Pronto! Satisfeita?!

***

Eram apenas oito horas da noite quando os meninos dormiram. Agata se viu sozinha, em silêncio, e saiu pela casa recolhendo alguns brinquedos e livros do chão. Depois pegou o celular, conversou um pouco com as amigas por mensagem, entrou nas redes sociais, postou uma foto do filho mais novo mostrando a língua, com a legenda "meu principezinho", e entrou no site do bar Genésio.
"Tem música ao vivo!", pensou, enquanto navegava pelas fotos do local. "Olha só, hoje é jazz. Eu amo jazz ao vivo..."

Capítulo 4

Como era esperado, Ben voltou para casa por volta de uma hora da manhã. O horário nunca incomodou Agata, o problema é que ele chegava quase sempre embriagado, falando alto, sem se importar em acordar os meninos e, ainda por cima, com o pavio mais curto do que de costume. Entre as ladainhas típicas das bebedeiras de Ben, estava a que mais magoava Agata: as reclamações dele sobre a vida.

– Ah! Vida de merda! – gritou Ben, logo entrando no quarto.

Agata não conseguia entender por que ele pensava daquela forma. Afinal, eles levavam uma vida boa, tinham sua própria casa, filhos lindos, saudáveis e inteligentes e, além disso, sempre foram amigos, amantes e cúmplices – ao menos na visão dela. Agata se questionava quais seriam as razões de Ben parecer tão infeliz com sua família e principalmente com ela. O lazer e o descanso dele estavam sempre fora de casa. Enquanto dentro, o estresse imperava.

– Só se for a sua vida! Porque a minha é ótima! – resmungou Agata, sem sequer abrir os olhos.

– É de merda, sim! A sua também! – disse Ben, com a voz enrolada. – Olha em volta! O que você faz para melhorar? Nada! Nada! Não faz nada! Você é uma faz nada! Uma gorda horrorosa, descabelada!

Lágrimas escorreram pelo rosto de Agata, sem que ele percebesse. Dessa vez, ela não quis continuar a discussão. Embriagado, Ben era muito inconstante e assustador.

 Durante um bom tempo, Agata acreditou que aquelas repentinas alterações de humor estivessem relacionadas ao trabalho de Ben e à promoção que ele estava esperando. Porém, já fazia meses que ele conseguira a vaga esperada e, mesmo assim, nada melhorou. Onde ela estava errando?

***

 A rotina muitas vezes consumia Agata de tal forma que ela não tinha tempo para lembrar de si mesma. Os dias que se seguiram à última bebedeira de Ben foram frenéticos. Várias reuniões com professores na escola das crianças, compromissos com os meninos no dentista e tantas outras atividades que a deixaram exausta. Tão exausta a ponto de deixar de lado a sua vida paralela com Diego. Ela não tinha energia nem para encher a banheira.

 Naquela noite, Agata não aguentaria ouvir uma reclamação sequer de Ben. Ela queria paz.

"Mas por que eu não posso conseguir paz na minha casa?"

 Com esse pensamento, Agata deixou Oliver e Nicolas na casa de sua mãe e voltou para casa, ouvindo música no carro e tentando relaxar. Ao chegar, começou a cozinhar. Mas da forma que ela mais gostava. Com música, tranquilidade, sem se preocupar se havia uma criança perto das panelas.

"Hoje eu vou acalmar a fera", pensou, enquanto experimentava o molho.

 As lembranças com Diego não eram vagas, ao contrário, ainda continuavam vivas em sua mente. Mas um lado de Agata não queria a fantasia, queria transformar a realidade em fantasia. Ela custava a acreditar que o "outro lado" fosse tão real quanto este.

 Ben chegou a casa batendo a porta com tal força que as chaves que estavam na fechadura caíram no chão. Agata respirou fundo.

– Oi, amor – ela disse.

– Oi – ele respondeu.

Ben se sentou no sofá, no canto de sempre.
– Estou preparando um jantar.
– Estou vendo. Onde estão os meninos?
– Eu resolvi deixá-los na minha mãe por hoje.
Ben olhou fixamente para Agata com reprovação.
– Eles não têm pai, por acaso?
– O quê?
– Eu não posso chegar e dar um beijo nos meus filhos?
– É lógico que pode! Eu só quis por uma noite ter um pouco de paz!
– Meus filhos me dão paz! Se para você eles são apenas uma obrigação, o problema é seu!
– Não ouse falar assim comigo sobre meus filhos! Eu amo meus filhos, mas eles me cansam e me cansam sim!
Agata já estava quase em lágrimas.
– Eu só queria uma noite tranquila! Só isso! Mas a você, isso é pedir muito!
Ben fingia que não a ouvia, com o celular em mãos, vidrado na tela.
Derrotada, Agata olhou para o vinho que havia comprado no caminho, pegou uma taça e foi para o banheiro. Trancou a porta, encheu a banheira, bebeu o vinho e, antes mesmo que pudesse sentir a água se levantar na cortina transparente, já sabia que estava no banheiro de sua casa com Diego.
Com um largo sorriso, Agata saiu pela porta e deparou-se com sua linda cama, seu quarto iluminado, edredom perfeitamente esticado e macio. As peças de roupa já estavam separadas. Ela mesma havia deixado tudo ali para quando saísse.
"Poxa, como tenho bom gosto!", pensou.
Uma saia preta linda, até os joelhos, e uma regata branca, simples e delicada. Achou interessante a escolha de uma calcinha vermelha.
"Uau, eu tenho isto?"
Agata já estava vestida, mas como não secou o cabelo direito, acabou molhando toda sua blusa, deixando-a transparente bem na região dos seios.
Assim que saiu do quarto, encontrou Diego parado no corredor, bem diante dela. Ele ficou vidrado, a imagem dela o deixava

tonto. Sem dizer nada, ele andou na direção de Agata e a beijou com a violência delicada dos amantes.

Ele interrompeu o beijo e a encarou.

– Vinho?

Agata lembrou-se de que virara duas taças antes de entrar na banheira em sua casa.

– Sim, tomei um pouco...

– E começou a festa sem mim? – disse ele, com olhar bem sacana.

Agata sorriu, aliviada. Diego continuou:

– Vou ter que te castigar por isso...

Diego abriu um sorriso e seguiu:

– Você terá que me entregar a sua calcinha.

Excitada, Agata tirou e entregou rapidamente sua calcinha. Ele a puxou pela cintura e a beijou com toda força e carinho, os dois em uma sintonia única. E falou, com um grande sorriso em seu rosto de garoto levado:

– É proibido começar a diversão sem mim!

Agata desejava cada pedaço do Diego. Como se ouvisse seus pensamentos, ele levantou sua saia preta e a possuiu, ali mesmo. O primeiro orgasmo foi no corredor, com os braços abertos entre as paredes. Os outros três, já na cama, fizeram Agata se entregar a um sono profundo no final.

Capítulo 5

O Sala 22 era um bar perto da faculdade. Agata e os amigos sempre se reuniam lá depois da aula de sexta-feira. Não precisavam nem combinar. Alguns nem sequer apareciam na aula, já iam direto para o "QG" da turma, certos de que os colegas dariam um jeito de assinar a lista de presença para todo mundo.

O bar tinha cadeiras de praia em vez de mesas tradicionais, lousas espalhadas pelas paredes imitando o clima de faculdade, garçons amigos e já conhecidos dos frequentadores. Aquele canto onde se sentiam livres, felizes e aliviados dos estudos. O limbo entre serem adultos responsáveis e meros estudantes.

Naquela noite chuvosa, Agata e as amigas não aguentavam mais o blá blá blá da professora e se entreolharam entre bocejos. Ninguém precisou dizer mais nada. Pegaram as bolsas e saíram da sala rapidamente – sempre se sentavam perto da porta. Animadas, correram para o Sala 22.

O bar estava lotado, mais do que de costume. Havia turmas diferentes das que elas estavam habituadas a encontrar por lá.

– Hummm, gente diferente para variar um pouco, hein, meninas? – brincou Beth, a melhor amiga de Agata, a mais louquinha e divertida. – Quem sabe hoje desse mato não sai um cachorro?

Como não havia lugar nas cadeiras, as amigas foram para o balcão.

– Com licença – disse Agata a um rapaz que ocupava um banco bem no meio. – Será que você poderia pular para lá para eu sentar com...

Assim que ele se virou para ouvi-la melhor, Agata perdeu a voz. Era um homem lindo, cabelos lisos e castanhos, olhos verdes saltando para fora de tão brilhantes e uma boca carnuda e sorridente.

– Claro! Com prazer! – disse ele, sem deixá-la terminar de falar.

– Desde que você se sente aqui nesse banco – falou, batendo no lugar ao seu lado.

– Bom, eu...

– Ela vai se sentar aqui, sim! – interrompeu Beth, percebendo o clima entre os dois. – Pode ficar tranquilo... Seu nome?

– Ben. Eu me chamo Ben.

– Essa é Agata.

– Oi, Agata, muito prazer.

O sorriso de Ben era como aqueles de propaganda de pasta de dente. Agata sorriu de volta. E não deu mais a menor atenção para as amigas. Passou a noite toda conversando com ele. Falaram sobre o que cursavam, professores favoritos, matérias, sonhos, futuro, filmes preferidos, filmes horríveis, músicas, bandas, cachorros, família... Foi aquele encontro de almas em que o assunto não tem fim e tudo parece se encaixar com perfeição.

Horas depois, Agata percebeu que Beth não estava mais lá. "A que horas ela foi embora?", pensou.

Ben ofereceu levá-la para casa. Agata aceitou. No carro, aconteceu o primeiro beijo. Foi delicioso!

"O beijo é perfeito!", pensou, animada e excitada. E, por alguma razão, ela soube que se casaria com ele.

***

Oliver e Nicolas estavam na casa dos avós. Era fim de ano, uma das épocas preferidas de Agata. As luzes piscando durante a noite, as ruas mais iluminadas, as árvores enfeitadas, as comidas típicas da temporada, aquele cheiro de gengibre e chocolate que tomava conta dos shoppings, das padarias, de todo lugar. Agata sentia que naquela época do ano as pessoas, talvez pelo espírito natalino, ficavam mais gentis e divertidas.

Ainda melhor do que as sensações da época eram os *happy hours* de confraternização. Agata adorava encontrar seus amigos de infância do colégio, os vizinhos do prédio onde morou até se casar com Ben e, claro, os amigos da faculdade. Eram aquelas duas horinhas nas quais ela podia deixar seu lado mãe e esposa em *stand by* e ser apenas Agata "sem responsabilidades". Podia apenas relaxar, dar risada, fofocar e lembrar os velhos tempos.

Aquela quinta-feira era o dia agendado para o tão esperado encontro anual da turma da faculdade. Sempre a mesma turma, desde os 19 anos. A ideia era irem justamente ao Sala 22. O saudoso "QG" da galera, que permanecia lá, quase parado no tempo, mas com diferentes turmas de estudantes escrevendo suas histórias e marcando seus futuros.

Agata estava vivendo o seu futuro que começara no Sala 22. Estava esperando Ben chegar a casa para saírem, afinal, o encontro seria com os casais. Já estava tudo combinado com ele. Para nada dar errado, ela preparou o jantar preferido do marido – lasanha de queijo com carne assada – e foi se arrumar. Dessa vez, o reencontro tinha um quê ainda mais especial! Agata encontraria Beth, depois de cinco anos morando fora do país. Que saudades do tempo em que eram inseparáveis! Claro que se falavam sempre por mensagens, e-mails, redes sociais. Mas seria maravilhoso sentar no Sala 22 ao lado de sua fiel escudeira dos tempos da juventude plena.

Com amor, lembrou-se daquele dia na faculdade em que fugiu da aula com Beth para cair direto nos braços de Ben. Como seria bom voltar ao Sala 22 e relembrar com a turma essa e tantas outras histórias!

Agata entrou no banho e, por um momento, desejou que seu portal se abrisse. Que saudade do Diego! Mas o encontro com as amigas era muito mais especial naquele momento. Um encontro esperado, planejado e muito desejado.

Frente ao espelho, Agata sentia-se linda e jovem. Só o fato de estar relembrando sua fase mais jovem a fazia sentir-se como se

fosse ainda uma menina. Abriu um grande sorriso e pegou o celular para ver as horas. Ben estava demorando.
Mensagem de Ben:

A, vou sair com um pessoal e volto só depois da meia-noite, ok?

– O quê? – Agata quase lançou o celular na parede.
Ela não podia acreditar no que lera. Será que Ben havia esquecido? Agata ligou para o número dele. Uma, duas, três vezes, e nada.
Cega de raiva, procurou o telefone de algum dos amigos de Ben. Suas mãos tremiam de ansiedade ao perceber o tamanho da distância que ela e seu querido Ben estavam tomando. Agata não conseguiu encontrar um contato de qualquer amigo dele.
"Eu não sei o nome deles. Eu não conheço mais ninguém", ela constatou.
Até o ano anterior, Ben comparecia a esse *happy hour* clássico com ela. O que havia mudado? Os pensamentos dela eram misturados e confusos.
"Ele tem uma amante", cogitou, desesperada.
Novamente tentou telefonar para Ben, sem sucesso. Mandou uma mensagem que nem entregue foi. O celular estava mortinho. Ele não queria nem saber.
Tomada pela raiva, Agata respirou fundo, pensou durante 10 segundos e resolveu encher a banheira.
Em poucos minutos ela já conseguia sentir que estava em seu mundo com Diego. Abriu os olhos, olhou ao redor, recuperou a paz e saiu da banheira. Lembrou que à esquerda ficava o seu closet cheio de roupas sensacionais. Abriu a porta, experimentou mais de 20 combinações e gostou de todas. Tinha sempre sapatos, bolsas e acessórios incríveis. Sentia-se uma diva.
Quando Marie bateu na porta, Agata levou um susto e quase quebrou o salto do seu sapato da alta moda. Ela parou, recuperou o fôlego e disse:
– Oi?
– Sra. Agata, o Javier já esta aqui.
– Javier?

– Sim, sra. Agata, o seu personal.

"Nossa, eu tenho um personal!"

– Ah sim, claro, o Javier... O meu... personal. Pode pedir para aguardar que eu já vou.

Em segundos, ela escolheu um conjunto de ginástica e saiu animadíssima! Endorfina e adrenalina! Era exatamente do que ela precisava!

Javier estava à sua espera na beira da piscina com vista para o mar. Era um homem bonito, latino, bronzeado e de cabelos claros. Um sorriso enorme, branco e perfeito. Ao vê-lo, antes mesmo de falar com ele, Agata teve uma sensação ótima. Sentiu prazer em estar ali e uma energia muito boa pairando no ar. Ela podia perceber que aquele rapaz a faria feliz.

"Será que vou dar conta? Treinar tão tarde... Já passou das 19h?!", disse Agata para si mesma, aproximando-se de Javier.

– Gata! – Javier gritou. – Cada dia mais linda, hein?

– Ah, obrigada...

– Hoje vou pegar leve!

– Ah vai? Que bom, porque eu...

– Mentira! Claro que vou pegar pe-sa-dís-si-mo com você! Lembra que no último treino você arrebentou? Vamos aumentar esse grau de exigência, certo?

– Grau? Aumentar?

Javier agarrou o braço de Agata.

– Ou você acha que esses bracinhos vão ficar duros sozinhos?

– Ah... é... Os bracinhos... – Agata sorria sem jeito, morrendo de medo do que estava por vir.

Mas ela estava enganada! Javier era um profissional super motivador e ela se sentiu como se tivesse o hábito de praticar atividades físicas com frequência. Aquela sensação gostosa de estar com Javier significava amizade. Mesmo sem lembranças concretas, Agata percebeu que ele era seu melhor amigo naquele universo paralelo. Nele, mesmo sem explicação, ela podia confiar.

Enquanto malhava sem muita dificuldade, Javier contava as suas últimas aventuras. A viagem para o Havaí com seu grande amor e a última balada em que atacou de DJ e sentiu-se simplesmente o máximo.

Terminado o treino, Agata foi tomar um banho. Mas, dessa vez, sem vontade nenhuma de voltar para casa. Ela estava certa de que as crianças estavam seguras. Resolveu tomar um banho rápido de chuveiro, para não correr o risco de entrar na banheira e voltar para Ben.

Deu certo. Como desejara, continuou em seu mundo paralelo e foi até o closet para escolher um dos 20 modelos de roupa que havia experimentado mais cedo. Linda e cheirosa, foi para a sala ler um dos milhares de livros disponíveis na estante de uma das saletas da casa e esperar por Diego.

Assim que abriu o livro, Diego chegou:

– Oi, *Honey*. Como foi seu dia?

– Diego! – exclamou Agata, levantando-se e correndo na direção dele. Beijou-o com vontade e carinho.

– Alguém estava com saudades de mim? – perguntou, animado.

Agata sorriu e afirmou:

– Sim! Muita saudade! E você, com saudade de mim?

– Mas é lógico! Você tem alguma dúvida disso, minha musa?

Beijaram-se mais um pouco.

– E se fizéssemos algo diferente hoje? – Diego perguntou.

– Tipo o quê?

– Vamos para uma praia afastada daqui.

Agata topou, sem hesitar. Foi até o quarto e calçou uma confortável sandália, sentindo-se a cada minuto mais feliz. A simples presença de Ben a alçava para uma vibração de entusiasmo, alegria e paixão.

Pegaram o jipe e foram até a praia afastada. O clima fresco e a noite estrelada tornavam tudo ainda mais perfeito. Quando chegaram, havia pequenas tendas espalhadas pela areia, iluminadas com tochas de fogo e velas – um verdadeiro cenário de cinema.

Diego escolheu a tenda mais próxima do mar e pediu uma cerveja e uma porção de camarões.

– Nossa, essa água deve estar uma delícia! – exclamou Agata. – Acho que vou entrar no mar!

– Tem certeza, *Honey*? Nesse horário pode ser perigoso.

– Está tudo bem! – disse ela.

Diego admirava a coragem e o entusiasmo de Agata diante de pequenas e grandes conquistas. Com um sorriso, acabou cedendo. Dessa vez, certa de que o mar era seguro, ela mergulhou e agradeceu ao universo por aquele momento e pelos seus filhos, mesmo sem tê-los perto. Ajeitou o cabelo molhado e voltou para a areia.

Na tenda, a cerveja e a porção de camarão já haviam chegado e Diego a esperava. Enquanto comiam, ele contou sobre o seu dia e lembrou-se de uma viagem que os dois haviam feito.

– Lembra, *Honey*? Lembra?

Cada vez que ele contava uma história que a incluía e perguntava se ela se lembrava, Agata estremecia e não sabia o que responder, a não ser um sem graça "lembro, claro". Ela começou a torcer para realmente se lembrar.

– Lembra o casamento do Fonseca? Fomos dois loucos! – disse ele.

Ao ouvir isso, Agata não precisou de nenhum esforço mental. A memória veio na hora, sem explicação.

– Meu Deus! Nós fugimos no meio da festa! Eu me lembro! – disse ela, radiante.

– Voltamos cheios de areia para o salão. Aquele dia foi sensacional. O mais incrível é que o sexo com você só melhora com o tempo.

Agata sorriu, com um olhar sacana. Diego a trouxe para perto do seu corpo e pediu mais uma cerveja. Ali ficaram durante algum tempo, em silêncio, apenas observando o céu. Agata não sabia se estava fantasiando ou não, mas achou as estrelas muito mais brilhantes naquele universo.

A praia estava escura e apenas a luz da Lua iluminava a areia. Foi difícil, mas ao mesmo tempo divertido, procurar a saída. Depois de muitas risadas, finalmente conseguiram achar o caminho para o carro, que estava estacionado no final de uma rua sem saída, típica de praia. Quando percebeu que estavam em um local totalmente deserto, e já cheia de tesão com as lembranças das histórias do passado, Agata não perdeu tempo. Assim que entrou no carro, soltou a parte de cima do biquíni e sorriu para Diego. Surpreso e ao mesmo tempo encantado, ele abaixou o banco. Ela fez o mesmo com o dela, sem tirarem os olhos um do outro.

Repetindo inúmeras vezes o quanto ela era linda, Diego a envolveu em seus braços e a levou à loucura ali mesmo no carro, naquela rua sem saída, sob a luz da Lua. Agata não sabia se era por Diego, se era por estar no carro correndo o risco de ser pega, ou se era pela emoção que envolvia a situação. Mas sem dúvida, aquele foi o melhor orgasmo da sua vida.

Já em casa, Agata observava Diego dormindo na cama *king size* com lençóis de algodão egípcio, e notou a mancha de nascença em seu ombro direito. Era grande, ia até o braço. Ela escorreu os dedos sobre a mancha bem de leve.

"Como ele é sexy!"

Entregue àquela paixão, Agata pegou no sono em paz, grudada ao corpo de Diego.

Capítulo 6

Agata novamente acordou em sua cama, no seu mundo com Ben. Ficou apreensiva, era como se tivesse uma amnésia de tudo que acontecera naquele universo enquanto esteve ausente.

"O que será que eu falei?", "O que eu fiz?". Eram muitas perguntas em sua mente, misturadas às memórias da noite anterior com Diego.

"Aconteceu mesmo?", ela se perguntou. Como a cabeça foi pesando, achou melhor se levantar.

Ao esfregar os olhos e enxergar ao seu redor, percebeu uma cesta de café da manhã, linda, enorme e caprichadíssima sobre a cama. Mel, frutas, *waffles*, nozes, amêndoas, pão italiano, presunto de Parma e outras delícias. Tudo complementado por um copo enorme do café gelado, seu preferido.

– Uau! – exclamou Agata, sem entender nada.

De imediato, imaginou que sua mãe havia mandado a cesta junto com as crianças.

"Ben deve ter ido buscá-los", deduziu.

Só podia ser isso! Sua mãe, tão carinhosa, fazendo os meninos terem um gesto de carinho para animar seu dia.

– Nossa, mamãe, é mesmo incrível! Sempre adivinha quando estou precisando de ânimo! – exclamou, feliz da vida, enquanto abria o bilhete preso à cesta. Ao lê-lo, outra surpresa. Era de Ben.

"Desculpe."

Agata mal pôde acreditar. Ele havia feito uma surpresa para ela, arrependido da besteira que fizera na noite anterior. Será que ainda estava sonhando? Percebeu a presença de Ben no quarto. Olhou na direção da porta e ele estava lá, parado, com um sorriso no rosto. Há quanto tempo não via esse sorriso! Mesmo tendo vivido uma noite incrível e inesquecível com Diego, em algum universo paralelo que ela não entendia, a felicidade de poder viver um resgate com seu marido era inegável.

Agata sorriu de volta e começou a devorar o café da manhã. Ben sabia que ela sempre acordava com muita fome e, ao lado dele, ela sempre podia ser a draga comilona que era de verdade.

Ben se aproximou e sentou-se na cama:

– Você, como sempre, prefere comer a me beijar – disse, em tom de brincadeira. – Me desculpa por ontem?

– Olha, Ben... – Agata respirou fundo. – Eu fiquei muito chateada. Mas não quero pensar nem falar sobre isso agora. Quero curtir esta cesta linda e esse seu gesto.

– Então estou desculpado?

– Sim...

Ben abraçou Agata, que tinha uma uva na boca. Ele a beijou com vontade, ela passou a uva para a boca dele. E assim, afastaram a cesta e começaram as carícias.

– Oliver e Nicolas! – interrompeu Agata, olhando para a porta do quarto, aberta.

– Eles ainda estão na casa de sua mãe... Hoje o dia é nosso.

Ben sempre soube despertar os instintos de Agata. Ela sentia tanta falta daquela intimidade entre eles. Por isso, foi quase como uma primeira vez. Quase desconhecida. E, como o desconhecido a excitava, ela teve o privilégio de, em menos de 24 horas, ter um empate orgástico. Naquele momento, ela se lembrou de todas as razões que a fizeram se casar com Ben.

Depois de algum tempo descansando na cama, beliscando os itens da cesta, Agata resolveu se vestir. Viu que Ben já estava pronto.

– Linda, vamos aproveitar o dia sem as crianças e ir àquele restaurante que você tanto gosta para almoçar?

"Ele me chamou de 'linda', ela pensou, com um sorriso no rosto. "Fazia tanto tempo..."

– Mas eu não parei de comer até agora! – riu.

– Agata, sabemos que isso nunca foi problema para você.

– É verdade... Ok, vamos.

Ela estava tão feliz que escolheu um de seus vestidos mais sensuais, colocou um salto e prendeu o cabelo de um jeito lindo e despojado. Caprichou na maquiagem e sentiu-se tão maravilhosa como quando vestia as roupas de seu closet com Diego. Ao chegar à sala, Ben não acreditou no que viu.

– Você está... linda!

Ele a abraçou, desfez o seu cabelo e começaram de novo a fazer amor. Dessa vez, no chão da sala, sobre o tapete. Quando finalmente gozaram, Agata se lembrou de Diego e começou a sentir culpa. A surpresa e a alegria que Ben estava lhe proporcionando começaram a dar lugar a um peso enorme. Ela tentou espantar o pensamento. Não tinha certeza de nada do que vivera. Era real e ao mesmo tempo surreal.

"Basta eu nunca mais voltar", pensou, para tentar se acalmar. "É isso."

Depois de algum tempo, levantaram-se de novo e Ben a olhou com aquele sorriso encantador, como naquele dia no bar Sala 22, e Agata se derreteu. Eles arrumaram-se de novo, ela retocou o batom, desceram para a garagem, entraram na Minivan – o carro escolhido por Ben para a família – e foram em direção ao restaurante preferido de Agata.

O restaurante ficava em uma das ruas mais requintadas da cidade, lindo, todo de tijolinho. Era um ambiente agradável, descontraído e elegante. Ao entrarem, Agata olhou ao redor e sentiu um calafrio ao ter a impressão de ver Diego em uma das mesas. Paralisada, olhou novamente e percebeu que era apenas um homem com um cabelo parecido.

– Nossa, Agata, o que foi? Parece que viu um fantasma! – disse Ben, preocupado. – Aconteceu alguma coisa?
– Não... – respondeu ela, ainda com os olhos arregalados pelo susto. – Não foi nada, eu achei que tinha visto uma...
– Barata? Você e a sua mania de achar que tem barata em todo lugar – disse Ben, salvando a situação, sem saber.
– É... é isso.
Era a culpa batendo. Mas Agata decidiu que não pensaria mais em Diego e aproveitaria aquele almoço. Ao caminhar entre as mesas, seguindo a *hostess*, viu o lugar em que havia sentado na última vez em que estivera lá com Ben. Ela havia insistido muito e ele a levou com a cara amarrada. Depois de comerem em silêncio absoluto, ela chegou a questionar o que estava fazendo naquele casamento.
Ao olhar novamente para Ben, enquanto o garçom afastava a cadeira para ela, Agata sentiu um enorme alívio. Estava tudo bem, eles não estavam mais brigando e ela poderia curtir aquele momento.
"Estou confusa demais", pensou ela.
Enxergar Diego onde não estava, lembrar-se da última péssima ocasião com Ben naquele local, tudo isso levava Agata a um lugar sombrio e ruim. Mas ela estava feliz.
"Eu deveria estar feliz", pensou.
– Agata, você está tão aérea... – comentou Ben, tentando buscar o seu olhar.
– Desculpe, é que eu... eu estou contente com sua iniciativa. A gente precisa mais disso.
– Eu concordo. Espero que me desculpe por ontem.
Mas não era só ontem. Eram todas as madrugadas em que ele não dava sinal de vida e, quando chegava, xingava tudo e todos. Eram todas as vezes em que ele era grosseiro e a insultava diante das crianças. Eram todos os beijos não dados, os presentes mal agradecidos, a bagunça não arrumada. A ajuda não oferecida.
– São tantas coisas... – murmurou ela.
– O que você disse? – perguntou Ben, enquanto olhava o menu.
– Nada. Está tudo bem.

Agata decidiu não estragar aquele momento. Decidiu apostar naquele gesto como o primeiro de uma grande e real mudança. Uma mudança perene, verdadeira e que iria durar para sempre. A partir daquele momento, Agata queria ser feliz em seu mundo.

O garçom aproximou-se da mesa e Agata já sabia o que pedir: aquele atum levemente grelhado por fora com uma crosta de gergelim, cru por dentro e acompanhado por um molho saboroso, receita exclusiva do restaurante.

O almoço foi delicioso.

– Vamos pedir a conta e pegar as crianças? – sugeriu Ben.

– Claro!

Que saudade Agata estava de seus filhos. Quando ia para o mundo de Diego, tinha a sensação de que não os via por dias. Essa saudade a fazia ter mais certeza – principalmente naquele instante – de que queria sua vida de volta. Sua vida feliz de volta.

Ao saírem do restaurante, um jipe igual ao de Diego estacionou diante do manobrista. Agata congelou de novo. A porta se abriu e, quase que em câmera lenta, saiu de dentro do carro um jovem casal. O alívio tomou conta de seu semblante.

A verdade é que Agata, aos poucos, estava se apaixonando por Diego. Apesar de tudo, era isso. Mas Ben estava ali, disposto a admirá-la novamente, desejá-la, respeitá-la. E isso era tudo que ela queria.

"É isso que eu quero", repetiu para si mesma. "É isso."

Capítulo 7

Agata e Ben saíram no carro animados, o clima era de pura cumplicidade. Ela ligou o som e estava tocando uma de suas músicas favoritas. Adorava aumentar o som quando tocava suas músicas, enquanto Ben reclamava do barulho alto e abaixava o volume. Mas, dessa vez ele nem se incomodou. Ao contrário, começou a cantar junto com ela. Eles se entreolhavam e, na hora do refrão, estavam praticamente gritando, tão empolgados que as pessoas nos carros parados no farol ao lado deles olharam assustadas. Quando acabou a música, Agata recostou a cabeça no banco e olhou para Ben, admirada.

"Isto não podia ser mais perfeito!", pensou.

– O que acha de irmos ao cinema com os meninos? – ela arriscou.

– Acho uma ótima ideia – retrucou Ben, de imediato.

Os pais de Agata moravam bem perto do restaurante. Era um prédio enorme, com apartamentos amplos. O deles era ainda maior, pois haviam feito uma reforma logo após o nascimento dos netos, para poder recebê-los com mais conforto. Jeremy e Karen Harley gostavam dos netos sempre por perto e faziam o possível e o impossível por eles. Cuidar de Nicolas e Oliver não era absolutamente nenhum transtorno, ao contrário, eles torciam para serem "acionados". Na obra do apartamento, incluíram até uma brinquedoteca. Além da diversão na casa do vovô e da vovó, sempre tinham as melhores guloseimas e comidas deliciosas.

Ao chegarem à porta do prédio, Nicolas e Oliver saíram correndo do elevador em direção ao abraço carinhoso de Agata. Ben também saiu do carro, abraçou os meninos e cumprimentou os sogros.

– Vamos ao cinema, criançada? – perguntou Ben.

– Oba! Vamos! – responderam em coro.

Quando o pequeno Oliver deu um passo em direção ao carro, acabou pisando em um cocô de cachorro que estava na calçada, sem perceber. Entrou no veículo esfregando os pezinhos no banco da frente e no chão. O mau cheiro tomou conta do carro.

– Que cheiro de cocô é esse? – perguntou Ben, já ligeiramente nervoso.

– Nossa, algum de nós deve ter pisado em um cocô de cachorro! – sugeriu Agata, que se virou para trás e olhou embaixo do pé das crianças, percebendo que era o pequeno Oliver.

– Ah, Oliver! Olha só isso! – disse Agata com a voz chateada, porém conformada. Afinal, não era a primeira e nem seria a última vez que algo assim aconteceria. Ela abriu a bolsa para pegar os lencinhos umedecidos – item indispensável na bolsa de qualquer mãe. Mas antes que pudesse começar a limpar, Ben irritou-se:

– Vai logo com isso, Agata!

– Calma, Ben! Eu estou indo!

– Esse cheiro é insuportável! Está tomando conta do carro inteiro! – gritou.

– É porque sujou o banco também – explicou Agata, tranquilamente.

– O banco? – indagou Ben, sem poder olhar para trás, já que estava dirigindo. – Eu não acredito! Acabei de mandar lavar o carro!

– Ben, acalme-se, por favor!

Agata estava esfregando o banco e o tênis de Oliver, enquanto o carro chacoalhava com as curvas e buracos nas vias.

– Eu não posso acreditar nisso. Eu acabei de mandar lavar o carro. É muito azar!

Ben estava voltando a ser o homem grosseiro e sem paciência de antes. Como o cheiro ainda estava bem forte, Agata tentava esfregar mais, acabando com todo o pacote de lencinhos. Ela já estava alterada com o surto de Ben.

– Oliver! – gritou Ben, assim que o carro parou no farol vermelho. – Você não pode pisar em cocô! Isso não é coisa de criança educada! Isso é coisa de criança boboca!

– Ben! Não fale assim com ele! – gritou Agata, perdendo completamente a calma.

– Eu falo com meu filho do jeito que eu quiser! Principalmente depois que ele enche meu carro de merda!

– Ben! Olha a boca!

– Eu falo do jeito que eu quiser!

– Acabou o cinema! – disse Agata.

– Ah é? – desafiou Ben. – Então está certo! Parabéns, Agata! – disse ele. E olhando para os filhos: – Meninos, a mamãe estragou o cinema!

As crianças começaram a chorar. Não pelo cinema, mas pela cena violenta e agressiva que os pais estavam protagonizando diante de seus olhos.

Quando chegaram a casa, o silêncio tomara conta do carro. Agata, com os óculos escuros, chorava baixinho e tentava disfarçar por causa dos filhos. Mas só conseguia pensar em como tudo aquilo tinha sido bom demais para ser verdade e que Ben, realmente, talvez fosse um caso perdido. Talvez ela tivesse que enfrentar um divórcio. Criar coragem e se separar. Ou talvez ela nunca tivesse essa coragem e viveria dessa maneira para sempre.

Ben entrou no apartamento batendo as portas e trancou-se no escritório. Agata colocou um filme na televisão para Oliver e Nicolas, que puderam escolher qualquer um que quisessem, já que o cinema tinha ido por água abaixo.

Enquanto estavam entretidos, ela foi para a cozinha chorar. Sentou-se na cadeira do canto da mesa, que ficava bem de frente à geladeira. Nela, grudadas com ímãs, estavam diversas fotos da família. Uma delas era do casamento de Ben e Agata. Jovens, lindos e felizes. Essa era a imagem que se via ali. Estacionou os olhos naquela foto, reparando em cada detalhe e deixando escorrerem as lágrimas pelo seu rosto.

Depois de cerca de 20 minutos deixando toda a frustração fluir em forma de choro, depois de pensar em tudo que havia acontecido naquele dia, de ter se enchido de esperanças, de ter tido tantas certezas e de repente não ter mais nada, Agata limpou o rosto, levantou-se e respirou fundo.

"Chega."

Caminhando em direção ao quarto, entrou no banheiro e começou a preparar um belo banho.

Agata deitou-se na banheira, com calma. Dessa vez, não bebeu nada. Seu rosto ainda estava inchado de tanto chorar.

"Será que vou aparecer assim do outro lado?", pensou. "Melhor eu pensar em alguma desculpa para explicar ao Diego, caso ele me pergunte."

Fechou os olhos e deixou o vapor d'água quente acalmar sua pele e enrubescer as bochechas. E, enquanto esperava a cortina d'água se formar, respirou profunda e calmamente, buscando a paz e a calma que ela tanto queria e que Ben era simplesmente incapaz de lhe dar.

Capítulo 8

Javier usava um impecável fraque cinza chumbo, com sapatos incrivelmente brilhantes, e entrou apressado por uma das 20 portas do castelo renascentista. Ele estava esbaforido e desesperado. O local histórico seria palco de um dos casamentos mais importantes do ano e do mundo das celebridades do esporte. Além disso, a noiva era uma de suas melhores amigas e ele seria um dos padrinhos.

Perdido entre os corredores grandiosos do imponente palácio, Javier precisava encontrar Jane, a chefe do cerimonial, e avisá-la sobre uma terrível catástrofe.

— Jaaaaaaaaane! — gritou Javier, assustando até a própria noiva que, em um dos quartos alguns andares acima, terminava de se arrumar, com a ajuda de 20 auxiliares.

— Javier! — disse Jane, com um rádio preso ao queixo, *tablet* em mãos e um assustador sorriso sereno — sereno demais para quem comandava o que estava prestes a se tornar a maior festa de casamento de todos os tempos.

— Jane, Jane, querida, é o fim do mundo! — disse, com ar de desespero.

— Calma, Javier, o que foi? Está tudo bem com ela?

— Não! Ela está horrível!

– Horrível? Como assim, Javier? Ela escolheu o vestido dos sonhos e até ontem estava satisfeita com cada detalhe!
– Vestido? – perguntou Javier, confuso, enquanto ainda respirava com dificuldade. – Jane, você está louca? Estou falando da mesa dos doces!
– Ah... – suspirou Jane, aliviada. Ela usava um terninho preto com camisa branca, cabelos presos em um coque e um bonito batom vermelho-escuro.
– A mesa de doces está um horror! – enfatizou Javier.
– O que está errado? Mostre para mim.
– Venha comigo!

Ambos saíram, a passos rápidos, até um dos salões onde ocorreria a festa do casamento, após a cerimônia religiosa. Javier era detalhista, e apesar de não estar ali para organizar nada, não tirava os olhos dos preparativos. Ele queria ter certeza de que tudo sairia perfeito.

Em poucas horas, os convidados começaram a chegar. Eram artistas de cinema, televisão, atletas famosos e políticos. A fachada do castelo tinha um esquema de segurança e barreira para a imprensa dignos do Oscar. Havia tapumes à meia altura que delimitavam até onde jornalistas, cinegrafistas e fotógrafos podiam chegar. O público, os fãs e os curiosos eram afastados por uma corrente humana de seguranças. Muitos jogavam pôsteres com a foto do noivo, flores e outros objetos para presentear o novo casal. Alguns auxiliares corriam ao centro para recolher o que era jogado, mantendo a passagem dos convidados sempre limpa.

O vozerio foi tomando conta do salão principal do castelo. Todos que entravam tinham seus lugares predefinidos pela organização do evento. O salão tinha um pé direito altíssimo e o teto estava todo decorado com velas suspensas por fios invisíveis de nylon. O chão estava parcialmente forrado com belíssimos tapetes persas. Arranjos de flores brancas, rosa e azul-claras estavam dispostos com perfeição nas pontas dos corredores de cadeiras e em diversos cantos do salão.

Um altar havia sido montado somente para o casamento. Atrás dele, um majestoso coral, disposto em cinco degraus e formado por 35 integrantes, cantava uma linda canção de chegada, encantando os presentes. Nas laterais do coral havia um piano e um quarteto de cordas, que acompanhavam a cantoria com perfeição.

Agata olhou-se no espelho e sorriu. Estava nervosa. Era o tão sonhado dia de seu casamento. Tudo havia sido escolhido e pensado por ela. Jane, seu braço direito naquela missão, e muitos, mas muitos palpites de Javier tornariam aquela noite perfeita, a noite dos sonhos de Agata.

"Estou linda!", pensou, enquanto olhava para seu vestido, em formato discreto de sereia, inteiramente rendado e com uma leve cauda. O decote era em formato de coração, tomara que caia. Um maravilhoso colar de pedras preciosas brilhava em seu pescoço, quase ofuscando o brilho dos cristais bordados na renda do vestido. Os brincos também gritavam por atenção, feitos de lindíssimos diamantes. Seus cabelos estavam semipresos por um coque alto, no qual estava presa uma linda coroa, de onde caía o véu – este sim, bem comprido. A maquiagem era discreta, perfeita para a beleza natural de Agata.

Os clarinetes começaram a tocar e as vozes dos convidados foram, aos poucos, silenciando. Jane entrou no quarto.

– Chegou a hora. Vamos lá!

Agata respirou fundo e a seguiu.

– Vamos.

Caminharam lentamente até pararem atrás da porta principal. Ela estava ali, perante o momento mais emocionante da sua vida. A porta foi se abrindo ao som dos primeiros acordes da Marcha Nupcial.

Agata respirava com tanto nervosismo que seu colo inflava e abaixava, quase explodindo o decote. Até que, finalmente, a porta se abriu e todos os convidados levantaram-se para vê-la entrar. Lá na frente, estava esperando por ela o maior jogador de futebol de todos os tempos e o amor de sua vida, Diego Leggero.

Quando viu Agata de noiva, Diego abriu um sorriso tão sincero e iluminado que, naquele momento, todas as dúvidas dela foram embora. Teve certeza de que era exatamente ali onde deveria estar. Agata fixou seus olhos nos dele e realizou toda a caminhada até o altar sem desviar o olhar. Ela não sorria para a cantora pop do momento, nem para o prefeito da cidade. Ela sorria para Diego.

Perto do altar, ele estendeu sua mão para pegar a de Agata, olhando-a, completamente admirado. Os dois seguiram mais uns passos até ficarem diante do padre. Estava tudo perfeito. O discurso do padre foi emotivo e lindo, até aplaudido pelos convidados.

No momento das juras de amor, o noivo pegou a mão de Agata, beijou a aliança e lágrimas começaram a sair dos seus olhos. Ao ouvir "pode beijar a noiva", Diego a segurou com ternura pela cintura e lhe deu um apaixonado beijo.

Sorridentes, os noivos saíram pela porta sob uma chuva de arroz e voltaram pelo corredor do salão, aplaudidos pelos convidados. Era o momento de aproveitarem a festa. Entraram pela lateral, onde fotógrafos os aguardavam para as fotos oficiais do casamento, com familiares e padrinhos. Agata estava um pouco acostumada, mas não totalmente. Ela sabia que seu casamento era um grande evento do esporte, uma vez que Diego era um dos melhores jogadores do mundo. Ele jogava pela Seleção Uruguaia, mas há anos atuava em um time europeu, por isso o casamento na França.

Agata não gostava de praticar o sorriso falso e dar atenção às pessoas só por interesse. Mas, naquela noite, sua alegria era total. Ela estava muito feliz, realmente flutuando.

Flutuou mais ainda quando começou a tocar a valsa e Diego a tomou nos braços, conduzindo-a com perfeição pelo salão. Era fácil dançar com Diego, porque ele era um verdadeiro pé de valsa. Aliás, o que ele não sabia fazer? Os convidados ficaram impressionados com a leveza daquela dança e com a paixão que estava no ar. Era realmente um casamento de sonhos, um casamento por amor e por vontade. Nada de interesse ou mesquinharia. Agata era a noiva mais feliz do mundo.

– Você está linda – disse Diego enquanto dançavam.

– Obrigada. Você também está, como sempre, maravilhoso.

– Você é uma princesa. É a minha princesa. Promete que vai me deixar cuidar de você?

– Prometo! – respondeu sorrindo, olhos vidrados nos olhos dele.

— Você sabe que não me importa nada disso. Nenhuma dessas pessoas aqui ao nosso redor. Só me importa você – disse ele, sussurrando em seu ouvido.

— Eu sei, Diego. A mim também, só importa você.

— Poderíamos estar casando só eu e você em uma praia, que eu estaria sentindo a mesma felicidade que sinto agora.

— Eu também! Você sabe disso, meu amor! Não me importa nada disso, nada! Estou com você na alegria, na tristeza, na riqueza, na pobreza, onde você estiver!

— *Honey*, é por isso que eu te amo. Você é a mulher mais humilde que já conheci em toda minha vida.

— Eu te amo, Diego.

A dança terminou e todos aplaudiram. Diego foi ao palco montado para os shows, pegou o microfone e agradeceu a presença de todos. Ele citou alguns nomes, entregues a ele por Jane, em uma folha de papel. Em seguida, deu abertura à festa, chamando ao palco uma banda famosa, contratada especialmente para o casamento.

Os convidados foram ao delírio. E aquele era apenas o começo. A comida estava divina, os doces, mimos, presentinhos e surpresinhas aos convidados não tinham fim. A mesa de doces de Javier estava impecavelmente montada. Havia tendas com *lounges* espalhadas por toda parte para quem não quisesse sentar-se às mesas. Havia pequenos carrinhos, imitando carrinhos antigos de sorvete, servindo brigadeiro quente de colher, feito na hora. Havia sandalinhas personalizadas à disposição de todos os convidados, bem como uma tenda especial com massagistas e dez camas para que todos pudessem relaxar durante a festa.

O evento durou quase nove horas. Limusines aguardavam os convidados à porta do castelo para levá-los aos seus respectivos hotéis, reservados e pagos por Diego. Ele e Agata ficariam no próprio castelo, em uma maravilhosa suíte nupcial.

— *Honey* – disse ele, segurando na mão de Agata com carinho, enquanto ela conversava com alguns convidados.

— Oi, amor.

— Vamos embora?

Já era mesmo o momento de eles saírem. A festa havia sido

incrível, mas chegara ao fim. Cansados e ansiosos para sua primeira noite como um casal, os dois concordaram em subir. Saíram discretamente com a ajuda de Jane, para que não fossem mais interrompidos por nenhum convidado.

Subiram pelas escadarias até o que seria um terceiro andar. A suíte nupcial do castelo era perfeita, digna de reis e rainhas. Com o estilo original totalmente mantido, o quarto tinha as regalias da atualidade. Ar condicionado, banheira de hidromassagem e uma maravilhosa cama super *king size*.

Agata jogou-se na cama em um impulso. Diego jogou-se logo atrás dela. Ficaram ambos olhando para o maravilhoso teto cheio de afrescos e riram à toa.

– Foi tudo perfeito, meu amor! – disse ela.

– Foi maravilhoso!

Ele abraçou Agata e começaram a se beijar com ternura. Depois, passaram a beijos quentes. Ela levantou-se em um pulo e colocou-se de costas para Diego, sentado na beira da cama, para que ele tirasse seu vestido. Como todo clichê de noiva, o vestido tinha muitos botões.

Quando ele terminou, abaixou o vestido vagarosamente e viu que Agata usava uma linda lingerie branca. Ela virou-se de frente para ele que, sentado, começou a beijar sua barriga e descer bem devagar pelos quadris. O sexo começou ali e foi, como sempre, maravilhoso. Tão maravilhoso que, logo após gozarem, ambos pegaram num sono profundo, abraçados, apaixonados e recém-casados.

Quando Agata abriu os olhos em um susto, ouviu as pancadas na porta.

– Agata! Faz uma hora que você está nesse banho! – gritou Ben.

– E daí? Eu já vou! – respondeu sem demora.

– Então venha, as crianças precisam dormir.

"Por que você não os coloca para dormir?", pensou ela.

Quando Agata se levantou e limpou o vapor do espelho com a toalha, olhou seu reflexo e imediatamente lembrou-se de quando estava pronta para casar com Diego. Tudo aquilo estava fresco na sua cabeça. Mas não como um sonho, nem como um devaneio. Também não havia sido consciente. Eram lembranças.

Agata sentiu que havia ganhado memórias. Estava tudo arquivado em sua mente. Cada detalhe, tudo, tudo como aconteceu, como ela escolhera as cores da decoração, todas as provas do vestido, Jane, Javier, o semblante do Diego... Estava tudo lá. Era tudo dela. Era tudo real.

Capítulo 9

Era véspera de Natal. As crianças estavam extremamente ansiosas.
— Mamãe, mamãe! Será que Papai Noel recebeu minha cartinha? – perguntou Nicolas, beirando o desespero.
— Claro que recebeu, filho. Ele sempre recebe!
— E a minha? E a minha? – perguntou Oliver, nervoso.
— Claro que sim, gente! Ele recebe todas! – disse Agata, tentando acalmar as crianças.
Oliver havia pedido a última versão de um videogame e Nicolas, uma bicicleta. No Natal passado, Ben e Agata lhes contaram que Papai Noel havia deixado os presentes na porta do apartamento, pois estava chovendo muito e ele tivera que voltar rapidamente para o seu trenó. Mas não antes de tocar a campainha para avisar sua entrega. Dessa vez, os meninos combinaram de deixar a porta aberta e fazer guarda para ver o Noel bem de pertinho e abraçá-lo.
Ao contrário dos natais anteriores, naquele ano os pais de Ben, Elsa e John Stone, viriam para a cidade passar a ceia com eles. Normalmente eles preferiam ficar no interior com a irmã de Ben, cunhada de Agata, Deby. Somente no *réveillon* eles apareciam na cidade.
Deby era, naquele momento, aparentemente a "preferida" dos pais de Ben. Ela era divertida e elegante. Uma loira magérrima que

chamava a atenção por onde passava, não só pela cor viva de seus cabelos e pelo corpo, mas pela postura confiante, o sorriso sempre cativante nos lábios. Não havia um lugar que não parava completamente quando Deby aparecia. Ela estava sempre impecável, com as roupas mais alinhadas das últimas coleções apresentadas nos desfiles internacionais. Sempre maquiada e, apesar do corpo esbelto, não gostava nada de praticar esportes e fumava bastante. Tinha um casal de gêmeos, Vivi e Jimmy. Vivi era a única neta menina, o que explicava, ao menos na cabeça de Agata, a preferência que os sogros davam àquele lado da família. Deby não era dona de casa, pois se tornara uma advogada bem-sucedida e dona do próprio nariz. Para completar a vida "perfeita", ela se casara com Alec, um engenheiro superinteligente que havia desenvolvido um aplicativo de sucesso que garantira ao casal uma vida extremamente confortável, independentemente dos ganhos de Deby. Alec também era bastante querido pelos sogros.

Para Agata, nada disso importava muito. A vida dela e de Ben era distante da família dele. Os sogros não eram de se intrometer e a respeitavam, principalmente por ela ter se "encaixado" no papel de mãe e esposa tão bem. Além do mais, Elsa conhecia bem o filho e sabia o quanto ele podia ser grosseiro e impaciente. Quantas vezes ela não trocara olhares cúmplices com Agata ao presenciar algumas cenas. Mas, é claro, Agata sabia que alegrava a sogra o fato de ela não se levantar e não se queixar. Talvez, se ela resolvesse enfrentar Ben diante de todos, as reações de Elsa poderiam ser outras. Enquanto isso, Deby, a filha, era uma mulher diferente das demais e, mesmo assim, todas as expectativas acabavam recaindo sobre o marido.

Sentada no sofá, enquanto respondia as perguntas sobre o Papai Noel de Nicolas e Oliver, Agata lembrou-se do início de seu namoro com Ben, quando a vida de Deby era bem diferente e elas eram muito próximas. A cunhada ainda namorava Thiago, também advogado, promissor na carreira e um verdadeiro príncipe, cavalheiro com todos ao seu redor – exceto com a namorada. Entre quatro paredes, Thiago era grosseiro e egoísta, gostava de Deby, mas a tratava como se ela não tivesse valor. Os sogros o adoravam, afinal ele era brilhante e estava em rápida ascensão profissional. Na visão dos pais de Deby, ele seria estável o suficiente para garantir a boa vida que a filha merecia. Como a maioria dos advogados, Thiago era político e sabia portar-se em qualquer ambiente com primor. Onde ele ia, relacionava-se com bastante carisma e todos tinham a impressão de que ele era legal, calmo e sensato. Enquanto Deby era a estressada e mal-humorada, que não sabia valorizar o incrível parceiro que tinha. Somente Agata sabia a verdade, pela proximidade e amizade que tinha com a cunhada. Era sempre ela quem ouvia as lamentações e as terríveis brigas que aconteciam entre eles. Pelo fato de Thiago ser um "bom partido", o fim do namoro chocou os pais de Ben e eles foram contrários à relação de Deby com Alec. No começo, chegaram a tratá-lo com descaso, até o dia em que o aplicativo explodiu. A partir daquele ponto, a opinião de John e Elsa sobre o novo genro mudou.

"Tomara que Deby venha hoje à noite, tudo ficará tão mais divertido...", pensou Agata. "Faz tempo que não fofocamos."

– Mãe! Você não está me ouvindo?! – reclamou Oliver, interrompendo as lembranças de Agata.

– Ah, desculpe, filho, a mamãe estava se lembrando de uma coisa.

– De quê? – indagou Nicolas, praticamente em cima dela no sofá.

– De nada, filho.

– Mas você acabou de falar que estava se lembrando de uma coisa. Como agora não é nada?

– Ah, é que não é nada importante.

Ben havia saído para comprar gelo e pegar as encomendas para o jantar. Ainda no supermercado, enquanto comprava as bebidas, teve uma ideia quando viu um sino à venda e o pegou para levar. Apesar de o supermercado estar cheio e com filas enormes, Ben não perdera o humor, pois assim como Agata, também gostava do Natal e de todo o ritual da comemoração.

– Alô? – Ben atendeu o celular enquanto aguardava a vez no caixa. – Oi Deby! Você vem? Que maravilha, vou avisar a Agata para colocar mais lugares à mesa. Vejo vocês mais tarde.

Agata recebeu uma mensagem de Ben confirmando a vinda de Deby e, animada, adicionou mais quatro lugares à mesa, que estava linda. Detalhista com decoração, sempre que tinha tempo, Agata caprichava. Daquela vez, comprou pratos de porcelana com detalhes temáticos de Natal, porta-panelas em formatos de chapéu do Papai Noel e de pinheiros, guardanapos de renas sorridentes, copos de cristal cheios de detalhes em flocos de neve e copos para as crianças de plástico, com desenhos das renas, cada uma com seu nome.

Para o jantar, Agata havia preparado um cardápio tradicional: farofa, lombo assado, arroz com e sem uva passa, torta de palmito, torta de frango com catupiry, tender com molho de laranja, salada de grão de bico e lasanha de queijo com shimeji. As sobremesas eram de responsabilidade da sogra e da cunhada.

"Está tudo perfeito", pensou, dando mais uma olhada na mesa após ampliar os lugares.

Algumas horas depois, Ben chegou com as mãos cheias e Agata correu para ajudá-lo. Foi quando o outro elevador chegou trazendo Elsa, John, Deby, Alec e as crianças, Vivi e Jimmy.

– Agata! – exclamou Elsa, deixando as sacolas de presentes no chão e abrindo os braços para a nora.

– Elsa!

Agata teve que deixar de ajudar Ben para não deixar a sogra esperando por ela.

– Mãe! Não está vendo que estou cheio de coisas? – reclamou Ben.

– Ah, meu filho – disse Elsa, ainda abraçada a Agata. – Você não muda nada mesmo. Como é que você aguenta, hein, Agata?

– Ah... – disse Agata, com um risinho falso. – A gente acostuma, não é mesmo?

– Agata! – exclamou Deby animadíssima, também abrindo os braços para ser recebida pela cunhada.

– Deby! Que saudade! – disse Agata, sincera. – Crianças! Venham dar oi para seus primos! Vivi e Jimmy estão aqui!

Foi uma chegada calorosa, cheia de abraços, beijos e gritos animados das crianças que corriam para lá e para cá. Como acontecia em todas as reuniões da família de Ben, alguns minutos depois os homens já estavam no sofá e as mulheres na cozinha, preparando as entradas e bebidas.

Ao contrário dos homens da família de Ben, Alec era bastante gentil e atencioso com sua esposa e logo foi ajudá-la a servir as bebidas. Cerveja para ele e Ben e uísque para o sogro John.

– Meu amor, posso abrir um vinho tinto para você? – perguntou ele, carinhoso.

– Claro, Alec – respondeu ela. – Mamãe? Agata?

– Sim, eu aceito – respondeu Agata.

– Eu também, Alec, querido, pode me servir, sim.

Enquanto preparavam os petiscos, as três falaram rapidamente sobre a última viagem de Deby e sobre as férias de Agata.

– Com licença que eu vou matar a saudade dos meus netos – disse Elsa de repente, indo em direção ao quarto das crianças.

Segundos depois, deu para ouvir a alegria deles com a avó chegando ao quarto para brincar. Deby pegou o vinho em cima da bancada de madeira e serviu outra taça para ela e Agata. Seu olhar mudou, o semblante ficou sério.

–Você não sabe quem me ligou.

Agata já sabia bem de quem se tratava. Thiago, o ex-namorado.

– Não me diga que foi ele de novo?

– Sim. Você acredita? E vou ser sincera, ainda mexe muito comigo.

– Eu entendo... Mas e você? Como reagiu dessa vez?

– Eu não dei atenção, A. Eu não quis vê-lo. Eu nunca mais quero vê-lo. Sempre vai ser melhor assim.

***

Era uma noite como outra qualquer quando Deby chegou ao seu apartamento. Alec, seu namorado há quase dois anos e com quem ela já morava, estava fora em uma importante viagem de negócios. Ele tinha ido visitar mais investidores para seu aplicativo e estava confiante de que a vida do casal mudaria para sempre. Deby estava jogada no sofá da sala, pensando em um dos casos "cabeludos" do qual teria audiência no dia seguinte. Ao pensar nos pormenores do caso, lembrara-se de Thiago.

"O que ele faria?"

Apesar de já estar separada dele há mais de dois anos e vivendo feliz com Alec, Deby admirava Thiago demais profissionalmente. Havia aprendido muito com ele, isso seria sempre inegável. Mas ela não gostava quando pensava nele.

Como um golpe do destino, seu celular vibrou e uma mensagem de Thiago apareceu na tela bloqueada. Deby congelou, sem reação. A mensagem dizia:

Deby, você pode achar estranho eu escrever assim, do nada. Mas sinto sua falta. Eu me arrependo de ter te deixado ir embora. Gostaria de ter me casado com você, formado uma família com você. Eu mudei. Eu sei o seu valor.

Em choque, Deby reencaminhou a mensagem à Agata, que não acreditou em uma palavra de Thiago.

Deby, ele descobriu que você está bem, que está feliz com outra pessoa. Está apenas testando seu poder sobre você. Não caia nessa – Agata respondeu por mensagem. *E apaga essas mensagens, pelo amor de Deus. Não deixe esse idiota estragar tudo.*

Como nem sempre as pessoas conseguem ouvir conselhos, principalmente quando há paixão, rancor, raiva e outros sentimentos confusos envolvidos, Deby respondeu:

Oi... Eu sinto sua falta. Mas estou feliz. Por que você está fazendo isso agora?

O "eu sinto sua falta" entregara as intenções de Deby, e Thiago soube usar isso a seu favor.

Deixa eu te encontrar. Deixa eu falar tudo isso pessoalmente. Quero ouvir você me dizer que não me quer nunca mais, na minha cara.

Deby não conseguiu dizer não. Ela e Thiago encontraram-se poucas horas depois das mensagens. Trocaram farpas. Trocaram lágrimas. Irredutível, ela garantia que estava bem, feliz. Sedutor, Thiago não aceitava. Até que, após muito vinho, foram parar na cama. Depois do surto de paixão, Deby chorou e implorou a Thiago que nunca mais a procurasse. Satisfeito com a constatação de que sim, ele ainda a possuía, ele concordou.

Em sua casa, sozinha, Deby tomou o banho mais longo de sua vida, cheia de alegria e nojo de si mesma ao mesmo tempo. A única pessoa que soube disso fora Agata, que havia optado – sabiamente – por não julgar a cunhada.

– Alec volta amanhã, eu não sei o que fazer. Jamais terei coragem de contar o que eu fiz – disse Deby à cunhada.

Alec chegou no dia seguinte. O aplicativo havia sido ovacionado e ganhara um aporte de milhões de dólares. Por isso ele voltou cheio de presentes para Deby, que havia preparado um excelente filé grelhado com molho *barbecue*, arroz caseiro e, de sobremesa, torta de maçã, a preferida dos dois. Como era de se esperar de um reencontro de um casal apaixonado, e com uma notícia maravilhosa daquelas, ambos agarraram-se após o jantar, depois de muitos brindes, e transaram para matar a saudade.

Após a diversão, na hora do banho, Deby pegou a cartela de anticoncepcional e percebeu que havia esquecido de tomá-lo um dia. Sentiu seu corpo esquentando por dentro e suas pernas ficaram bambas.

"Será que se eu me esquecer de tomar a pílula só um dia, posso estar grávida?", pensou.

Nove meses depois nasceram os gêmeos, mas Deby jamais quisera fazer o exame de DNA. De forma alguma contaria para Alec sobre a noite em que estivera com Thiago. Sobre a pílula e o fato de não ter se protegido com ele, Deby jamais contara nem mesmo para Agata.

***

– Concordo com você, Deby. Será melhor assim. Aliás, nem sei por que ele continua te ligando! – disse Agata, enquanto terminava de arrumar os petiscos na bandeja. – Agora vamos para a sala interromper a conversa dos meninos!

Já eram mais de onze e meia da noite quando as quatro crianças abriram a porta da sala e começaram a fazer guarda para não perderem a chegada do Papai Noel. Ben olhou ao redor e chamou Agata.

– Linda, quando fui à loja tive uma ótima ideia para a chegada do Papai Noel.

— Que bom, Ben! Pois eles estão atentos a tudo e não sairão da porta de entrada.
— Olha o que eu trouxe — disse Ben, tirando do bolso um sino bem pequeno. — Como já sabemos, nunca dá tempo de o "Noel descer do trenó", então tocamos o sino na porta de serviço e na hora em que as crianças correrem em direção à cozinha, ele consegue deixar os presentes na entrada principal. Vamos fazer assim, você vai até a cozinha, toca o sino e se esconde na área de serviço. Enquanto isso, pego os presentes e garanto que eles estejam na porta da sala.
— Ótima ideia, amor! — vibrou Agata.
— Feliz Natal, A. Você pode não acreditar, mas eu te amo muito. Nossa família é o que me faz acordar e trabalhar todos os dias.
"Eu não acredito. Estou sonhando."
— Eu também te amo muito, Ben. Mas você sabe disso — disse Agata, abraçando-o.

Apressada, Agata foi em direção à cozinha, alerta para as crianças não perceberem, e começou a tocar o sino, primeiro baixinho e depois aumentando o som. Em um minuto já podia ouvir as crianças gritarem:
— Ele está na cozinha! Chegou por lá! — disse Oliver.
— Corram! — gritou Vivi.
— Corram como o Flash! — gritou Nicolas.

Enquanto as crianças corriam para cozinha, Ben posicionou os presentes no local onde antes elas faziam guarda. Na cozinha, Agata estava encantada com a alegria das crianças à procura do Noel. Eles olhavam até dentro dos potes de biscoito, como se o bom velhinho fosse um duende pequeno e coubesse lá dentro. Passados alguns minutos de busca alucinante, a campainha tocou e a criançada animada correu de volta para a porta da entrada. Assim que viram os presentes, foi uma verdadeira mistura de sentimentos: alegria, surpresa, curiosidade e também chateação por não terem conseguido ver o Papai Noel bem de pertinho.

As crianças abriram seus presentes e tiveram certeza de que ele havia sim recebido suas cartas, afinal, cada um ganhara exatamente o que queria. Mas, como previamente combinado, primeiro iriam jantar todos juntos para comemorar o Natal, para depois brincarem.

Após o jantar, a paz reinava no apartamento. Era o momento da tradicional brincadeira de mímica. Enquanto todos riam sem parar, Agata aproveitou para arrumar as camas das visitas. O cansaço bateu e todos foram se deitar.

Ao chegar ao seu quarto, Agata deparou-se com uma linda caixa preta com um laço rosa. Era o presente de Ben.

"Nossa. Que incrível, meu príncipe ainda está dentro desse corpo."

Dentro da caixa havia um lindo anel de diamante e uma camisola sexy preta, que Agata foi vestir no banheiro de sua suíte. Ao entrar, viu sua banheira e sentiu saudades de Diego.

"Mas tudo está tão incrível com Ben... Quem sabe amanhã."

Voltou para o quarto, linda e confiante. Ben a esperava com duas taças e um *prosecco* gelado no balde.

"Impressionante, ele voltou a ser o Ben por quem eu me apaixonei!"

Por um instante, Agata chegou a cogitar se Ben não havia descoberto o portal. Ou ainda que ele tivesse uma amante. A possibilidade de ele ser gentil, carinhoso e apaixonado era tão pequena àquela altura do casamento, que ela procurava razões para ele se comportar daquela forma. Agata respirou fundo e disse para si mesma parar com pensamentos negativos. Talvez Ben apenas estivesse voltando a ser o seu Ben.

A noite foi excitante com o marido, acompanhada de muito carinho e cumplicidade. Tanto que dormiram abraçados. Mas, antes de fechar os olhos, Agata pediu ao Papai Noel que Ben nunca mais voltasse a ser aquele ogro que vinha sendo ultimamente.

∗∗∗

– Que merda é essa, Agata?! – gritou Ben na manhã seguinte, acordando todos na casa, indignado com a bagunça na sala.

"Papai Noel estava ocupado demais e não me ouviu", pensou Agata ao abrir os olhos com o grito, acostumada com a humilhação diante da família de Ben.

E tudo foi como antes. O olhar de pena de sua sogra, Deby se segurando para não xingar seu irmão, as crianças se escondendo de medo, e Agata, bem... Agata louca de vontade de se enfiar no banho.

Capítulo 10

O céu estava absurdamente estrelado. Da sacada do hotel cinco estrelas, com vista para magníficas montanhas cobertas de neve, Agata observava as pessoas preenchendo cada espaço vazio na linda praça vitoriana diante do prédio.

– A rua já está lotada, amor. Vamos logo!

– Calma, só falta um detalhe – disse o jovem Ben, aproximando-se de Agata na sacada e entregando a ela um lindo buquê de rosas brancas.

– Uau! São lindas! – disse Agata, beijando-o ardentemente.

– É uma para cada pedido que você fizer para o ano novo.

Agata havia ganhado a viagem dos sonhos para passar o ano novo em um dos hotéis mais luxuosos da temporada de inverno. Tudo isso porque batera as metas no escritório. Como uma grande firma financeira, os prêmios aos funcionários exemplares eram sempre caprichados.

– Então, vamos? Daqui a pouco já é meia-noite! – disse ela, ansiosa, baforando no ar para ver seu hálito transformando-se em fumaça.

– Vamos! – disse ele. – Ah! Espera um pouco!

Ben foi até o frigobar do quarto e tirou as duas garrafas de champanhe que havia deixado para gelar. Depois disso, desceram até a linda praça, toda iluminada. Havia um lago congelado transformado em pista de patinação, da qual muitos hóspedes preferiam assistir aos fogos. Agata e Ben desviaram dos patinadores mais iniciantes e escolheram um lugar especial. Um banco gostoso e iluminado, feito para um casal apaixonado. E eles ficaram lá, abraçados, olhando o céu e esperando a contagem regressiva.

– Dez... – o coro começou. – Nove... oito... sete... seis... cinco... quatro... três... dois... um!

– Eu te amo! – disse Ben, beijando Agata com vontade.

Os majestosos fogos de artifício começaram a explodir no céu. Era um verdadeiro espetáculo. Ben abriu o primeiro champanhe e os dois começaram a beber. Estava frio e a bebida gelada estava deixando Agata roxa. Mas ela não se importava. Estava feliz, plenamente feliz.

* * *

– Oliver, aguenta firme, você vai perder os fogos! – disse Agata, enquanto tentava animar o filho sonolento.

– Mamãe, estou com sono... – respondeu o menino, fazendo manha.

Ben estava sentado no sofá, mexendo no celular. Na TV, um programa típico do ano novo, pré-gravado pela emissora, transmitia um show com diversas atrações musicais. Agata já havia tirado toda a mesa do jantar e estavam os quatro na sala do apartamento, aguardando a meia-noite para verem os fogos da sacada.

– Ben, sabe do que me lembrei?

– O quê? – perguntou ele, sem tirar os olhos do celular.

– Daquele ano novo que passamos no hotel cinco estrelas. Lembra?

– Não lembro, que hotel? – perguntou, ainda desatento ao que ela dizia.

– Aquele, de quando namorávamos. A viagem que ganhei da empresa.

– Ah, sei – respondeu, com pouca empolgação. – E o que tem?

– Nada demais... É que nem consigo imaginar como éramos malucos. Dormimos naquele banco gelado, depois patinamos no lago, completamente bêbados. Foi... divertido.

— Ah sim, é verdade. Pegamos no sono no banco gelado.
— Não foi bem "pegar no sono", não é? – perguntou Agata, com uma voz insinuante.
— Agata, as crianças não precisam ouvir isso! – Ben cortou, com rispidez.
— Eu não disse nada demais, Ben! Eu, hein!
— Hahaha! Olha só o Dennis! Está nas Bahamas bebendo todas! – disse Ben, virando a tela do celular para Agata e mostrando uma foto do amigo nas redes sociais.
"Não sei quem é esse Dennis e pouco me importa se ele está nas Bahamas", pensou Agata, furiosa.
— Nossa, que legal... – resmungou ela, e olhando para Oliver no outro sofá, continuou: – Oh, não, ele dormiu... Poxa, não vai ver os fogos mais uma vez.
— Leva para a cama – disse Ben, sem tirar o olho do celular.
— Vou levar... Nicolas já está dormindo também... Seremos só eu e você.

Ben não respondeu. Na verdade, ele fingiu que não ouviu. Agata levou Oliver para a cama, deu mais um beijinho em Nicolas, que já dormia, apagou a luz do quarto e fechou a porta. Caminhando em direção à sala, observou Ben e não sentiu vontade de aproximar-se dele. Onde estavam as viradas de ano maravilhosas e divertidas que eles tinham passado? Onde estava aquele Ben? E aquela Agata?

Ao olhar para o aparador ao seu lado, viu seu celular e o pegou. Entrou numa rede social e em apenas uma rolada de tela viu Deby em uma paisagem maravilhosa, brindando com Alec e as crianças. Viu Beth fazendo careta, sentada em uma pedra com uma linda praia ao fundo. Viu outras mães de amiguinhos das crianças postando mensagens de paz e harmonia. Mas não sentiu vontade de compartilhar nada. Estava chato, estava tudo monótono. Faltava uma hora para a meia-noite e tudo que ela teria para fazer era sentar ao lado de Ben no sofá, assistir à TV e aguardar os fogos da janela.

"Ou não!", pensou Agata. "Desta vez, não!"

Agata correu para a cozinha, tirou a rolha do vinho que sobrara do jantar, encheu uma taça e seguiu para o quarto. Do jeito que Ben estava compenetrado em seu celular, nem daria falta dela. Entrou em seu banheiro e ligou a água da banheira. Em poucos segundos, o portal se abriu diante de seus olhos. Sorridente e ansiosa para saber o que estaria acontecendo do outro lado, Agata se jogou na sua outra vida mais uma vez.

Ao abrir os olhos, ela não estava em sua banheira na casa de Diego. Estava em outro banheiro. Enorme, lindo, cheiroso e impecavelmente branco. Ao olhar para a pia, viu miniaturas de produtos de banho e outros acessórios. Viu também um secador de cabelo preso à parede. Estava em um hotel. De repente, ouviu batidas na porta.

– *Honey*! *Honey*! Falta apenas uma hora para a virada. Está tudo bem aí?

– Sim, sim! Está. Eu já vou!

– O Alan vai começar a tocar aquela música que você ama.

"Alan? Quem é Alan? Tocar uma música?"

Agata ouviu um som abafado vindo do lado de fora e apressou-se em colocar a roupa que estava pendurada na porta. Um maravilhoso vestido branco, leve e rodado, com finíssimos bordados em dourado na barra. Estava sem lingerie nenhuma por baixo. Sentiu-se estranha ao colocar um vestido rodado sem calcinha, mas acabou gostando da ideia quando pensou em Diego.

Ao abrir a porta do banheiro, deparou-se com um gigantesco quarto de hotel com uma sala de estar, cama, closet, hall de entrada e uma enorme sacada. Foi até ela e lá embaixo acontecia um show de música.

"Alan Devine?"

Agata se deu conta de que se tratava de sua banda favorita! Tocando ao vivo diante de seus olhos. E além de toda aquela festa, conseguiu ver a imensidão de um maravilhoso mar. Era um hotel no meio de uma praia deserta. Saiu correndo para descer até a grande festa. Quando chegou ao hall do hotel, Diego a esperava em um dos sofás.

– *Honey*! – disse, levantando-se. – Venha, vai tocar sua música!

– Diego! – Agata o abraçou e beijou. Ele retribuiu, depois lhe deu um sorriso maravilhoso.

— Por que sempre que você vai ao banheiro eu tenho a sensação de que você volta como se não me visse há meses?
— Ah... É que eu sempre tenho saudade de você...
Diego a agarrou de novo e, ao escorregar as mãos pelo seu corpo, passou pelo bumbum e notou que ela estava sem lingerie. Abriu de novo um sorriso sacana e murmurou:
— Ah... Então foi isso que foi fazer é? Preparar uma surpresinha para mim?
Diego discretamente subiu uma das mãos pela barriga e seios de Agata, certificando-se de que ela estava também sem sutiã.
— Uau... Estou pensando seriamente se quero voltar para o show...
— Vamos voltar, sim! — disse ela, empolgada.
Os dois correram para o lado de fora do hotel, onde estava acontecendo uma festa privada, mas bem cheia e animada. A maioria eram jogadores de futebol, empresários do ramo, algumas celebridades. Agata reconheceu alguns amigos de Diego e foi puxando seu marido para perto do palco, uma estrutura baixa e bem próxima do público. Um verdadeiro *pocket show* exclusivo. O primeiro acorde da sua música favorita tocou e Agata não podia acreditar.
— Esta é para você, Agata! — disse Alan, o vocalista.
Agata sorriu para ele, encantada.
"Esta é de fato a minha música favorita", pensou.
O deslumbramento era tamanho que ela até se esqueceu de Diego por alguns minutos. Ficou entregue àquele momento divino em que ouvia sua banda preferida tocar uma música para ela. Rodeada de pessoas desconhecidas, porém ao lado de Diego, a quem aprendera a amar cada vez mais e em quem confiava quase cegamente, mesmo sem entender muita coisa.
Diego a abraçou por trás e cantarolaram juntos a letra da música. Depois, começaram a se beijar calorosamente, ouvindo gritinhos e assobios de outros convidados mais irreverentes.
— Bem, pessoal — disse o vocalista. — Agora vamos aproveitar esta festa com vocês! Daqui a pouco é ano novo!
Sob aplausos, os integrantes da banda desceram do palco e juntaram-se aos convidados famosos para curtirem a festa. Não

sem antes passarem por Diego e o cumprimentarem, um por um. Agata estava em êxtase. Jamais poderia imaginar uma situação tão incrível como aquela.

O céu estava absurdamente estrelado. Diego olhou o relógio.

— Falta pouco, *Honey*. Vem comigo.

Diego segurou na mão de Agata e a guiou por uma escadaria lateral que levava até a praia vazia. Ao pisar na areia, Agata sentiu que teria uma noite incrível. Diego continuou caminhando na escuridão, em direção ao mar. Lado a lado, de mãos dadas, sentiram a água gelada molhar seus pés. O som da festa já estava abafado e distante. Ninguém podia vê-los.

— Dez... — disse Diego, olhando fixamente os olhos de Agata.

— Nove... — ela respondeu, sorrindo.

A contagem regressiva terminou e maravilhosos fogos começaram a explodir no céu.

— É tudo para você, *Honey* — disse Diego, abraçando e beijando Agata. — Feliz ano novo.

— Feliz ano novo! — exclamou ela, beijando-o mais.

Diego foi subindo o vestido de Agata e passando as mãos em suas coxas até chegar entre as pernas. Acariciou-as gentilmente e em seguida ajoelhou-se para fazer tudo com a boca. Aos poucos, foram escorregando para a areia. Deitados, Diego tirou o vestido de Agata e o jogou longe. Agata estava completamente nua e entregue. Ela, então, tirou a camisa branca dele. Rapidamente, Diego tirou a bermuda, a cueca, e ficaram os dois totalmente vulneráveis e ao mesmo tempo protegidos pela imensa escuridão, levemente iluminados pelas estrelas e pela luz da Lua refletida no mar. Era impossível vê-los do hotel, pois a estrutura era muito alta e distante da beira da praia. Mas isso não importava naquele momento. Cheios de tesão, Agata e Diego transaram, levando-a a mais um orgasmo delicioso e inesquecível. Ela o sentia por toda parte, seus carinhos em todo seu corpo, seus beijos, lambidas e os fortes movimentos de penetração, tudo ao mesmo tempo.

Uma hora depois de terem descido até a praia, Agata e Diego voltaram para a festa. A comida estava maravilhosa e ela queria ficar o máximo de tempo com Diego. Grudados, os dois riram, conversaram e resolveram subir para o quarto. Ao entrarem, Agata foi logo tirando o vestido de novo e pulando em cima dele, não queria perder tempo. A hora de dormir logo chegaria e, provavelmente, em breve ela estaria de volta em sua casa com Ben. Diego jamais recusaria as investidas de Agata. Ele era claramente louco pela sua mulher. E assim transaram de novo, tomaram banho juntos no chuveiro para tirar a areia e foram deitar, para dormir abraçados e apaixonados.

– *Honey*, de verdade – disse Diego, antes de pegar no sono. – Eu desejo que este novo ano seja, para você e para nós, incrível, muito mais do que o ano passado. Nós merecemos.

– Merecemos...

Capítulo 11

Havia sido um fim de semana bem puxado. Finais de semana, ou qualquer dia das férias escolares com crianças pequenas são sempre cansativos. Não há trégua, nem momento de descanso. Agata ou estava limpando Oliver no banheiro, ou interrompendo alguma briga entre ele e Nicolas, ou recolhendo brinquedos do chão enquanto tentava ensiná-los a guardar a própria bagunça.

Naquele domingo tinha feito bastante sol, ela ficara com os meninos na piscina quase o dia todo. Na verdade, só saíram porque caiu uma chuva forte. Ao entrar em casa, nem pensou no que preparar para o jantar, porque a única certeza que ela tinha era a de que não iria fazer nada.

– Ben, vamos pedir uma pizza?

– Linda, não quero pizza. Você não quer ir até a padaria comprar pão de hambúrguer para fazermos um lanche?

"Linda". Ben era tão grosseiro o tempo todo que uma simples palavra mais carinhosa já enchia o coração de Agata de esperança.

"Teremos um bom final de domingo em família", ela pensou.

Mesmo chovendo, Agata saiu para comprar os lanches. Oliver saiu correndo do quarto, gritando.

– Mamãe! Mamãe! Aonde você vai?

– Vou até a padaria, meu amor – respondeu ela, chamando o elevador, com a porta do apartamento aberta.
– Eu posso ir junto?
– Filho, é rapidinho, mamãe já volta.
– Ah, mamãe, me deixa ir! Por que não posso ir junto?
– Está chovendo, Oliver, não vai ser gostoso para você.
– Eu gosto de chuva, mamãe. Por favor!

Agata desistiu de argumentar. Ela estava tão exausta de tudo que não tinha energia nem para ter uma conversinha com o filho para convencê-lo de que aquele não era o melhor momento para acompanhá-la.

– Tá bom, Oliver, mas vamos logo.

Chegando a padaria, depois da confusão de sair do carro correndo na chuva, tirar a criança da cadeirinha e entrar com pressa, Agata descobriu que não tinha pão de hambúrguer.

– É, filho, acho que todo mundo teve a mesma ideia que seu pai.

Agata pensou rápido e pegou pães de *hot dog*. Comprou as salsichas e olhou o refrigerante na geladeira, mas preferiu não levar, porque o Ben às vezes reclamava quando tinha refrigerante em casa.

– Olha! Bolo de limão! – disse, animada, pegando um para a sobremesa. – Será que estou esquecendo mais alguma coisa? – perguntou a si mesma.

Enquanto isso, Oliver pedia tudo que via pela frente. Depois de discutir mais umas duas vezes com o filho, Agata seguiu em direção ao caixa, pagou as compras e voltou para casa. No momento em que entrou, Ben a ajudou a levar as compras e foi colocando-as em cima da mesa do jantar, enquanto ela botava as salsichas para ferver. As crianças também ajudaram, arrumando a mesa. Quando estava tudo pronto, Agata pegou o ketchup da geladeira, fez um suco e levou ambos para mesa.

– Agata, você não comprou maionese? – perguntou Ben.
– Nossa, amor, pensei que tivesse na geladeira.
– Pensou errado – respondeu, ríspido. – Nenhum refrigerante? Nossa, Agata, que porcaria de compra! Eu faria melhor.
– Ben, poxa vida...

– Nem fala nada, quero comer.

Ben saiu da mesa de jantar com seu lanche sem maionese e sentou-se no sofá da sala para comer, enquanto Agata e as crianças ficaram sentadas à mesa.

"Sabia que havia esquecido algo", pensou Agata, de certa forma ainda se culpando pelo estresse de Ben.

Depois que ela e os meninos terminaram de comer, foram para a rotina do banho, dentes, cama. Obedientes, pois estavam exaustos de um dia inteiro na piscina, eles não deram nenhum trabalho. Agata deitou-os nas camas, sentou-se no centro do quarto e contou uma história. Em minutos, já estavam dormindo.

Quando Agata foi até a sala e viu Ben dormindo no sofá quase na mesma posição em que estava quando terminara o lanche duas horas antes, suspirou. Aquela cena não lhe trazia absolutamente nada de bom.

"Que babaca", permitiu-se pensar. Era raro ela xingar Ben, até mesmo em pensamento. Ela estava mesmo chegando ao seu limite.

"O que fazer... O que fazer..."

Desistiu de acordar Ben e resolveu deixá-lo ali, entre as migalhas do sanduíche e o celular, que logo, logo, estaria sem bateria.

"Vou tomar um banho."

A banheira se encheu e, como das últimas vezes, Agata já sabia quando estava em seu banheiro na casa em que vivia com Diego. Ansiosa para sentir a brisa do mar e relaxar, saiu para o quarto e foi olhar o mar pela janela de vidro.

"Como eu amo este quarto. Queria este quarto lá na minha casa...", pensou.

Enquanto ela estava enrolada na toalha, hipnotizada olhando as ondas do mar, a governanta da casa, Marie, bateu na porta.

– Sra. Agata, o sr. Diego disse que irá passar às sete para irem ao jogo juntos. Ele não vai da concentração.

– Jogo? Que jogo? – perguntou Agata, sem disfarçar o espanto.

– Como que jogo, sra. Agata? A final do campeonato! A senhora está passando bem?

– Ah... A final... Sim, eu estou passando bem, sim... Claro, por um momento eu... acho que fiquei nervosa.
– Dá para entender o nervosismo! Hoje ou vai ou racha, não é mesmo?
– Aham... Sim, é hoje! – disse Agata, socando o ar com as duas mãos, fingindo saber exatamente do que estava falando. – Uhu!
Marie ergueu a sobrancelha, meio contrariada, mas reforçou:
– A roupa que a senhora pediu está passada lá no closet.
– Ok. Muito obrigada, Marie.
Chegando ao closet, Agata notou que já havia separado sua roupa para ir ao jogo. Um meião, uma saia, um tênis e uma blusinha justa do time rival ao que torcia no universo de Ben.
"Time rival?", perguntou-se, enquanto esticava a blusinha diante do espelho. "Ben me mataria se eu vestisse isso em casa."
De repente, um novo flash de memória lembrou a Agata que Diego havia assinado contrato com aquele time. Ela enxergou tudo em sua mente: Diego contando sobre a proposta, ela vibrando, champanhe, os dois a caminho do clube para a assinatura do contrato, fotos nas revistas, notícias por toda parte.
Agata já estava pronta esperando Diego quando ele buzinou. Ela foi correndo encontrá-lo.
– Oi, *Honey* – disse Diego sorridente, porém visivelmente nervoso.
– Oi! – exclamou Agata, feliz por vê-lo. Ela sentia uma saudade difícil de explicar, pois para ele, ela nunca saía dali.
– Você fica linda com essa camisa.
Agata sorriu, colocou o cinto e foram para o estádio.
Conforme o carro seguia pelas ruas, Agata ia ganhando flashes de memória de já ter passado por ali muitas e muitas vezes. Podia ouvir a multidão gritando no estádio antes mesmo de se aproximarem de um dos portões exclusivos para jogadores e comissão técnica. Diego deixou o carro com um segurança e desceu, ansioso. Agata desceu também, com medo de atrapalhar.
– Vem, *Honey*. Eu preciso de você aqui comigo – disse ele, estendendo a mão para ela.
Agata ficou contente por estar de mãos dadas com ele e de ser

considerada uma pessoa importante para estar ali. O estádio era grandioso, moderno, lindo e afastado do centro da cidade.
– Você não tem que entrar?
– Sim, vamos. Entre comigo por aqui, você conhece o caminho do camarote.
"Conheço?", Agata desesperou-se em silêncio. Ela não fazia a menor ideia de como chegar ao camarote naquele lugar imenso. Mas não podia dizer nada. Ao entrarem por um dos corredores internos, Diego parou, deu um beijo carinhoso em Agata e disse:
– Bom, eu fico por aqui, meu amor. Vá lá e torça por mim.
– Claro... Sempre...
Diego entrou por uma porta. Antes que ela se fechasse, Agata pôde ouvir os gritos dos outros jogadores, ovacionando a chegada dele. Quando a porta bateu, o estrondo a assustou, mas ao mesmo tempo trouxe mais um flash de memória. Agata olhou para seu lado direito e seguiu por outro corredor, em direção ao camarote VIP das famílias.

O camarote era incrível. Dividido em duas partes, uma fechada por vidros – mas com vista total para o campo – tinha ar condicionado, mesas, um *buffet* de saladas e outro de pratos quentes e várias geladeiras cheias de sucos, água e refrigerantes à vontade. A outra parte era fora da estrutura de vidro, com cadeiras de estádio, para os que não queriam perder nenhum lance.

Agata quis sentar-se fora, pois estava nervosa, ansiosa e ainda um pouco perdida, apesar das lembranças que chegavam aos poucos. Para sua sorte, ninguém veio falar com ela. As pessoas estavam em outro clima. Comendo, conversando, muitas mulheres que estavam lá não pareciam ligar a mínima para o jogo.

Agata não perdeu um lance. Torceu como nunca. O time de Diego arrebentou com o rival, numa goleada histórica de cinco a zero. Estavam na final do campeonato. Ainda era um pouco nebuloso para ela qual campeonato seria aquele, em que tempo estavam, mas ela vibrara como nunca e estava morrendo de orgulho de Diego. Seu coração estava cheio de alegria, como se ela realmente fizesse parte daquela trajetória. Como se ele estar ali, vencendo e desempenhando um maravilhoso papel como atleta, era um pouco sua responsabilidade. As memórias podiam não ser claras e objetivas, mas as sensações e os sentimentos eram mais transparentes do que nunca.

Assim que o jogo acabou, dois seguranças entraram no camarote e chamaram Agata.

– Sra. Agata, pode nos acompanhar, por favor?

Ela saiu atrás deles, imaginando que estava indo ao encontro de Diego.

"Mas... e os outros jogadores?", pensou, enquanto caminhava pelos corredores seguindo os seguranças.

– Por aqui, senhora.

Abriram uma porta, Agata entrou e eles a fecharam, sem acompanhá-la. Era um enorme vestiário, porém vazio. Definitivamente não era o local para onde os jogadores do time haviam seguido após a partida. No meio, havia uma espécie de maca, sobre a qual Diego estava sentado.

Ele olhou para ela fixamente. Aquele olhar... Agata sentiu os joelhos tremerem, ele estava lindo, sem a camisa. Dava para ver o volume por baixo do calção.

– Aqui, Diego?

– Agora.

Diego puxou Agata para perto do seu corpo e pegou seus cabelos com a força exata para deixá-la completamente entregue. Começou a beijar seu pescoço, sua boca, enquanto enfiava a mão por baixo da blusa de Agata e apertava levemente o bico de seus seios.

De repente, Diego a colocou em cima da maca, ficando de pé diante dela. Devagar e olhando fixamente para ela, levantou a saia e foi beijando sua virilha. Agarrou a calcinha com os dentes e a escorregou até o pé com a boca, ao mesmo tempo em que mordiscava toda sua perna. Agata estava totalmente envolvida naquele tesão. No momento em que Diego tirou sua calcinha, subiu por cima dela na maca e a possuiu ali mesmo, comemorando intensamente o título e o desempenho de zagueiro.

Capítulo 12

O céu estava lindo, a faxineira Cinthia havia chegado antes do horário, as crianças haviam acordado de ótimo humor e Agata estava muito feliz, não só porque tudo conspirava a seu favor, mas também porque estavam chegando as suas preciosas férias.

Sim, normalmente as férias eram cansativas e ela já estava bem exausta por passar todo o seu tempo com os dois pequenos. E, apesar de ser mãe coruja e amá-los mais que tudo na vida, não é nada fácil o dia a dia, inventar mil programas e atividades e ainda dar conta da casa. Mas quando viajavam era mais gostoso e prazeroso, mesmo com o cansaço da função "mãe".

Naquela manhã, Agata foi até a cozinha, pegou sua xícara vermelha preferida com a frase *Let's have a beautiful day* (Vamos ter um dia lindo), colocou o café quentinho que acabara de ser feito e foi até a varanda olhar o lindo dia. No caminho, notou que Nicolas e Oliver estavam no quarto, montando blocos.

Na varanda, com um largo sorriso no rosto, Agata lembrou-se de sua última noite com Diego. De ser tão VIP, de entrar pelos melhores acessos, sentar nos melhores lugares, experimentar opções gastronômicas diferenciadas, ser importante e tratada como princesa. Também se lembrou dos momentos de excitação no vestiário com

Diego e ainda sentiu um pouco daquela sensação de estar completamente feliz e do êxtase tão intenso que nem conseguira dormir.

O fato de nem conseguir dormir tinha deixado Agata preocupada em não voltar ao seu universo com Ben. Ela levantou-se lentamente, olhou Diego dormindo, seu corpo cheio de músculos esculpidos e cabelos cacheados, e sentiu vontade de acordá-lo para senti-lo mais uma vez. Mas foi logo para a banheira. Era preciso voltar para sua realidade e ver seus filhos.

Agata encheu a banheira. Enquanto a água aquecia, ela usou os cremes incríveis de que só usufruía naquele universo. Quando a banheira estava cheia, colocou o pé para sentir a temperatura e, quase como um puxão de redemoinho, foi alçada à banheira de sua casa com Ben.

"A força do portal está aumentando", pensou, enquanto bebericava seu café quente na varanda.

Mas nada poderia estragar aquela linda manhã. Ben havia prometido, já tinha comprado as passagens para a Disney e ela estava muito feliz, pois seria sua primeira viagem para os parques com seus filhos.

"Será que os universos acontecem em tempos diferentes?", ela se perguntou. "É a única explicação para Diego ou Ben não sentirem minha ausência. É tudo tão estranho..."

Era difícil para Agata não pensar no que estava vivendo, cada vez com mais frequência e intensidade. A alegria das férias se mesclava com as conjecturas sobre o que afinal estava acontecendo com sua vida. Mas ela decidiu não pensar mais nas suas viagens fantásticas e vivenciar plenamente as suas férias com a família. Ainda dava preferência para a sua realidade de mãe.

– Bem, crianças! Ajudem a mamãe a arrumar as malas! Vamos para Disney! – disse Agata, colocando a caneca na pia e correndo animada para o seu quarto.

– Ebaaaaaa! – gritaram os meninos.

A noite chegou e era hora de começar a saga aeroporto, avião, férias. De tanto que Ben reclamava da quantidade de malas, Agata havia se tornado especialista em levar o mínimo necessário. Seu celular começou a tocar. Era sua mãe, querendo falar com os meninos e desejar uma boa viagem.

— Alô?
— Querida, boa viagem!
— Ah, obrigada, mãe!
— Deixa eu falar com os meninos.

Depois que sua mãe falou um pouco com cada um, Agata pegou de volta o telefone.

— Estamos saindo, mãe. Obrigada, viu? Um beijo.
— Querida, não se esqueça de nunca soltar as mãos dos meninos! Eles podem se perder!
— Está bem, mãe, pode deixar...

Ben nem reclamou de ver Agata ao telefone com a mãe. Ele estava feliz e empolgado. Os quatro estavam na entrada do prédio à espera do táxi, que chegou pontualmente. No aeroporto, nada de atrasos. Graças ao cartão de crédito de Ben, conseguiram ficar esperando o voo na sala VIP. Quando viu a placa da sala, Agata teve um momento de calafrios, ao lembrar-se da sua entrada no estádio. Mas a empolgação dos meninos e de Ben logo afastou as lembranças.

A viagem de avião foi relativamente tranquila. Por ser um voo noturno, os meninos viram um pouco de desenho e logo dormiram. Assim que pegaram no sono, Ben os colocou uma ao lado do outra, cobriu-os, tirou seus sapatos e foi sentar-se ao lado de Agata, que se derretia quando via o marido ter momentos atenciosos e carinhosos — de tão raros, causavam uma euforia em seu coração. "Por que ele não é sempre assim?", pensou, antes de deitar sua cabeça no ombro de Ben e dormir.

Agata só acordou quando o avião estava pousando e a aeromoça pediu que ela colocasse sua cadeira na posição vertical. A chegada, como em qualquer viagem, foi um pouco cansativa, mas a família estava em total sintonia. A fila da imigração no aeroporto americano não estava longa, a entrevista foi rápida, as malas apareceram logo e, em menos de uma hora após o pouso, estavam dentro do carro alugado a caminho do hotel. Olhando pela janela do carro, revendo aquele trajeto que já havia feito várias vezes e sonhado tanto em estar ali com seus filhos, Agata ficou emocionada.

— Estou muito feliz — disse, colocando a mão sobre a perna de Ben. Ben sorriu e, sem olhar para ela, pois estava dirigindo, colocou sua mão sobre a dela e respondeu:

— Eu também, Agata.

— Quem está animado em conhecer o Mickey?! — gritou ela animada, olhando para os meninos no banco de trás.

— Eeeeu! — gritaram os dois em coro.

O *check-in* no hotel não podia ter sido melhor. Sem nenhuma fila no guichê, os quatro puderam logo subir até o quarto. Resolveram descansar da viagem e pediram comida lá mesmo, para poderem aguentar a maratona que começaria no dia seguinte.

O Sol amanheceu lindo no céu. Agata ajudou os meninos a se vestirem, tomaram um café da manhã delicioso no hotel e foram logo ao parque encantado. Assim que chegaram, desde a fila, as crianças já brincavam como nunca. Estavam hipnotizadas com tanta fantasia. Deram a sorte de, logo ao se aproximarem do castelo da Cinderela, assisitir um incrível show musical com quase todos os personagens da Disney. Agata se prendia aos detalhes e via como tudo era mágico.

"Este definitivamente é um mundo onde a fantasia vira realidade."

A semana correu rapidamente. Cada dia a família foi para um parque diferente. Ben estava um verdadeiro príncipe encantado e as crianças estavam em total êxtase. Apesar de um ou outro contratempo, como xixi na calça ou acidentes com sorvetes e chocolates na roupa, todos os dias voltavam tão cansados e felizes que pegavam no sono debaixo do chuveiro. Com isso, Agata e Ben podiam se cuidar, descansar e programar o dia seguinte com mais tranquilidade.

Dez dias haviam se passado quando Agata sentiu, pela primeira vez, uma pitada de saudades de Diego. Foi quando, zapeando os canais da TV do hotel, passava um jogo de futebol. De novo aquele rápido calafrio subindo pela espinha, mas no bom sentido. Uma saudade momentânea e gostosa.

"O que será que eu estou fazendo com Diego agora?", pensou ela. "Não pode ser melhor do que isto. Está tudo perfeito com Ben", concluiu, tentando amenizar a culpa.

No dia seguinte, eles iriam repetir um dos parques. Haviam combinado que as crianças poderiam escolher o preferido e assim voltariam. Porém, além de o dia amanhecer mais quente do que antes, quando se aproximaram do parque, o trânsito começava antes do guichê do estacionamento. Com a demora atípica, Oliver e Nicolas começaram a ficar impacientes. Agata notou a diferença no clima. Olhou para Ben e percebeu certa tensão na expressão dele.

"Não, ele não pode mudar de humor agora", pensou.

– Mas o que está acontecendo? Por que justo hoje está cheio desse jeito? – perguntou, já de forma mais estressada.

– Eu não sei, Ben. Talvez algum feriado local do qual não sabemos... – disse Agata, pegando o celular para tentar descobrir. – Olha, parece que é isso mesmo!

– Ah – reclamou Ben, com um bico do tamanho do mundo.
– Você não podia ter visto isto antes? Olhado o calendário?

– Ben, eu te mostrei antes de virmos, verifiquei todos os períodos de lotação dos parques e esse mês era o mais tranquilo! Até hoje quase não pegamos fila! Este feriado é só aqui na cidade.

– Na boa, Agata. Planejou errado. Eu faria melhor.

Agata respirou fundo e estava quase respondendo àquele comentário arrogante de Ben quando o trânsito começou a fluir. As crianças ficaram felizes e Ben se tranquilizou. No momento em que estacionaram o carro, a paz acabou de novo.

– Não acredito! Acho que esqueci as entradas no hotel! – exclamou Ben.

– Calma! – disse Agata, desesperada para não começar uma nova briga. – Eu te ajudo a procurar. Vamos encontrar.

Eles tiraram tudo do carro enquanto Nicolas e Oliver reclamavam que queriam ir logo.

– Calma, meus amores – disse, com carinho. – Já vamos. Estamos procurando as entradas, pois sem elas não temos como ir ao parque, está bem?

Funcionou e os meninos se calaram, provavelmente pelo medo de não terem como entrar no parque. Agata encontrou os papéis na lateral de um dos bancos. O alívio foi total e tão grande que a paz se instaurou novamente como mágica. Tiveram mais um dia feliz e bastante divertido.

A noite caiu e, na hora de sair do parque, Ben perguntou para Agata:

– Você anotou onde estacionamos o carro?

– Não... Poxa, com a confusão dos ingressos eu me esqueci... Você não anotou?

– Eu? Eu, Agata? Essa é a única coisa que você precisa fazer: cuidar da nossa logística. E nem disso você é capaz? Nem de férias, Agata?

– Ben, você está sendo cruel...

– Ah, eu estou sendo cruel? Eu me mato de trabalhar para bancar essa sua viagem dos sonhos enquanto você não faz nada o dia inteiro, e na hora de anotar um número, você não consegue? Você não presta para nada mesmo, Agata.

Ben se transformou no vilão mais malévolo de todas as histórias de magia e continuou a esbravejar coisas tão terríveis e humilhantes que Agata preferiu se calar, olhar nos olhos dele e dizer:

– Acabou? Ou está tentando ganhar uma vaga de vilão no parque?

Incrédulo, Ben olhou para ela e disse:

– Agata, eu prefiro não falar mais, pois você só faz merda... Impressionante.

Ela, ainda muito séria, disse:

– Vamos procurar ajuda?

Com Oliver dormindo no carrinho e Nicolas no colo de Ben, eles foram até a equipe de funcionários que, depois de perguntarem sobre o horário de chegada ao parque, conseguiram encontrar o carro. Agata sentiu-se sortuda por ter olhado no relógio do carro enquanto procurava os ingressos que Ben achava que havia esquecido.

"Ai, como ele foi idiota hoje", pensou enquanto entravam no carro e Ben batia a porta com força total, acordando o pequeno Oliver por alguns segundos.

Chegaram ao hotel, Ben tomou banho e foi dormir. Não ajudou Agata com as crianças, como havia feito nos dias anteriores, e nem com os planos para o próximo dia.

Agata resolveu não piorar as coisas, afinal eram férias e tudo estava indo tão perfeitamente bem que ela continuou com seus afazeres. Deu banho nas crianças, guardou algumas compras na mala, abriu o cofre do hotel e separou o dinheiro para o dia seguinte. Quando olhou para as camas, viu que tanto Ben quanto as crianças já haviam dormido. Pegou uma cerveja que estava no frigobar e foi tomar um banho.

No quarto do hotel também havia uma banheira e Agata resolveu tomar um banho relaxante. Ao entrar na água, lembrou-se da humilhação que sofrera com Ben mais cedo e sentiu muita vontade de encontrar Diego. Para sua surpresa, assim que deitou-se na banheira, o portal começou a se formar. Mas, ao invés de se entregar a mais uma viagem, Agata sentiu muito medo. E se não fosse a mesma passagem que abria na sua casa? E se ela não fosse levada para Diego?

Agata hesitou. Afastou-se do portal apreensiva. Abriu a cortina, ameaçando sair da banheira, quando a vontade de Diego falou mais alto. Fechou a cortina, e mergulhou de cabeça em uma nova viagem.

Agata abriu os olhos e olhou ao redor. Era seu banheiro impecável na casa de Diego. Com um sorriso nos lábios e cheia de energia, saiu da água e foi se trocar. Dentro do closet, uma planilha de treinos estava em cima de uma prateleira. Era o dia de Javier.

"É meu dia de treino!"

Marie bateu na porta.

– Sra. Agata, Javier chegou.

– Ah, sim, Marie – respondeu Agata de dentro do quarto. – Estou indo!

"Não, hoje não", lamentou.

Agata estava exausta, andando sem parar havia dez dias. Sentia-se completamente incapaz de se exercitar.

"Não vou aguentar!", pensou desesperada.

Ela tinha que dar um jeito de se livrar do treino. Javier não quis esperar e foi entrando no quarto, pegando Agata com semblante angustiado e sem a roupa do treino.

– *Chérrieeeee!* Não foge não!

— Javi! Oi!
— Oi – disse, dando dois beijinhos em Agata. – Para variar, você está linda.
— Javi, estou de toalha... E com cólica...
Javier afastou-se de Agata com as mãos em seus ombros e mudou o semblante de repente. Agata se assustou com a reação.
— Menstruada? – perguntou Javier, em tom de tristeza profunda. – Vai descer?
— Bem... vai... vai sim...
Javier abraçou Agata com força.
— Javi, calma, isso é normal... – disse ela, esmagada no peito de Javier.
— Nossa, eu fico feliz que você está tão calma dessa vez. – disse ele, sem largar a amiga. – Mas olha, estou aqui para o que precisar. Quer só conversar hoje?
— Sim! – Agata quase berrou a resposta.
— Então vamos! Chega de assunto triste, vamos deixar isso pra lá e tomar um *prosecco*!
— Exatamente! – Agata saiu do quarto atrás dele, aliviada e ao mesmo tempo confusa.
"Assunto triste? Será que eu estou tentando... engravidar?"
Agata tentou deixar a dúvida para outra hora. Mas era um dia de descobertas e revelações inesperadas sobre seu mundo com Diego.
— Vamos relaxar! – disse Agata, batendo palminhas e sentando-se na cadeira de uma das varandas.
— É bom você relaxar mesmo – provocou Javier, se sentando também. – Afinal, sua sogra está chegando e sei como você fica quando ela está por perto.
"Sabe como eu fico?"
Os olhos de Agata arregalaram-se. Era um comentário que poderia significar muitas coisas, mas a mais óbvia era que ela não gostava da sogra, ou vice-versa.
— Javi...
— Sim?
— A minha sogra...
— O que tem a cobra?

"Cobra?"

– Eu... Ela... Nós... – Agata não sabia como perguntar sem demonstrar que não fazia a menor ideia de sua relação com a mãe de Diego.

– Desembucha, mulher!

– É que... Você acha muito... perceptível, digo... A forma como eu fico... Ela sabe? Ela percebe? Diego percebe? – Agata tentou tirar o máximo de informações por um caminho mais discreto.

– Claro que Diego sabe, flor! Ele não é cego! Mas você é uma *lady*! Sempre a trata com tanta educação!

– Eu trato?

– Sim, claro! Que pergunta... Eu, hein...

– Mas...

Agata não estava satisfeita. Nada estava claro o suficiente.

– Ela tenta me tirar do sério?

– Óbvio! O tempo todo! Lembra aquele feriado na casa da fazenda? Não sei como você conseguiu se manter firme! Minha diva!

– Sei... – disse Agata, desviando o olhar.

Marie se aproximou com um balde de bebidas e duas taças. Agata serviu os dois.

– Nossa, aquele feriado... Nem me fale! – disse, tentando disfarçar.

– Mas chega de sogra! – exclamou ele. – Deixa eu te contar! Pensa numa pessoa azarada! Encontrar ex em festa de atual ninguém merece! Aconteceu comigo!

Javier desandou a contar suas histórias e Agata esqueceu, ao menos por uns momentos, o assunto da gravidez e da sogra. Na cabeça dela eram coisas muito distantes, afinal, ela tinha dois filhos com Ben e a mãe dele morava em outro estado, visitando-os somente em datas festivas e nunca opinava na vida deles. Talvez um pouco quando os meninos eram bebês, mas nunca passara disso. Ela não sabia o que era ter uma sogra ruim.

A Lua subia no céu, quando Diego apareceu.

– *Honey*? Cheguei!

Agata estava com tanta vontade de vê-lo! Esperara por isso desde o estacionamento do parque. Queria abraçá-lo muito, beijá-lo, curtir aquele momento como nunca!

– Oi! – disse, pulando em seu pescoço e enchendo-o de beijos, ao que ele retribuiu com intensidade.
– Está pronta?
– Desculpe, acho que esqueci, pronta para o quê? – disse Agata, sem graça.
– Hoje vamos ao cinema ao ar livre!
Antes que ela demonstrasse não se lembrar de nada, Javier se levantou.
– Bem, deu minha hora. Vou deixar os pombinhos à vontade!
Javier abraçou Agata e Diego e foi embora.
– Bem, então... Vamos! – exclamou Agata, certa de que seria, como sempre, uma experiência única com Diego.
Diego encheu o carro com sacolas enormes. Ela entrou no banco do passageiro e logo depositou sua mão na perna dele. Lembrou-se dos dias na Disney e de como estava em sintonia com Ben antes do surto. Diego, na hora, colocou sua mão sobre a dela, segurou-a e levou-a até sua boca, dando um leve beijinho carinhoso. Ambos sorriram e seguiram o caminho.
– É tão bom quando tem o nosso cineminha ao ar livre... – disse Diego, mostrando que se tratava de um evento recorrente.
– É... – respondeu ela.
– É tão escuro, tão escondido. Nós sempre passamos despercebidos. Uma das poucas ocasiões em que conseguimos curtir de verdade, não é?
– É... – disse de novo, sem ter muito mais para falar.
– Exceto aquela vez em que um garotinho me viu de perto. Mas ele foi parceirinho e não saiu gritando.
Agata levou um susto e disse:
– A gente fez sinal de segredo para ele! Ele sorriu e entendeu na hora! – exclamou, admirada com a lembrança. – Ficamos tão felizes que uma criança foi capaz de nos compreender! Lembra?
– Claro que lembro, *Honey*.
– Nossa, foi demais... Os cineminhas são incríveis mesmo... Parecem feitos para nós.
Agata estava sentindo-se muito feliz com aquela lembrança e

por saber em seu íntimo que se tratava de um *hobby*, uma coisa deles, de casal, de amor e carinho.

O local onde o cinema estava montado era um grande parque, com muitas árvores e um incrível espaço livre no meio delas, com a tela. As pessoas levavam suas cadeiras, toalhas, esteiras ou cobertores. Diego tirou as sacolas do porta-malas assim que estacionaram o carro. Por alguns instantes, Agata ficou admirando aquele lugar lindo, que tinha tudo que ela gostava, natureza e cinema. Silenciosamente, desejou que seus filhos pudessem estar lá.

Como se estivesse na terra da magia de novo, Agata viu que Diego havia colocado uma grande toalha de piquenique sobre o gramado e espalhado sobre ela pequenas vasilhas com queijos, torradas, geleias e uma garrafa de vinho. De sobremesa, uma enorme torta de maçã. Diego, ao notar o olhar impressionado de Agata, disse:

– Está espantada, *Honey*? Você me ajudou a preparar tudo isso! – disse. E apontando a outra sacola: – Pega nosso sacos de dormir, por favor.

Agata logo abriu a sacola e retirou os sacos, cobertores e travesseiros. Depois de devidamente instalados, o filme começou. Uma pré-estreia de uma comédia romântica, que não foi nada estranha na memória de Agata. Ela já tinha ouvido falar daquele filme. Seria ali no mundo de Diego, ou na sua vida com Ben?

Apesar das dúvidas frequentes de sua mente, a noite seguiu maravilhosamente bem. Eles comeram, tomaram vinho e acompanharam o filme. Lá pelo meio da história, começou a bater um vento mais gelado. Diego e Agata foram para baixo de seus cobertores e ficaram abraçadinhos. Ela se sentiu em paz, feliz, apaixonada, e pegou no sono.

***

Agata acordou morrendo de frio. Estava dentro da água fria da banheira do quarto do hotel, com Ben e os meninos. Ficara muito tempo lá, não tinha feito nada a não ser dormir. Assustada, deu um pulo para fora da banheira, enrolou-se na macia toalha do hotel e foi colocar seu pijama.

Deu beijos nos seus filhos e deitou-se na cama ao lado de Ben, que sentiu sua chegada e a abraçou, deitando de conchinha. Agata mais uma vez sentiu-se culpada por ter ido ver Diego e se entristeceu.

"Ben, por que você teve que ser tão cruel?", questionou-se em silêncio. "Seu idiota."

Tudo que Agata mais queria era viver feliz com sua família. Queria que ela e Ben fossem cúmplices e apaixonados, como esposa e marido. Achou melhor parar de pensar e dormir, já que o dia seguinte seria de mais diversão e magia.

Capítulo 13

Era um dia especial para Agata. Desde que era estagiária em uma grande empresa do mercado financeiro, dedicava-se com muito esforço, sonhando em conquistar o topo. O estágio em si já havia sido uma grande oportunidade, concorridíssima. Ben havia dado muita força para ela e eles sonhavam juntos com um futuro promissor. Aquele dia aconteceria o anúncio de uma promoção, que ela tinha certeza de que seria dela. Nunca havia trabalhado tanto, virando noites e se dedicando ao máximo. Ben a entendia e até deixava café pronto para ela todas as noites, sabendo que precisaria de foco nas madrugadas também. Ben era tão atencioso! Até programava o despertador com as músicas favoritas dela para animar suas manhãs.

Agata entrou pela grande porta giratória prateada do arranha-céu onde trabalhava, cumprimentou desde os faxineiros até os recepcionistas e apertou o 34º andar do elevador. Respirou fundo, ajeitou o cabelo preso no espelho, alinhou o *tailleur*, colocou o celular no mudo e esperou a porta se abrir para o seu grande triunfo. Andou a passos largos pelo corredor, em direção à sala de reunião da diretoria. A grande porta de madeira com dois gigantescos puxadores dourados em forma de cifrões estava fechada. Agata olhou o relógio.

"Estou adiantada."

— Bom dia, Agata — disse Verônica, a secretaria da diretoria, uma linda mulher, loira, alta e elegante. Já estava há 15 anos na empresa e nenhum diretor iria sequer até ao elevador sem a opinião dela. Fora Verônica quem contara a Agata que a vaga seria dela.

— Oi, Verônica, bom dia. Será que já posso entrar?

— Sim, eles estão aguardando. Deixe eu te acompanhar.

Verônica abriu a porta e levou Agata pela antessala até a mesa de reunião, onde estavam sentados os quatro diretores e o vice-presidente da empresa. Estavam sorridentes e receptivos. Agata já havia estado com eles em outras ocasiões, por isso não se intimidou. Todos se levantaram, Agata apertou a mão de um por um e sentou-se na cadeira apontada por Verônica.

— Agata — disse Leo Akamura, o vice-presidente. — Estamos há semanas avaliando seu trabalho mais de perto e sabemos o quanto tem se dedicado a essa empresa.

— Sim. Eu tenho mesmo. Este trabalho é a minha vida.

— Esperamos de você ainda mais.

"Mais?"

— Mas sabemos que, para exigir mais, temos que te dar mais também.

— Sim, eu entendo.

— Por isso, estamos anunciando que você agora será a nova diretora de planejamento. A nossa arma secreta feminina, a primeira diretora mulher da história desta empresa, e a mais jovem.

"Eu consegui."

— Eu agradeço a oportunidade e garanto que não irei decepcioná-los. Ao contrário, vou surpreendê-los.

— Temos certeza disso.

Verônica abraçou Agata, pois estava ao lado de sua cadeira o tempo todo. Ao sinal de Leo, ela foi buscar uma garrafa de champanhe e taças. Fizeram um brinde oficial e Agata foi liberada para ir para casa, contar as novidades e aproveitar suas "últimas horas de folga", nas palavras de um dos diretores, antes de encarar o novo desafio.

"Últimas horas de folga", repetia para si mesma no carro. Agata sentia ansiedade por tudo que estava por vir. Ela sabia que merecia aquilo e estava com medo, mas estava feliz.

Ao descer do carro na garagem, Agata sentiu-se estranha, com uma tontura repentina. Apoiou-se no veículo, respirou fundo e esperou passar.

"Deve ser o nervosismo e a falta de sono", pensou.

Quando saiu do elevador, Agata mal conseguiu chegar até a porta do apartamento. Antes de se aproximar, sentiu uma forte náusea, acompanhada de uma queda de pressão. Tudo ficou escuro.

– Amor... Amor?

Agata ouviu a voz de Ben ecoando em sua mente. Aos poucos, recobrou a consciência e abriu os olhos.

– Ben? O que houve? O que aconteceu comigo? – disse, levantando-se de sua cama.

– Agata, você apagou. Ficou tantas noites sem dormir que não aguentou.

– Nossa... Eu tenho uma notícia para te dar. Eu tenho uma novidade!

– Calma, respira – disse Ben, dando um copo d'água para ela.

– Eu consegui! Eu fui promovida! Eu sou diretora! – exclamou, ao mesmo tempo em que bebia a água, quase babando.

– Parabéns, meu amor! – vibrou Ben, dando um forte abraço em sua esposa. – Mas agora descansa, se você continuar assim teremos que ir ao hospital.

Antes mesmo de responder, Agata virou para o lado, agarrou o ramo de flores de dentro do vaso no criado-mudo, jogou-o longe e começou a vomitar ali mesmo, como se fosse um balde. Assustado, Ben foi taxativo.

– Vamos para o hospital agora.

Chegando ao hospital, depois da espera típica de pronto-socorro, Agata foi submetida ao soro e exames de sangue para diagnosticar a causa do mal-estar. Ela só conseguia pensar nos diretores e em como explicaria uma ausência repentina depois de uma promoção tão importante.

— Boa tarde, Agata — disse o médico, entrando na sala, enquanto olhava os exames.
— Boa tarde, doutor. Conseguiu descobrir o que eu tenho? Posso ir embora?
— Calma. A boa notícia é que você não tem nenhuma infecção ou virose.
— Ah, que ótimo! Então vai me dar alta?
— Calma. Ainda falta um exame. Vamos submeter seu sangue ao teste de Beta HCG.
"Beta HCG?", pensou Agata, sem acreditar. "Mas isso é exame de gravidez!"
— Eu uso DIU! — disse Agata, rindo.
— Sim, mas pode acontecer e precisamos descartar essa possibilidade.

Ben estava incrédulo. A possibilidade de sua esposa estar grávida o animava muito. Ele, mesmo sem expressar, já queria pensar em filhos. Achava que ela trabalhava demais e que um filho a faria desacelerar. Porém, sabia que, se dissesse isso, não seria compreendido. Então, apenas olhou para Agata e sorriu. Ela nem ligou.

— Isso é impossível. Realmente impossível — insistiu Agata. "Grávida?"
— Amor, se você estiver grávida, será incrível. Vamos apenas antecipar nossos planos! — disse Ben, tentando acalmar a esposa.
— Ben! Eu acabei de ser promovida!
— Dentro de uma hora teremos o resultado — disse o médico, retirando-se. — Então vocês poderão conversar.

Foi a hora mais longa da vida de Agata. Ela não dizia nada. Ben mantinha-se calado. Não era uma expectativa ruim. Mas era inesperada demais para aquele momento.

— Boa tarde! — exclamou o médico, voltando com mais exames. Agata olhou fixamente para o papel nas mãos dele.
— E então? — perguntou Ben.
— Sim, parece que você esta grávida — disse o médico.
— Parece? — questionou ela, com um fio de esperança de que tudo aquilo não passasse de um mal entendido.
— Está grávida. Parabéns! — reforçou o médico.

— Amor! — gritou Ben, jogando-se em cima de Agata com os braços abertos.
Agata não se movia. Estava em choque.
"E agora?"
Era muita informação para um mesmo dia. Duas realizações, tão diferentes e conflitantes ao mesmo tempo. Sendo uma delas não esperada.
"O que eu vou falar na empresa?"
Agata lembrou-se da conversa que tivera com Verônica em um dos seus muitos almoços, quando foi sondada se ela e Ben queriam filhos para breve, ao que Agata sempre respondia taxativamente que não. Filhos não estavam nos planos.
"Vou ter que abrir mão da minha promoção."
Ben e Agata voltaram do hospital em silêncio. Agata colocava a mão em sua barriga e não sentia nada. Não sentia conexão com um bebê, não sentia que era mãe. Mal sabia a supermãe que se tornaria. Ben, por sua vez, queria gritar de alegria, mas não o fazia porque sabia que Agata estava confusa.

***

Mais uma vez, desde a volta das férias, para aguçar a esperança de Agata de que tempos melhores viriam com Ben, ele a surpreendeu quando o interfone tocou.
— Alô?
— Boa noite, sra. Agata. É a sua mãe — disse o porteiro.
— Minha mãe está aqui? Pode subir.
— Ela disse para descer com as crianças, pois não conseguiu vaga.
— Crianças?
Quando Agata se virou, confusa, Ben já estava levando Oliver e Nicolas com mochilinhas até o elevador.
— Diga a ela que já estou descendo com eles — disse Ben.
Incrédula, Agata fez o que o marido pedira. Ainda sem entender nada, foi até o quarto e olhou-se no espelho. Ela estava mesmo se sentindo mais bonita e mais segura do que antes. Quase como aquela destemida estagiária que andava de *tailleur* e salto alto atrás

de seus sonhos profissionais. Naquela época, ela se sentia o máximo. Por alguma razão, no meio do caminho, perdera aquele brilho, mas estava recuperando-o graças a Diego.

A porta do apartamento bateu e ela percebeu que Ben voltara.

— Amor! Pode se arrumar! Temos que sair às dez.

— Para onde?

— Para o aniversário do meu amigo! Você não viu minha mensagem?

Agata correu para o celular e percebeu que ele ficara sem bateria.

— Ah, me desculpe, eu fiquei sem bateria. Mas tudo bem, eu vou correr com tudo.

Agata voltou ao quarto, feliz e animada. Ben havia se preocupado com algo importante para ela. Ela finalmente, depois de tanto tempo, iria fazer parte da sua vida social.

"Está vendo só, Agata?", disse a si mesma, enquanto colocava um lindo vestido. "Ben pode ser o mesmo ainda. Ainda posso ter meu marido de volta."

Já pronta, Agata ouviu Ben entrando no banho e correu para abrir um vinho. Sentou-se no sofá e ficou bebericando. Ben acabou se atrasando, e com isso ela bebeu quase toda a garrafa sozinha. Ela estava leve.

Ben saiu do quarto e Agata levantou-se rapidamente, ajeitando o vestido e pegando a bolsa.

— Você está linda! — exclamou Ben.

O elogio espontâneo dele, somado a quase uma garrafa de vinho, a fez sentir-se a mulher maravilha. Entraram no carro e juntos foram para o aniversário do tal amigo de Ben. No caminho, eles sorriram e se entenderam com o olhar.

Ao chegarem a casa noturna onde seria a festa, Agata atraiu muitos olhares, pois estava realmente estonteante. Ben não gostou muito, mas sentiu-se orgulhoso de estar ao lado de uma mulher tão linda. Quando entraram, o aniversariante veio ao encontro do casal.

— Ben!

— Soares! Meus parabéns! — disse Ben. E voltando-se para Agata: — Esta é Agata, minha esposa.

— Oi, Agata, muito prazer. Obrigado pela presença, aproveitem a festa!

Soares era um amigo do pôquer, do grupo com o qual Ben reunia-se mensalmente para jogatina, sem hora para acabar. De todos, Soares fora o que mais se aproximou dele e a amizade fluiu. Agata ainda não o conhecia, mas estava muito feliz por ter finalmente essa oportunidade. E mais feliz ainda por ter certeza de que as noites de pôquer eram mesmo noites de pôquer.

A noite estava incrível. Agata estava adorando a música e se animando para dançar na pista. Depois de dois drinks ao lado de Ben, começou a tocar um som do qual gostava muito.

— Não vou aguentar, Ben! Preciso dançar! – exclamou. – Vamos?!

— Eu não! – respondeu Ben. – Você sabe que não gosto tanto assim desse estilo de música.

Agata não se preocupou com Ben e resolveu ir dançar mesmo assim. Na pista, ela estava muito feliz, tão feliz que se sentiu culpada por alguns minutos, culpada por não precisar de Diego para se divertir.

"Essa é a vida que eu escolhi", pensou entre passos de dança. "Eu disse sim naquela igreja para esse homem, tenho que ser feliz com ele."

De repente, Ben apareceu diante dela com uma cara fechada.

— Agata. Vamos embora.

— O quê? Por quê? – perguntou assustada, parando de dançar.

— Porque sim. Vamos.

Ben foi ríspido e taxativo. Agata olhou para os lados para ver se mais alguém percebera aquele clima estranho.

— Mas eu estou me divertindo!

— Vamos, Agata.

E pela segunda vez naquela noite, Agata sentiu-se culpada por estar feliz.

"O que eu fiz?", perguntou-se em pensamento.

Ao chegarem a casa, Ben mudou de novo de humor. Já parecia bem mais calmo. Abriu a porta do carro para ela e subiram de mãos dadas no elevador. Entrando no apartamento, Ben puxou Agata pela cintura e começou a beijá-la. Ele a conhecia muito bem e sabia o que fazer para possuí-la imediatamente. Ela se deixou levar.

Na cama, tomada pelo vinho e tentando se divertir, Agata soltou uma gargalhada quando Ben passou sua barba rala em seu pescoço. O que poderia ser um gesto normal e lúdico deixou Ben muito ofendido. Ele a largou repentinamente, esbravejou algumas palavras que ela não entendeu e foi dormir na sala.

Agata ficou incrédula, nua e sentada na beira da cama. Mas, como o vinho ainda causava efeitos e ela não estava entendendo o que havia acontecido, foi atrás de Ben no sofá.

– Ben, o que aconteceu?

– Ah, Agata, saia daqui! Está parecendo uma garota de programa com essa cara toda borrada e bêbada desse jeito!

– Uma o quê?

– Isso mesmo que você ouviu! Sai daqui que eu quero dormir. Fica gargalhando igual palhaça...

– Você está louco?

– Você deveria ter vergonha e não ficar dando risada!

– O quê?

Mais uma vez, Agata sentiu uma estaca em seu coração. Sem pensar, sem hesitar, sem calcular nada, virou-se e caminhou para o banheiro. Enquanto o portal se abria, Agata ficou pensando em como aproveitar aquela vibração super sensual para surpreender Diego.

***

Quando chegou a seu maravilhoso quarto na casa da praia, Agata certificou-se de que Diego não estava lá. Chamou seu nome três vezes e nada. Então, correu para o closet e olhou as peças de roupa mais justas, curtas e sensuais que tinha. Acabou pensando em uma fantasia erótica e resolveu virar uma enfermeira *sexy*.

Pegou uma minissaia branca com uma fenda na perna direita, dos cabides tirou uma camisa *baby look* branca com botões na frente, escolheu uma lingerie minúscula vermelha e colocou cinta-liga com meia 7/8 branca e bordas rendadas.

No banheiro, abriu as gavetas de maquiagem e se produziu, arrematando com um coque bem alto.
Olhou-se no espelho uma última vez e sentiu-se maravilhosa. Faltava apenas um detalhe.
— Marie! — gritou, sem resposta. — Marie! — gritou mais alto.
— Oi, sra. Agata! — disse a voz da governanta atrás da porta.
— Eu preciso de um favor. Vou fazer uma surpresinha para Diego e... preciso de privacidade... — disse meio sem jeito, sem abrir a porta.
— Ah, entendi sra. Agata, pode deixar, estaremos na área da copa.
Feito isso, Agata foi para a sala e empurrou uma poltrona estilo provençal até em frente à porta de entrada. Sentou-se de pernas cruzadas, com a luz iluminando seu decote, do qual saltava um sutiã vermelho. Em pouco tempo, ela ouviu a porta se abrindo. Ajeitou-se na cadeira com um grande sorriso.
Diego abriu a porta devagar e, assim que viu seu rosto, Agata abriu um enorme sorriso.
— Olá... — disse, sensualizando.
— *Honey*! — disse Diego. Mas a expressão em seu rosto não era bem o que Agata esperava. Antes que ele pudesse explicar, por trás dele apareceu uma senhora.
Assim que olhou em seus olhos, rapidamente, como um flash, Agata levou "um soco" na memória e disse:
— Sra. Rodriguez.
Agata pulou da poltrona, mas quando foi dar a volta, no desespero e correria, tropeçou no pé de outra cadeira com seu salto alto. Caiu de cara em outra parede, tentando se segurar. Sem olhar para trás, continuou andando de qualquer jeito, até sumir do ângulo de visão de Diego e sua mãe. Ao entrar no quarto, a sensação que teve foi ruim. As memórias não eram claras, mas a vibração era negativa e exigia cautela. Sem pensar muito, Agata pegou a roupa mais séria que tinha no armário, tirou a maquiagem e fez um rabo de cavalo.
Diego não apareceu para falar com ela, nem para acalmá-la. Por essa razão, Agata sabia que não havia escolha a não ser voltar à sala. Falar com eles e encarar a confusão de frente.

Orando para todos os deuses, foi em direção à sala de jantar. Diego estava sentado à mesa, com um sorriso que a encheu de alívio. Sua sogra, uma mulher impecavelmente linda, parecia que tinha sido mordida por um vampiro, pois não envelhecia, e trazia um sorriso sarcástico.

— Emprego?

Agata tinha sérias dificuldades em entender ironias.

— Em qual hospital você atua?

Agata começou a entender.

— *Honey*, ela está querendo dizer que como você estava vestida de enfer... – disse Diego começando a explicar, mas logo se arrependeu. – Ah, o que é isso, mamãe, deixa isso para lá! Como está o papai?

Envergonhada, Agata sentia-se quente por dentro. Ela sabia que sua sogra não gostava dela. A sensação e o mal-estar não escondiam isso, mas ela sabia que logo, logo, se lembraria de mais.

Capítulo 14

Agata abriu os olhos e olhou para o lado, onde Ben dormia profundamente. Lembrou-se de que se sentira tão envergonhada com a situação da mãe de Diego que preferira correr para o banho e voltar ao seu mundo. Deixara os dois comendo a sobremesa, largando o conflito para ser resolvido sem que tivesse consciência sobre aquilo.

"Nossa, que vergonha", pensou, de novo. A lembrança daqueles momentos constrangedores a atormentava. "O que será que aconteceu depois?"

Talvez estivesse na hora de começar a se preocupar com esses leves apagões. Levantou-se da cama, olhou para Ben e ficou feliz por ele ter ido dormir junto a ela.

"Fizemos as pazes? Como será que ele voltou?"

O telefone tocou e Agata correu para atender, interrompendo seus pensamentos.

– Alô?
– Oi, dona Agata, tudo bem? É a Cinthia.
– Oi, Cinthia. Algum problema?
– Eu não vou conseguir ir hoje, minha filha está com febre e terei que ir com ela ao hospital.
– Ah, coitadinha. Claro, Cinthia, vá cuidar dela que eu me viro por aqui.

A falta de Cinthia significava que Agata teria que se virar com todas as tarefas domésticas, como uniformes das crianças limpos e secos, comida para almoço e jantar e a manutenção da casa limpa. Foi um dia extremamente cansativo para ela. Como por um milagre, Ben sentiu que estava difícil para Agata e ligou ao final da tarde.

– Linda, vamos jantar fora? Descobri um rodízio de pizza pertinho de casa.

– Claro!

"Jantar fora era tudo que eu precisava", pensou Agata.

Estava tanto calor que tomar um ar na rua faria bem a toda a família. Agata foi buscar as crianças na escola para encontrar Ben direto no restaurante. Ao entrarem, ele já estava em uma mesa tomando um vinho. Sentaram-se todos, juntos e felizes.

– Vamos lá, Oliver – disse Agata. – Conta para nós como foi seu dia na escola!

– Foi muito legal, mamãe! Eu consegui vencer a gincana!

– Uau! Meus parabéns! – vibrou Agata, orgulhosa. – E você, Nicolas?

– Eu recebi a prova de matemática e minha nota foi 8,5.

– Poxa, 8,5 não é 10, mas é uma nota muito boa! – comemorou Agata.

– Não faz isso, Agata! – reclamou Ben. – 8,5 não é uma nota muito boa. – E, virando-se para Nicolas, continuou: – Filho, você precisa se esforçar mais para chegar ao 10, entendeu?

– Sim, entendi... – disse Nicolas um pouco chateado, mas respeitando a posição de seu pai.

– Ben... – sussurrou Agata, visivelmente contrariada com a atitude dele.

– Agata, já falamos sobre isso, não adianta aplaudir o que não é êxito de verdade. Você precisa parar com isso, senão eles serão sempre medianos!

– O que é mediano? – perguntou Oliver.

– Deixa para lá, Oliver, é um assunto de adulto – tentou encerrar Agata.

– É quando você não é bom o suficiente! – exclamou Nicolas para o irmão, com os olhos cheios de lágrimas.

– Meu filho! Você é maravilhoso, tira isso da cabeça, ok?
– Para com isso, Agata! – exclamou Ben, já bastante alterado. – É isso mesmo, mediano é quando não se é bom o suficiente! Pare de passar a mão na cabeça dos meninos!
– Ben, eu só queria... paz...

O silêncio tomou conta da mesa. Uma conversa que era para ter sido agradável e divertida tornou-se um martírio, deixando uma criança envergonhada e insegura, o pai estressado, a mãe triste e o caçula sem entender nada. Para completar o cenário ruim, o atendimento estava demorando muito.

– Esse garçom que não passa... – resmungou Ben.
– Se quiser, podemos ir para casa e eu faço um... – disse Agata
– Não! – gritou Ben, chamando a atenção de outras mesas pelo tom da voz. – Já tomei vinho, teremos que aguardar a conta de qualquer forma. Você não pensa mesmo, não é Agata?

Mais uma vez humilhada, Agata se calou. O garçom veio e trouxe os sucos das crianças. Ela agradeceu, com um sorriso amarelo e o semblante visivelmente envergonhado.

– Pode começar o rodízio aqui na nossa mesa ou está difícil? – disse Ben ao garçom, com rispidez.

Em outros tempos, Agata o teria repreendido. Mas havia levado tanta patada que preferiu continuar calada. Quase meia hora depois, haviam conseguido comer um pouco e os ânimos melhoraram.

"Acho que vamos conseguir sobreviver a este jantar", pensou Agata, aliviada.

Ela não se dava conta do quanto se contentava com pouco, do quanto sua vida era feita de migalhas de gentileza e toneladas de grosseria e tensão. Agata esticou-se para cortar o pedaço de pizza no prato de Oliver e não viu quando Nicolas puxou o canudo do suco para dar mais um gole, sem segurar o copo. Com isso, virou todo o suco na mesa.

– Impressionante! – gritou Ben de imediato.

Agata, virando-se para ver o que acontecera, já que estava atenta ao prato do Oliver, disse:

– Calma, Ben.

— Calma nada, esses moleques estão impossíveis. Eu trabalho muito para poder sair para jantar e esse desatento deixa cair o suco.
— Ben! Chega!
Agata estava disposta a perder também a paciência.
— O que foi? Dinheiro agora dá em arvore?
— Ben, foi só um suco!
Agata já estava com um tom acima. Várias mesas os olhavam.
— Lá vem você de novo, protegendo tudo que eles fazem de errado.
— Ben, chega! Chega!
Agata deu um grito tão alto, que Ben se levantou:
— Então paga a conta, já que você é perfeita — disse ele, saindo do restaurante.
Agata ficou com os meninos na mesa, respirando fundo. Para sua surpresa, porém, Ben voltou depois de alguns minutos.
— Linda, Oliver, Nicolas. Desculpem o papai. Eu exagerei, está muito calor e o atendimento deste restaurante é horroroso.
— Tudo bem, Ben. — respondeu Agata, aliviada. — Está muito calor mesmo e o atendimento aqui deixa muito a desejar. Vamos comer a sobremesa.
"Mas não precisava fazer isso", pensou ela.
— Tá bom papai, tomara que a pizza de chocolate com morango chegue logo! — vibrou Oliver.
Ben sorriu e pegou o celular. Ficou vidrado na tela, sem interagir com a mesa. Passaram-se mais quinze minutos e nada das pizzas doces.
— Ah, não dá para mim! Não é nada com vocês, mas eu vou embora. Estamos em dois carros, deixo o cartão para você pagar a conta. Tudo bem?
— Ok, Ben.
— Olha, Agata, se for para depois você ficar com cara de brava, nem vou e fico aqui esperando essa porcaria.
— Não, Ben. Pode ir, de verdade.
Ben pegou o cartão da carteira, entregou na mão de Agata, deu um beijo na sua boca e disse:
— Vou indo, ok? Não fica brava, não.

"Podia ter sido pior."

Enquanto o garçom começou a servir a pizza de chocolate para as crianças, o celular de Agata vibrou. Era Ben.

"A. Estou indo para a casa do Richard."

Sem ação, Agata ficou ali, olhando o celular, incrédula com mais aquela atitude de Ben. Não tinha mais dúvidas de que preferia encarar a vergonha da mãe de Diego àquela situação que a fazia sentir-se um lixo. Começou a pensar no que faria após seus filhos dormirem. Só queria uma forma de deixar as crianças seguras e correr para os braços de Diego, afinal, ele realmente se importava com ela. Lembrou-se de Maíra, filha da sua vizinha e também amiga. Agata a tinha visto crescer e agora ela tinha 18 anos e era uma adolescente responsável. Após algumas trocas de mensagens, conseguiu combinar com Maíra uma ajuda com os meninos durante a noite. Agata sabia que, mesmo mudando de universo, ela ainda existia em ambas as vidas. Mas já que não entendia como, nem o que fazia quando não estava consciente em seu mundo, ela só conseguia ultrapassar o portal quando sabia que seus filhos estavam seguros. Os apagões eram muito preocupantes para ela.

Assim que Agata terminou de colocar o pijama nas crianças, Maíra tocou a campainha.

– Oi, Ma. Cada dia você está mais linda! – disse Agata, logo ao abrir a porta.

– Obrigada, tia Agata.

– Entra. Os meninos estão ansiosos para ver você.

– Você vai jantar com o tio Ben?

– Ah... Não, Ma... Ben está na casa de um amigo. Eu não vou sair. Na verdade, hoje vou ficar por aqui, mas te chamei, pois estou com uma enxaqueca muito forte e preciso fechar os olhos no escuro.

– Claro, tia.

– Obrigada! Bem, você já sabe onde tem tudo aqui em casa – disse Agata, entrando pelo corredor. – Vou deitar, se quiser algo é só me chamar. Se eu estiver dormindo, pode me chacoalhar forte.

Assim que entrou na suíte, Agata seguiu em direção ao banheiro.

Capítulo 15

Agata escolheu ir para o outro universo, mesmo sem saber o que ela mesma ficara fazendo lá. Como havia encarado a sra. Rodriguez novamente? O que teria dito a Diego? Como tudo aquilo havia terminado? Ainda se valia de rápidos flashes que entravam em sua memória, preenchendo sua própria história com as duas realidades. Mas até então, nada havia surgido sobre a sua última noite com Diego.

Ainda assim, cheia de dúvidas e vivendo aquela loucura paralela, parecia muito melhor estar com Diego enquanto Ben a tratava daquela maneira e preferia sair a ficar ao seu lado.

Enquanto enchia a banheira, Agata lembrou-se de como eles eram tranquilos com as programações um do outro. Desde a época do namoro na faculdade, saírem sozinhos com turmas diferentes nunca fora um problema.

"Será que eu deveria ter sido mais dura?", perguntou a si mesma. "Será que eu deveria sentir mais ciúmes? Talvez Ben não se sentisse tão amado e isso o tivesse afastado."

De novo, as conjecturas de Agata a colocavam no papel de culpada pela queda no casamento. Mais uma vez, ela deixava de refletir sobre a razão de achar que merecia aquela vida e preferia se culpar por todos os problemas de Ben.

Conforme a banheira enchia, os pensamentos foram dando lugar à realidade de Diego. A mãe dele era um fato com que que teria que lidar, teria que lembrar e entender. Foi então que Agata se olhou no espelho.

"Espelho, espelho meu, existe alguma mulher mais bonita e feliz do que eu?"

Ela conseguiu sorrir e entrou na água. Em poucos segundos, o portal ergueu-se diante dela e, assim como das últimas vezes, ela não pensou duas vezes antes de entrar de cabeça.

***

Agata saiu da banheira, enrolou-se numa toalha e abriu a porta devagar. Olhou para a cama e lá estava Diego, ainda dormindo. Ela o admirou por alguns segundos e logo se deitou ao seu lado. Assim que ele a sentiu, virou-se e a abraçou de conchinha, com seus braços fortes e definidos.

"Que delícia..."

Agata sentiu o corpo de Diego encaixar no dela, até que pôde sentir o volume de seu membro encostando no seu bumbum. A sensação a excitou imediatamente. Ela virou-se para ele e, sem se importar que ainda estivesse de olhos fechados, começou a beijá-lo intensamente. Diego jamais recusava uma investida de seu grande amor. Ele excitou-se bastante com aquela forma de despertar e envolveu Agata nos seus braços, respondeu ao beijo com força e vontade e desceu em direção aos seus seios. Beijou-os de um jeito que misturava delicadeza, força e desejo, deixando-a louca. Ela olhou para a janela e o dia amanhecia. Um lindo Sol estava nascendo.

"Que ótimo jeito de começar o dia."

Antes que pudesse suspirar, Diego a beijou novamente na boca e a possuiu com vontade, levando-a ao orgasmo uma, duas, três vezes e muitas outras mais. Tantas que ela resolveu parar de contar. Dormiram mais um pouco agarradinhos, até que ele se levantou.

– *Honey*, vem aqui, vem ver o amanhecer – disse Diego, estendendo a mão para ela, que se levantou e foi com ele até a varanda. Observaram a linda vista em silêncio.

— Eu acho que nunca vou me cansar dessa paisagem — disse Agata.

— Eu sei que não — disse Diego, sorridente. — Você diz isso desde que veio aqui pela primeira vez. Foi um dos motivos que me fizeram desistir de vendê-la.

— Eu disse, não disse?

"Sou eu mesma aqui neste mundo", pensou Agata, cada vez mais aliviada ao se dar conta de que ela não era outra pessoa com Diego.

Ele saiu em direção à cozinha e, minutos depois, voltou com dois *croissants* quentinhos e duas xícaras de café, uma preta e uma vermelha com a frase *Meu Universo é você*, a qual ele entregou para Agata, que leu e sorriu.

"Sou o universo dele."

— *Honey* — disse Diego, após dar um gole no café. — Minha mãe disse que te pega às duas para irem às compras, ok?

Agata concordou sorrindo e colocou a xícara na boca, dando um gole interminável enquanto pensava no que dizer, já que perdera as palavras.

"Não acredito, vou ter que sair com ela."

Agata não sabia por que a sogra não gostava dela. Claro que preferia ficar com Diego em casa, mas também sabia que ele tinha uma vida profissional e compromissos e que aquela vida também era real, não apenas uma eterna lua de mel, apesar de se parecer muito com isso. Diego percebeu o silencio mais duradouro que o normal e falou, sorrindo:

— Eu sei que às vezes ela é difícil com você, mas no fundo ela sabe que ao seu lado sou o homem mais feliz do mundo.

Agata abraçou Diego e o beijou, emocionada com as palavras dele.

— Eu sei...

— Preciso ir para o treinamento, senão acabo me atrasando. Vejo vocês duas no jantar.

"Ainda tem jantar! Vou ter que encarar a jararaca o dia todo!", Agata pensou, e depois interrompeu seu próprio pensamento. "Nossa, devo estar mesmo na TPM, olha só o que estou pensando... Xingando minha sogra e nem sei o porquê disso."

— Claro, pode deixar que cuido da sua mãe.
Diego saiu e Agata correu para o seu closet. Precisava desfazer a trapalhada do outro dia. Experimentou diversas opções de roupa até chegar a um conjunto de bermuda social preta, blusa branca de seda com aplicações de vidrilhos na gola e manga curta. Colocou um sapato estilo *mule* colorido e deixou o cabelo semipreso. Olhou-se no espelho e sentiu-se linda com aquele visual. Era sério e descolado ao mesmo tempo. Sentou-se em uma poltrona na biblioteca e pegou o livro que havia começado a ler num outro dia. Depois de algumas horas, sentiu um cheiro delicioso de comida caseira e correu para a copa. Marie havia acabado de preparar o seu almoço.
— Marie, querida, que comida maravilhosa! — disse Agata, enquanto se sentava e colocava o guardanapo no colo.
— A senhora nem comeu ainda! — riu Marie.
— Mas só o cheiro já está apetitoso! — disse, enquanto dava a primeira garfada. — Hummmm, está muito bom!
— Obrigada, sra. Agata. Bom almoço.
— Espere, Marie. Eu queria te perguntar uma coisa...
— Claro!
— A sra. Rodriguez... Ela... vem bastante aqui, não é?
— Bastante? A senhora acha muito? Eu acho que ela vem bem pouco.
— Por quê? — perguntou Agata, ansiosa pela resposta.
— Ora... Porque ela vem pouco! Ela viaja muito, a senhora sabe. Está sempre rodando o mundo. O Sr. Diego não nega nada a ela. E aí, quando ela aparece, passa uns dias, faz uns programas com os senhores e vai embora.
— Pois é... Acho que você tem razão... Mas... as vindas dela são intensas, não é? — sondou Agata.
— Ah... A senhora está se referindo às pequenas confusões que ela gosta de causar?
— Pequenas...
— Mas não liga para ela. A senhora sabe, ela gostava muito da ex-namorada do sr. Diego.
— Ex... namorada? — Agata espantou-se, mas tentou disfarçar.

— É, elas são muito próximas, a senhora sabe, por ela ser filha da dona Ester. É uma pena que as coisas tenham acontecido assim... Mas acho que sogra sempre vai implicar com a atual. É coisa da vida mesmo.

— Coisas tenham acontecido como?

— Poxa, desculpe a indiscrição, eu não queria ficar falando essas coisas, desculpe.

— Não! Não se preocupe Marie, eu que perguntei. Eu gosto de conversar. Não fique se sentindo mal, por favor – disse Agata, preocupada por deixar Marie ressabiada com tantas perguntas.

— Ah, então com licença, bom almoço!

— Obrigada.

A porta da copa bateu com força após a saída de Marie, por causa de uma corrente de vento. Com o barulho, a cabeça de Agata tremeu, e em milésimos de segundos ela ganhou novas memórias. Flashes de diálogos com a sogra antes do casamento.

"Eu não sei se é uma boa ideia vocês se casarem!", bradou a sra. Rodriguez em um charmoso restaurante, sentada diante de Diego e Agata.

"Mãe, é o que queremos. Por favor, apenas respeite."

"Agata, você não sabe, mas vai ser muito difícil para mim. Eu tenho uma relação maravilhosa com ela, por favor, me entenda."

"Mãe, pare com isso, por favor! A Agata é a mulher da minha vida, você não tem que aceitar, precisa respeitar."

"Sra. Rodriguez, acredite, eu amo seu filho e vou fazer de tudo para sermos sempre muito felizes. Apenas me receba bem."

Em seguida, a lembrança deu lugar a outra.

"Diego! Por que você não vai convidá-la?"

"Mãe, não acho que seja necessário. A não ser que Agata não se incomode."

"Eu não me incomodo, pode convidar. O casamento é nosso e nada vai mudar isso."

"Ela foi ao meu casamento?"

Agata deu-se conta de que a situação com a sogra era por causa da ex-namorada de Diego. Lembrou-se de cenas que vivera antes e a sensação que veio junto era muito, muito ruim. Ela se sentia realmente mal e desrespeitada pela sra. Rodriguez. Não se achava boa o suficiente aos olhos da sogra. Sentia que substituíra outra pessoa, e por isso jamais conquistara o mesmo espaço.

"Que sensação ruim que tudo isso me traz."

Agata estava experimentando o lado ruim do mundo de Diego. Lá, ela também passava por momentos difíceis e também vivenciava sensações negativas e depreciativas. Porém, eram momentos esporádicos. Conforme Marie descrevera, a sogra aparecia muito pouco.

"Acho que posso conviver com isso."

A campainha interrompeu seus pensamentos confusos. Em poucos minutos, Marie retornou à copa e anunciou a chegada da sra. Rodriguez, que nem entrou em casa, apenas mandara dizer que esperava Agata no carro. Ao sair pela porta da frente, ela viu o carro parado e o motorista, Steve, em pé diante da porta traseira.

— Bom dia, sra. Agata.

— Bom dia, Steve — respondeu ela de imediato, sem perceber que se lembrara do nome do motorista.

Assim que entrou no carro e olhou para a sogra, Agata percebeu que escolhera a roupa errada. De calça social impecável, recém-saída das últimas coleções de alta costura, sra. Rodriguez ostentava uma lindíssima camisa esvoaçante, um lenço amarrado no pescoço, enormes brincos de ouro branco com pedras e maquiagem carregada.

"Ainda bem que transei incrivelmente com o Diego ao nascer do Sol, pois hoje o dia não será fácil."

— Olá, sra. Rodriguez! — disse Agata, sorrindo. — A senhora está muito elegante.

— Sempre, não é mesmo? — respondeu a sogra, sem retribuir o elogio, apenas fazendo questão de medir Agata com os olhos, dos pés à cabeça, arrematando com um discreto:

— Humpf.

"Deus me ajude."

— Agata. Sinceramente, você não acha que já passou da hora de me darem netos?

— Oi? — perguntou surpresa, sem saber como agir.

"Filhos? Netos?"

Agata imediatamente se lembrou daquele momento com Javier, de como ele reagira ao fato de ela estar menstruada e soube então que, realmente, ela e Diego estavam tentando ter um filho.

"Filhos? Neste universo? Como isso seria possível? Para, mundo! Quero descer!"

Agata amava tanto seus filhos, mas tanto, que doía saber que eles estavam longe dela enquanto vivia sua vida paralela fantástica. Ela jamais, em nenhuma hipótese, cogitava deixá-los em outro universo para sempre. Agata também conhecia o amor de um filho, e sabia que não seria capaz de escolher.

"É por isso que não conseguimos ter filhos aqui."

Chegou à conclusão de que ambos os universos não coexistiriam caso ela engravidasse de Diego. Tudo iria mudar. De alguma forma, ela sabia que uma gestação colocaria aquela estranha magia em risco. Como ainda não tinha consciência total de quem ela era ali, ainda era muito difícil entender todas as relações com as pessoas do universo de Diego. Mas a questão dos filhos estava mais clara do que nunca.

Agata pensou tanto, que dez enormes minutos silenciosos se passaram sem que ela respondesse absolutamente nada para a sra. Rodriguez. Que deu outra bufada e olhou pela janela. Foi quando chegaram ao shopping.

Steve desligou o carro e abriu a porta para que Agata e sua sogra desembarcassem bem na entrada principal. Agata não reconheceu o local. Mas percebeu que se tratava de um centro de compras bastante exclusivo e caro. Somente marcas muito famosas, uma estrutura impecável, cinema, teatro, lindos espaços de café e restaurantes.

Sra. Rodriguez andava com pressa e Agata se viu tentando segui-la sem trombar nas pessoas. Até que entraram em uma loja de departamentos com diversas estações de marcas importadas.

– Agata. Escolha um vestido. É meu presente para você!
– Imagina, sra. Rodriguez. Não precisa.
– Agata, querida. Não se recusa um presente.
– Ah, desculpe. Tudo bem, eu vou olhar os vestidos.

– Sim, escolha. Sabe, você precisa me deixar fazer o que gosto. Eu adoro compras e não tenho tempo de estar sempre com vocês. E pode não parecer, mas eu adoro você e o bem que faz para meu filho. E, apontando um modelo em destaque, disse:
– Que tal aquele vermelho?
Depois daquele pequeno e falso discurso, Agata se culpou. Talvez as coisas não fossem tão horríveis assim. Talvez aquele fosse o jeito dela, sua personalidade. Após comprarem o vestido vermelho, foram a outras duas lojas e sua sogra a presenteou com mais algumas peças sensacionais de roupas.

Agata começou a sentir-se melhor. Saindo com todas aquelas sacolas das lojas caríssimas daquele shopping, era como se ela fosse a Júlia Roberts no clássico *Uma Linda Mulher*. Apesar de ter um closet incrível em casa, ela não se lembrava da sensação de ter comprado todas aquelas roupas e era muito gostoso estar ali, escolhendo sem olhar etiqueta.

Quando estavam em uma loja de sapatos, Agata já estava totalmente relaxada. A sensação era de alívio, sentia-se aberta e feliz. Pegou um sapato nas mãos para olhar o modelo de perto, quando a sra. Rodriguez interrompeu a alegria.

– Agata, a Júlia quer vir nos encontrar aqui no shopping para um café. Podemos esperar?

"Júlia?"

– Ah... Sim, claro que sim.

– Ai, que bom. Estava com saudades da Julinha, vou adorar vê-la e não tenho muito tempo. Obrigada por entender, querida.

"Entender?"

Agata estremeceu. Seria Júlia quem ela estava pensando? Achou melhor abstrair e continuar olhando aquele sapato divino. Após comprá-lo, as duas foram para um dos cafés do shopping, apoiaram todas as sacolas em uma cadeira e sentaram-se para aguardar a convidada.

– Júlia! – exclamou sra. Rodriguez, levantando-se da cadeira e abrindo os braços. Agata olhou na direção da porta e viu uma mulher linda, alta, magra, ruiva, de cabelos impecavelmente cachea-

dos, pele de seda e uma maquiagem meticulosamente orquestrada com perfeição. Agata ficou com o queixo no chão.
"Por favor, que não seja a ex-namorada do Diego."
– Olá, Júlia! – levantou-se Agata também, sorrindo amarelo.
Sra. Rodriguez abriu um sorriso imenso enquanto abraçava Júlia. Dava para notar que elas realmente se gostavam. Júlia se virou para Agata, que apesar de boquiaberta, aguardava pelo cumprimento.
– Oi, Agata.
O sorriso de Júlia também pareceu forçado. Deram um abraço e dois beijinhos mais formais e se sentaram.
– Três *cappuccinos* e *croissants* quentinhos com manteiga, por favor. – adiantou-se sra. Rodriguez ao garçom.
– Os preferidos de Diego – disse Júlia, recebendo como resposta uma gostosa gargalhada da ex-sogra.
Agata sentiu seu rosto esquentar. A sogra havia chamado a ex-namorada de seu marido para um café em sua presença e agora provocava uma situação extremamente desagradável. Aquilo não podia ficar assim.
– Verdade, ele adora *croissant*, me trouxe um hoje de manhã enquanto eu ainda estava na cama.
O sorriso das duas amigas se desfez e o silêncio tomou conta da mesa.
– Júlia, conte as novidades. Quero saber de tudo!
– Ah, Dai. Você sabe, profissionalmente minha vida está incrível, sou a nova *head* de operações da maior farmacêutica do mundo.
"Vaca."
– Que maravilha! E de resto? – perguntou a sogra.
– Ah... – disse Júlia, suspirando e olhando para baixo. – Na vida amorosa, nem tudo está bom. Estou saindo com o Alexandre, um cara legal, animado, tem um bom cargo também, mas ah! É inseguro! Sofre da síndrome de Don Juan. Não sei se ele tem coragem de bancar uma mulher completa como eu.
– Ah, querida, você não é para qualquer um, não é mesmo? Uma pena que não tenha dado certo com Diego.
"Oi?"

Agata estava completamente vendida a um surto emocional iminente. Enquanto isso, Júlia e a sra. Rodriguez entreolhavam-se e sorriam. Agata estava com o coração acelerado.

"Ela chama minha sogra de Dai? Daiana! É Daiana Rodriguez. Ah meu Deus, é muita intimidade."

As conversas mudaram de tema, para alívio de Agata, que estava prestes a explodir. Confusa, ela apenas balançava a cabeça positivamente, perdida em mil devaneios e rezando por mais *flashbacks* de memória que não vinham. Por um instante desejou estar em casa para voltar ao mundo de Ben.

Saindo do café, as duas amigas resolveram ir a uma loja de cosméticos e gastaram enorme tempo escolhendo sombras, rímeis e batons. Sempre fazendo questão de manter certa distância de Agata, quase como se não estivessem juntas. Ela não se importou e até preferiu.

– Júlia, eu já vou me despedir de você aqui. Vou até o carro, estou um pouco cansada, foram muitas compras – disse Agata, erguendo os braços cheios de sacolas.

– Ah sim, claro, Agata. Foi um prazer revê-la – respondeu Júlia com educação, porém seca.

Agata entrou no carro, recostou a cabeça no banco e suspirou. Algum tempo depois, viu as duas caminhando em direção ao carro e, já bem próximas, era possível ouvir a conversa.

– Tchau, querida! Adorei te encontrar!

– Eu também amei, Dai! Obrigada pela deliciosa companhia!

– Ah, o que é isso, eu estava com saudades! Ah, e não sou só eu que sinto saudades, viu? Diego adoraria uma visita. Veja se aparece!

"O quê?"

Agata vivia tantos problemas no mundo de Ben, mas nunca havia vivenciado uma relação de tanta falta de respeito entre mulheres. Sua sogra, mãe de Ben, era muito querida e respeitava a sua vida e seu espaço. Jamais tinha experimentado esse tipo de provocação gratuita. Mesmo sem ser ciumenta, sentia-se péssima, com raiva.

No caminho de volta, as duas ficaram em silêncio a maioria do tempo. Ao chegarem, Agata saiu do carro e entrou correndo em casa. Sem dizer nada, foi até o closet, colocou um biquíni e desceu para a praia. Faltava uma hora para o pôr do sol e a água do mar era mais quente.

Colocou uma toalha na cadeira e mergulhou no mar, o que fez com que ela momentaneamente se sentisse melhor, tirando todas as más energias do seu corpo. Agata ficou um bom tempo curtindo as ondinhas, deixando-se "limpar".

"Esse jantar vai ser tenso."

Resolveu sair do mar e entrar para tomar um banho no chuveiro. Ainda não queria ir para a banheira. Queria Diego, queria abraçá-lo e beijá-lo. Não queria retornar ao seu mundo sem experimentar o sabor doce dos lábios de seu amado, não queria levar consigo aquela lembrança tosca e ruim da sua sogra. Depois do banho, olhou para as sacolas depositadas em sua cama e resolveu colocar o vestido vermelho que ganhara de "Dai", para agradá-la e não ter um jantar infernal.

– *Honey*!

Agata ouviu Diego de longe. Estava quase pronta.

– Oi, meu amor! Estou indo!

– Esperamos você na varanda!

– Ok!

De frente ao espelho, Agata terminou de se maquiar, arrumou o cabelo, sorriu, respirou fundo e foi em direção à varanda. Queria Diego!

– Agata! Você está incrível com esse modelito! – exclamou Daiana. E virando-se para Diego: – Gostou, filho? Foi meu presente para sua querida Agata.

– *Honey*, você fica linda de qualquer jeito – disse Diego. – Como foi a tarde?

– Muito gostosa, sua mãe é uma excelente companhia. Ah, e juntou-se a nós a Júlia, para um café da tarde.

– A Júlia, mãe? – perguntou ele, surpreso.

– É... Eu convidei – respondeu sua mãe, com ar *blasé*. – Você sabe que gosto muito dela.

– Sei... – respondeu Diego, erguendo as sobrancelhas e olhando para Agata com olhar cúmplice.

— Ela está tão bonita, bem resolvida, conseguiu a promoção que queria, afinal é a melhor da área. Inclusive, ela está com saudades de você e gostaria de jantar aqui qualquer dia desses.

— Sei, mãe. Sei – disse Diego, coçando o queixo. – Você vai continuar sempre insistindo nessa companhia da Júlia, não é mesmo?

— Mas meu filho, o que é que tem? Se for por causa da Agata, esquece, ela nem se importa, não é querida? – perguntou, olhando para Agata.

— Eu não ligo. De verdade. A Júlia é... ótima.

— Agata, você é incrível! Você sabe que essas duas se amam, não é? – disse Diego. E, rindo, continuou: – Mas não mais do que eu amo você. Isso nunca!

Sra. Rodriguez revirou os olhos. Agata sorriu e beijou Diego. Na hora em que encostou os lábios nos dele, outro flash. Sua memória ganhou mais história e ela lembrou-se de tudo. Agora tinha certeza: Júlia, a ex-namorada. Júlia, a convidada não bem-vinda ao casamento. Júlia, amiga de sua sogra. Júlia, ex-modelo que construiu uma carreira executiva após se aposentar das passarelas. Júlia, que assombrara seus encontros com a sogra desde a primeira vez que a conhecera. Era ela. A razão de todo o estresse. A ex-namorada de Diego que a sra. Rodriguez sempre quisera como nora. Chateada, incrédula e com medo da sua própria reação, Agata resolveu ir para a banheira e voltar para o universo de Ben. Mas nunca se sentiu tão grata por ter demorado a se lembrar. Talvez ela não tivesse reagido tão bem assim durante o café.

"Preciso de um tempo", pensou, enquanto entrava no banheiro.

Capítulo 16

Wilson Rodriguez, um senhor calvo, de cabelos laterais brancos impecavelmente aparados e penteados para trás, tinha um bonito bigode e vivia sorridente, apesar de calado. Também, com uma esposa como Daiana, mesmo se ele quisesse, dificilmente teria oportunidade de falar muito. Daiana dominava a cena, a conversa e a agenda. Sr. Wilson não se preocupava com isso, pois sempre fora perdidamente apaixonado por ela. Para ele, vê-la falar, gesticular e decidir era um enorme prazer. Naquele dia, sr. Wilson estava ansioso para conhecer a nova namorada de seu filho, o craque do futebol, Diego Leggero Rodriguez. Era a primeira vez que ele via Diego tão animado e apaixonado.

Wilson e Daiana estavam sentados a uma mesa redonda, em um canto mais reservado de um sofisticado restaurante italiano, quando Agata e Diego entraram por uma porta lateral. Diego segurava sua mão e eles se aproximaram do casal.

– Você sabe que não concordo com isso... – dizia Daiana ao seu marido, aparentemente de forma proposital, segundos antes de abrir um sorriso em direção a Agata.

– Olá, Agata! Ouvimos muito falar de você! – disse ela, levantando-se.

– Sr. e sra. Rodriguez – disse Agata, sorrindo.

— Oi, pai, oi mãe — disse Diego, ganhando um beijo de Daiana. Sr. Wilson cumprimentou Agata com carinho e apontou uma cadeira para que ela se sentasse. Agata sentiu-se muito acolhida por aquele sorriso do futuro sogro.

— Olha, meu filho, estamos chocados com a mudança neste restaurante. Está muito mais aconchegante! Mudaram os donos, você sabia?

— Ah... Não sabia. Que bom que agradamos na escolha! Foi a Agata quem sugeriu! — disse ele. E olhando para ela com ternura, continuou: — Não é, meu amor?

— Sim, eu... vi que estava reformado e com novo menu, então resolvi arriscar — respondeu Agata, com delicadeza.

— Bem, agora temos que ver se a comida também melhorou, não é mesmo? — disse abruptamente Daiana. — Porque nunca se sabe se os novos chefs sabem cozinhar à altura de um ambiente como este!

Agata sentiu as farpas, mas não se incomodou tanto. Primeiros encontros são difíceis, afinal. Além disso, sempre que olhava para Diego, sentia-se tão apaixonada e plena que pequenos detalhes, como uma leve desconfiança de que a sogra não estava animada com ela, não eram suficientes para estragar o romance.

— Agata, você é muito bonita! — disse sr. Rodriguez, animado.

— Ah, obrigada, é muita gentileza.

— Claro, Dieguito tem muito bom gosto mesmo! Sempre teve! Principalmente para namoradas! — exclamou Daiana.

— Nenhuma tão linda quanto Agata — completou Diego, dando um beijo delicado na mão dela, que somente sorria.

Os garçons serviram água e vinho nas taças, ao que sra. Rodriguez ergueu a sua.

— Vamos brindar, gente!

— Ah, boa ideia, mãe! — disse Diego, animado.

— Ao novo casal! Diego, meu filho amado, e Júlia! Opa! Agata!

Wilson olhou desgostoso para a esposa. Pela primeira vez naquele almoço ele se manifestava de forma negativa.

— Dai, peça desculpas à Agata por essa gafe desagradável. Hoje é um dia feliz — disse ele. Depois olhou para Agata com olhar cúmplice e um sorriso sincero, que acalmou o seu coração.

Ela e Diego não tinham segredos, e ele havia lhe dito que a mãe era um pouco difícil, principalmente por gostar muito da sua ex-namorada. Agata sabia lidar com a situação com elegância.
– Desculpe, querida.
– Sem problemas, sra. Rodriguez. Eu entendo. Logo, logo, a senhora se acostuma com meu nome.
– É fácil! – disse Diego. – É só lembrar que é uma gata! A-gata!

***

A voz de Diego ecoou na mente de Agata que, como no despertar de um sonho, abriu os olhos. Antes que pudesse processar direito a memória que havia ganhado do primeiro encontro com os pais de Diego, ela ouviu as risadas de Nicolas e Oliver vindas do quarto deles. Estava em sua cama e decidiu levantar-se rapidamente para abraçá-los e beijá-los, como se não os visse há muito tempo.
– Mamãe, o papai pediu para a gente te dar isso – disse Nicolas, esticando uma caixa de presente.
– Ora, para mim?!
– Sim, ele disse que é surpresa. Mas nós sabemos o que é – disse Oliver.
– Hummm, então eu vou abrir e descobrir agora mesmo!
– É um teatro! – gritou Oliver.
– Oliver! Não conta! – repreendeu Nicolas.
– Um teatro?
Ao abrir a caixa, Agata viu duas entradas para uma peça de teatro. Um musical em cartaz na cidade há meses, que ela sempre dizia que gostaria de assistir. Surpresa com a atitude de Ben, Agata levantou-se, guardou os ingressos e voltou para brincar com os meninos.
Algumas horas se passaram e Agata pôde ouvir Ben abrindo a porta.
– Amor? – ele perguntou, ao chegar.
– Aqui dentro! – respondeu ela.
Ben entrou no quarto do casal e Agata estava quase pronta. Escolheu um vestido que não usava há um tempão, mas do qual gostava muito, e salto alto.

— Nossa, você está linda! — exclamou Ben.

— Obrigada — respondeu Agata, olhando-se no espelho. Por um instante, ela se lembrou das roupas que tinha na casa de Diego e da tarde de compras que experimentara com a sogra do lado de lá. Mas, apesar da saudade que crescia quando estava longe de Diego, ela estava gostando cada vez mais dela mesma. Achou-se linda e poderosa.

— Vou só tomar um banho rápido e já saímos — falou Ben, arrancando a gravata.

O teatro foi muito agradável. Agata e Ben não brigaram. Até pararam para jantar na volta, sem nenhum estresse. E assim foram as duas semanas que se passaram após o retorno de Agata para seu mundo real. A cada dia que passava, Ben se mostrava mais paciente, mais presente com as crianças, sem saídas à noite, sem surpresas desagradáveis.

Por conta dessa calmaria inesperada, porém boa, Agata suspirava sempre que entrava no banheiro. Era uma decisão diária não ir visitar o universo de Diego. A saudade daquela loucura aumentava a cada dia. Mesmo com a amnésia que sofria quando voltava, mesmo com a presença desagradável da sra. Rodriguez, mesmo com a insanidade da situação, perdida entre dois mundos, Agata não sabia mais viver sem Diego. Apesar de Ben estar calmo e o casamento aparentemente ter entrado em um ciclo de paz e tranquilidade, ela já estava perdidamente apaixonada pelo seu craque do futebol. Por causa disso, pegava-se suspirando e olhando para o nada, como uma adolescente apaixonada.

Em uma manhã qualquer, Agata olhou-se no espelho e começou a reparar nas rugas que surgiam em seu rosto. Rugas na testa, no canto dos olhos, as temidas marcas de expressão.

"Estou ficando velha", exagerou para si mesma.

Agata estremeceu com a constatação. Naquele momento, a ideia de que o tempo passa e de que as suas escolhas definiam o rumo de sua vida mexeu com ela. Lembrou-se de quando era mais nova e nem imaginava o que viria pela frente. Lembrou-se de como tudo parecia fácil, de como ela sempre acreditara que tudo daria certo. Onde é que as coisas tinham dado errado? Por que ela se sentia tão infeliz?

Agata deixou escorrer duas lágrimas enquanto olhava, através do espelho, a imagem da banheira atrás dela.

"Deve ser porque meu aniversário está chegando", concluiu.

Seu aniversário estava mesmo chegando. Naquele ano, cairia em um feriado prolongado e, como de costume, Ben emendava no trabalho e os quatro viajavam juntos para comemorar. Agata simplesmente amava os álbuns de férias dos seus aniversários. Fora durante essas comemorações que Oliver pisara pela primeira vez na areia e Nicolas dera seu primeiro mergulho no mar.

– Agata! – Ben gritou do escritório do apartamento. – Vem aqui!

Ela dirigiu-se até o cômodo e viu, na tela do laptop, uma página de um hotel no Havaí.

– O que foi, Ben?

– O que acha de passar o seu aniversário no Havaí esse ano?

– Uau! Adoro a ideia! As crianças vão amar!

– Não, não – interrompeu Ben. – Dessa vez eles não vão.

– Não vão? – Agata sentiu-se surpresa. Um lado seu gostou da ideia, outro nem tanto.

– Não! Vamos só nós dois! Você diz que precisamos, não diz? – provocou Ben.

– Bem... acho que... minha mãe ou a sua mãe não se importariam de ficar com eles por alguns dias... – disse ela, ainda hesitante.

– Você tem certeza disso, Ben?

Era como se, mesmo sempre pedindo e esperando por esse momento, Agata não estivesse mais tão empolgada para estar sozinha com o marido em uma viagem romântica. Na verdade, Ben não estava mais dando motivos para ela fugir para sua vida paralela, e isso a estava consumindo por dentro. Ela precisava de motivos e não tinha nenhum.

– Mas é claro que tenho certeza! Olha aqui! – disse, apontando para o computador. – Já fechei o hotel! Não é o melhor de todos, porque ia ficar muito caro, mas é muito bom também.

"Será..."

– Vamos, Agata, pare de enrolar, anima! – insistiu Ben, percebendo que a empolgação de Agata não era das maiores. – Você ama praia! Vamos ver o mar juntos!

"Mar..."

Agata lembrou-se das águas transparentes e da areia branca da sua praia particular. O coração apertou. Sem querer, como num impulso, ela se virou para a porta do escritório, como se procurasse a banheira sem sair do lugar.

— Linda? E então?

Agata ainda ficou mais uns segundos em silêncio, até que enfim concordou.

— Que ótimo, Ben. Vou combinar tudo com minha mãe e conversar com os meninos.

Muito organizada, Agata acertou os detalhes com sua mãe, fez uma planilha contendo as atividades extracurriculares das crianças que cairiam no dia útil, como futebol, inglês e natação, bem como os seus horários, e falou sobre as providências que ela deveria tomar.

Nossa, minha filha, até parece que você nunca viajou e os deixou comigo!

A mensagem de sua mãe estranhando a preocupação da filha fazia sentido. Agata estava nervosa. Mas por que, afinal, ela não queria ir? "Isso era tudo que você sonhava, Agata", ela repetia a si mesma enquanto arrumava as malas.

Seu coração estava ficando bem pequeno. Ela não tinha coragem de procurar Diego enquanto as coisas estavam indo bem. Sentia-se, por um lado, culpada por pensar em Diego o tempo todo, e por outro lado, culpada por só procurá-lo se as coisas estivessem mal em seu mundo. O que a deixava um pouco mais tranquila era a certeza de que ela estava lá com ele. E que, mesmo sem consciência da outra realidade, sabia que não estava abandonando Diego. Pena que a curiosidade a dominava por dentro.

"Diego...", suspirou em pensamento ao dobrar a última peça de roupa na mala.

Já era noite e o voo sairia no dia seguinte pela manhã. Agata tinha que se livrar dos seus questionamentos e se entregar de vez à viagem.

— Ben, venha ver o que vai colocar na mala, por favor? – falou Agata, ao vê-lo aproximar-se do quarto.

— Agora não, eu estou atrasado! — disse Ben, entrando e saindo do quarto rapidamente. Agata percebeu que ele pegara seus coturnos no armário.
— Atrasado para que, Ben? Viajamos amanhã cedo e já são oito horas da noite!
— Ah... Eu não te falei, não é? — disse ele, parado no corredor.
— Não me falou nada...
— Eu vou para o *paintball* com o pessoal.
— *Paintball*?
— É aniversário do Marcão, vamos beber umas cervejas e depois jogar *paintball*.
"Quem diabos é Marcão?"
— Mas Ben! Viajamos amanhã cedo!
— Sim, amanhã cedo. Não hoje à noite, certo? — debochou.
— Mas e se você se machucar?!
— Ah, amor, nada a ver, não é? Relaxa, até mais tarde — disse Ben, virando as costas e saindo.
— Ben, não estou com uma boa intuição — argumentou Agata, andando atrás dele até a porta de entrada.
— Tchau! — ele bateu a porta.
Agata respirou fundo. No final das contas, sempre havia uma surpresinha desagradável. Mas também não era o fim do mundo.
"É apenas *paintball*. Com o Marcão. É só isso. Está tudo bem, Agata."
Já eram duas da manhã quando Ben chegou. Porém, ele não estava sozinho. Após ouvir a porta do apartamento bater, Agata ouviu batidinhas na porta de seu quarto. Estranhou a situação, mas se levantou da cama para ver o que estava acontecendo.
— Ben?
Ao abrir a porta do quarto, Agata deu de cara com Tom. Um dos "caras". Agata tomou um susto.
— Desculpe, é que... o Ben... ele... ele se machucou. — foi logo dizendo o rapaz.
— O quê? — Agata empurrou a porta até o fim, quase esmagando Tom, e foi até a sala. Ben estava bêbado, com o pé engessado.
— Ben! — ela gritou, injuriada. — Eu avisei você!

— Pois é! Avisou mesmo! A culpa é sua! – disse Ben, extremamente grosseiro.
Tom foi passando por eles sem graça, a caminho da porta da saída.
— O quê? Culpa minha? Você só pode estar brincando!
— A culpa é da sua boca maldita! Era isso que você queria, não é?
— Como era isso que eu queria, se eu te falei para não ir?! – disse Agata, muito nervosa. – Quanto tempo esse pé engessado?
— Repouso de dez dias... – disse Ben com a voz para dentro, sem jeito, mas se fazendo de valentão.
— Dez dias?
— Sim, dez dias. Você conseguiu zicar meu programa.
— Ben, pelo amor de Deus, para de falar isso.
— É isso mesmo! Você zicou, você conseguiu o que queria!
Agata saiu revoltada para o quarto. Andava de um lado para o outro. Como Ben tinha coragem de falar daquele jeito com ela?! De repente, ela parou.
"Será que eu queria isso mesmo?"
A confusão emocional era tanta que ela resolveu dormir. Ben já estava roncando, largado no sofá com o pé para cima. No dia seguinte, o despertador tocou e Agata levantou-se de um pulo. Para sua surpresa, notou movimentação na sala e viu que Ben já estava acordado. Como sua mãe já havia chegado cedo, pois ia ficar com as crianças, ela ajudara Ben a preparar café, finalizar a mala dele e se vestir.
— Agata. – disse Ben em tom sério, porém calmo, sentado no sofá.
— O que foi, Ben?
— Eu sei que não vai ser tão proveitoso como poderia, mas vamos viajar, eu fico quieto na praia e no hotel.
— Ben, isso não vai dar certo.
— Vamos, por favor...
Agata estava muito triste com toda aquela situação. Estava morrendo de saudades de Diego, no fundo não queria ir viajar com Ben. Depois se animou, aí se decepcionou com a atitude dele e agora sentia-se culpada por desejar tantas coisas.
"Eu vou explodir", pensou, enquanto olhava fixamente para Ben. "O que eu faço?"
— Ok, vamos logo! – respondeu, seca.
Ben ficou aliviado. Agata virou as costas, entrou no quarto de

novo, respirou fundo. Saiu e foi até o quarto dos meninos. Ambos estavam sonolentos, mas acordados. Agata os abraçou e beijou muito.

– Boa viagem, mamãe – disseram em coro.
– Obrigada, queridos.
– Espero que você se divirta muito! – disse Nicolas.
– Ah, eu vou. Eu vou me divertir muito!

Agata saiu do quarto dos filhos e voltou para o seu. Passou direto por sua mala, pela cadeira com sua roupa da viagem separada, entrou no banheiro e ligou a banheira.

"Pode ir para o Havaí, Agata. Espero que você se divirta", pensou, olhando-se no espelho. "Mas eu vou para outro lugar."

Capítulo 17

Ao abrir os olhos, na banheira da sua casa com Diego, em vez de sair e encontrá-lo, Agata resolveu ligar a hidromassagem. Ela precisava de um tempo sozinha com seus pensamentos. O que estaria fazendo com Ben? Por que ela se sentia tão bem e confortável quando estava naquele universo paralelo? Tudo era tão familiar e ao mesmo tempo tão novo.

"Diego deve estar treinando ainda." O pensamento veio automático. Agata sabia de toda sua rotina ali. "Posso aproveitar mais tempo."

Em vez de voltar aos questionamentos sobre suas duas realidades, Agata resolveu abstrair qualquer pensamento e simplesmente relaxar. O tempo passou rápido e, quando seus dedos já estavam ficando enrugados, ela resolveu sair. Passando pelo enorme espelho que tomava quase toda a parede do banheiro, aproximou-se dele e olhou sua pele. Lá, parecia que ela tinha menos rugas, porém não se sentia muito mais jovem do que no mundo real. Ela sentia-se madura, porém mais bonita.

– Marie! Marie! – chamou, sem sair do banheiro.

– Oi, sra. Agata – disse Marie.

– Ai! Que susto, Marie. Você, como sempre, a postos quando preciso, hein?

– De que a senhora precisa?
– Marie, você acha que sou velha?
Marie fez uma cara de ponto de interrogação. Ela não entendia por que de tempos em tempos Agata se comportava daquele jeito.
– Que pergunta é essa? Claro que não acho.
– Tá, eu sei que não sou velha, tipo velha. Mas... quantos anos você acha que eu tenho?
– Ora, uns... 32? – disse Marie, preocupada em desagradar.
Agata não tinha 32 anos. Era um pouco mais velha que isso e sabia que Marie queria alegrá-la.
– Certo, você acha que eu tenho 32. Mas... quantos anos eu realmente tenho?
– Ué, a senhora não sabe quantos anos tem?
– Sei, sei, claro que sei.
– A senhora se cuida muito, está sempre cheia de cremes, visita sua dermatologista a cada 15 dias... Sempre será muito difícil envelhecer.
"É difícil envelhecer por aqui", constatou Agata.
– Ah sim, eu me cuido muito, não é mesmo?
– A senhora está bem?
– Sim, estou.
Agata percebeu que estava assustando Marie, e continuou:
– E onde está todo mundo?
– O sr. Leggero está treinando.
– Ah, sim, como eu previa...
– E a sra. Rodriguez foi até a praia.
– Sra. Rodriguez? – indagou Agata.
"Nossa, ela ainda está por aqui? Não vai embora nunca."
– Marie, pensei que ela ficasse pouco por aqui.
– É... – disse Marie, sem jeito. – Parece que desta vez ela está demorando a ir embora mesmo...
Agata aceitou a realidade e foi até a varanda olhar o mar. Aquela paisagem que tanto a acalmava. Em cima de uma das mesas da varanda estava um aparelho celular de última geração. Seus momentos com Diego eram tão intensos e agitados que ela nunca havia parado para prestar atenção no seu celular. Ela nunca precisava dele para nada.

"Meu celular!"
Agata abriu a tela inicial com suas digitais e começou a fuçar. Ela tinha aplicativos de lojas, aplicativos de trânsito, um aplicativo de conversas instantâneas igualzinho ao que usava em sua vida com Ben. Tinha também e-mail e internet. Foi até os e-mails e encontrou mensagens de uma arquiteta mandando um projeto anexo.

Oi Agata, conforme combinado, segue a primeira opção de projeto para a reforma no espaço gourmet.

"Eu estou reformando a casa", constatou.
Os outros e-mails pareciam SPAMs e mensagens automáticas. Ela foi para as mensagens. Poucos contatos apareceram. Javier, sra. Rodriguez, sr. Wilson, Diego, Margareth, Liv, Júlia, Math...
"Math?"
Agata abriu sua conversa com Diego e ficou lendo o histórico. Eles trocavam mensagens o tempo todo. Diego sempre muito carinhoso, mandava figurinhas de coração, beijos apaixonados e *selfies*. Mandava piadas também. Agata sorriu. De repente, piscou a mensagem de Javier.

Gatíssimaaaaaa.
Agata respondeu:
Oi Javier!
Vamos almoçar? Nós combinamos, hein?
Agata ficou animadíssima.
Claro que vamos!
Estrela, tá difícil aguentar a bruxa?
Agata riu. Ele só podia estar falando da sra. Rodriguez.
Ai, Javi, nem me fala. Vem logo!
Já estou aqui!

Agata ouviu a campainha.
– Estrelaaaaaaa – Agata ouviu Javier chamando-a da entrada.
– Estou indo, Javi!
Agata tirou o roupão, vestiu-se e foi correndo ao encontro dele.

— Vamos a um japonês? – perguntou ele.
— Vamos, claro! Mas... qual?
— Ah, vamos ao de sempre? – sugeriu Javi.
— Ao... de sempre? – Agata novamente se sentia perdida e precisava disfarçar. – Claro! Não tem como errar, não é mesmo?

Agata e Javier entraram de braços dados no carro. Ela se sentia amparada e tranquila na presença dele.

— James, vamos para o japonês de sempre! – sinalizou Javier, ao que o carro começou a andar.

Chegando ao restaurante japonês, requintado e discretíssimo, Javier e Agata sentaram-se a uma mesa reservada. A conversa, claro, foi focada na sra. Rodriguez e em Júlia. Agata narrou o dia de compras.

— Não sei por que você ainda não se acostumou com essas duas... Feiticeiras!
— Javi! Não fala assim!
— Oras, são mesmo! Vai me dizer que você nunca pensou assim?
— É... Realmente sim... É que elas são muito arrogantes.
— Não sei como você vai aguentá-las na viagem.

Agata congelou.
— Viagem? Que viagem?
— Como que viagem, Agata? Está louca?
— Ah, a... viagem... – respondeu ela, sem muita saída.
— O cruzeiro que você ganhou de presente de aniversário da sogrinha!
— O cruzeiro! Claro! O cruzeiro, nossa, não sei como fui esquecer.
— Presente de grego, não é mesmo? Viajar com o maridão, ok. Agora, ter que aturar aquela chata da Daiana o tempo todo na cola, Deus que me livre! Este ano ela caprichou.
— É mesmo... Não sei por que ela não vai embora logo.
— Sem o Sr. Wilson aqui fica bem mais difícil aturá-la, não é flor? – perguntou Javier, com cara de dó.
— É...
— Mas não desanime! O que você planejou para amanhã?
— Amanhã?
— Nossa, mas hoje você está em outro mundo! – disse Javier, deixando Agata pálida. – Amanhã é seu aniversário!

— Meu Deus! Amanhã é meu aniversário! — Agata falou alto o suficiente para chamar a atenção das pessoas no restaurante. Olhou ao redor e percebeu alguns rapazes olhando mais do que o normal para eles.

— Javi... — disse ela, olhando para os lados, assustada. — Estão olhando.

— Também, depois desse berro!

— Não... Estão olhando... muito!

— Agata! — disse Javier, preocupado. — Eles sempre olham! Você é a esposa do Diego Leggero. Você precisa ir ao médico! Senhor!

— Ah... É... Eu sou, não é? — disse Agata, sem graça e ainda olhando para os lados. — Desculpa, Javi, estou meio aérea hoje mesmo.

— Está, não está? Mas enfim — disse Javier, abanando as mãos. — Me diz como você vai encarar aquela metida da Júlia no cruzeiro, hein?

— O quê? — Agata berrou de novo. — A Júlia vai?

— Ah! — disse Javier, jogando as mãos pra cima. — Parei! Volta para a terra e conversamos.

"Vou ter que ir a um cruzeiro com a minha sogra e a Júlia? Isso só pode ser pegadinha."

— Javi, não sei se quero ir.

— Esquece... Você sabe como o Diego é com a mãe. Mãe é mãe, não é? Ele está achando incrível ela ter dado esse presente a vocês.

-Ai, Javi... — disse Agata, olhando para baixo.

— Calma, estrela, o Diego é louco por você. Ele não está nem aí para a Júlia.

— Eu sei, mas é que... Não era bem isso que eu esperava dessa vida.

Terminaram o almoço, Javi entrelaçou seu braço no de Agata e saíram juntos do restaurante. Ao passarem pela porta giratória, surgiu um menino loiro, alto e bonito de trás de uma árvore. Tinha cerca de 18 anos e vestia uma camiseta descolada. Ele se colocou bem na frente dos dois e sacou uma câmera fotográfica. Agata tomou um susto enorme.

— Mas o que é isso, gente! — gritou ela, dando uma bolsada forte na mão do menino, que quase derrubou a máquina.

— Ei! — exclamou ele, enquanto Javier, que acompanhava a cena incrédulo, levou as mãos à boca, horrorizado.

Em seguida, outro rapaz apareceu, também com uma câmera profissional, com lentes grandes, e tirou várias fotos. Agata partiu para cima dele com a bolsa em riste, mas Javier conseguiu segurá-la e a abraçou com mais força.

– O que esta acontecendo com você? São apenas *paparazzi*!!

– *Paparazzi*, Javi? – perguntou Agata, enquanto abaixava a cabeça e escondia o rosto atrás da bolsa.

– Definitivamente você não está bem hoje. Vamos voltar para casa – disse Javier, levando Agata para o carro, que já os aguardava na porta.

Agata estava morrendo de vergonha. As lembranças de seus momentos de celebridade, lidando com fotógrafos e com a imprensa, ainda não tinham surgido para ela. Não fazia a menor ideia de como lidar com aquilo tudo.

– Javier, que vergonha... – lamentou dentro do carro, com a respiração agitada.

– Agora já foi, estrela. Relaxa, depois a gente vê se houve um estrago.

– Estrago?

– Eu mando agora mesmo uma mensagem para a assessoria de imprensa do Diego e do clube, para eles já se prepararem para possíveis probleminhas.

– Assessoria de imprensa? Probleminhas? – Agata ficou assustada. – Ah não, o que eu fiz?

– Calma, Agata! Calma, pelo amor de Deus! Todo mundo passa por isso. É até chique quando uma celebridade declara que teve um surto nervoso, ou um apagão depressivo, aí a gente fala que você vai para o cruzeiro para relaxar de sua crise de estresse! – Javier riu escandalosamente da própria ideia.

"Meu Deus, isso é demais pra mim."

Ao chegarem a casa, sra. Rodriguez estava em uma das varandas.

– Agata! – disse ela, olhando para trás. – Ah, olá, Javier.

– Oi, sra. Rodriguez. Nossa, a senhora como sempre, divina – disse falsamente Javier, enquanto dava dois beijinhos na sogra da amiga.

– Aceitam um café?

— Ah sim, seria ótimo — disse Agata.
— Não, acho que para a Agata é melhor um chazinho — disse Javier. — Ela está muito ansiosa para a viagem!
— Ah! — exclamou Daiana. — Que maravilha!
— É, que maravilha, não é? — disse Agata, nervosamente. — E, aliás, eu ainda nem comecei a arrumar as malas, então acho que vou pedir para a Marie levar esse chazinho para mim lá no quarto.
— Ah sim, claro, querida, fique tranquila — disse Daiana.
— Bem, eu vou deixar você descansar, então — disse Javier.
Ambos se afastaram de Daiana.
— Estrela, fica bem tá? Qualquer coisa eu te mando mensagem ou te ligo. Mas acho que não vai dar nada essa história. Enquanto isso, vá pensando no que fazer amanhã para comemorarmos seu aniversário.
— Está bem... — sussurrou Agata, como uma criança indefesa.
— Tchau, Javi, obrigada por tudo.
Agata entrou no quarto, cochilou durante uma hora e, quando se levantou, colocou um vestidinho básico preto. Maquiou-se e foi para a sala. Mal se aproximou da sogra, que mexia em seu celular, Diego chegou.
— Oi, *Honey*. Oi mãe! — disse Diego, sempre animado e disposto, com cabelos molhados do banho que costumava tomar após os treinos.
— Oi, *Honey*. — disse Agata, dando apenas um beijinho comportado no marido.
— Oi, mãe. Como foi seu dia? — disse Diego, abraçando a sra. Rodriguez.
— Foi ótimo, filho, o melhor é te ver no final do dia.
"Talvez eu possa entendê-la", pensou Agata, enquanto observava aquela cena de carinho entre os dois. "Eu também sou mãe."
Sentaram-se ali mesmo na sala e conversaram por horas. A sogra estava bastante simpática. Apesar da expectativa de viajar com ela e Júlia embrulhar o estômago de Agata, ela gostou de ouvir detalhes sobre o navio exclusivo, a quantidade de bagagens e, claro, o horário de embarque. Mais animador ainda foi saber que se tratava de um roteiro paradisíaco, em que a imprensa era proibida, e que

muitas famílias abastadas e celebridades estariam junto com eles. Tudo era novo e incrível para ela.

O restinho da tarde passou voando. Agata e Diego devoraram o jantar, ansiosos. Eles pareciam um casal de namorados apaixonados. Mal podiam esperar para estarem longe do olhar de Daiana. Agata, desde que chegara ao outro universo, não via a hora de agarrar seu amor, de beijá-lo e senti-lo, matando as saudades que sentira todas aquelas semanas.

– Nossa, mas estão engolindo a comida! – disse sra. Rodriguez.

– Ah, mãe, estou cansado, quero me deitar logo.

Agata apenas sorriu.

Assim que Diego fechou a porta do quarto, riu e puxou Agata pelo braço para perto de si. Sem se desgrudarem, foram tirando a roupa um do outro e entrando no banheiro. Diego ligou o chuveiro e entraram juntos.

– Daqui a pouco já é seu aniversário, meu amor – disse ele enquanto a beijava.

– Eu sei...

– Quero passar a sua virada dentro de você.

– Eu também quero isso.

Continuaram se beijando e se amando debaixo d'água. Diego começou a massagear suas costas, como se soubesse cada um dos seus pontos de tensão, enlouquecendo Agata da cabeça aos pés. Aos poucos, foi abaixando o local da massagem, até que suas mãos acariciaram seus mamilos, apertando levemente os bicos, enquanto ele mordiscava e beijava seu pescoço. Alguns minutos depois, quando Agata pedia para ser possuída totalmente, Diego encostou em seu clitóris, fazendo movimentos leves e circulares. Ela estava com as pernas bambas, completamente rendida àquele homem. Após poucos segundos, ele a penetrou, levando-a ao orgasmo. Juntos, terminaram de tomar banho e foram para a cama.

Cada um encostou em seu travesseiro e pegou seu celular. Assim que Agata olhou para o dela, havia mais de 20 mensagens de Javi, com links de sites de fofocas mostrando as fotos dela dando uma bolsada no repórter e saindo do restaurante, escorada por Javier.

Estrelaaaaa. Vazaram as fotos. Não surta, tá? Eu já falei com a assessoria e eles vão mandar um comunicado para vocês aprovarem.

Agata congelou. Nesse momento, Diego tirou o olho de seu aparelho e olhou para ela um pouco confuso, porém calmo.
— *Honey.*
— Oi...
Agata já sabia o que vinha.
— Você deu uma bolsada em um *paparazzo* hoje?
O tom de Diego foi tão calmo e tranquilo que ela não se sentiu desesperada.
— Sim... Eu... dei, sim... Desculpe?
— *Honey*, mas... ele te xingou? Ele te desrespeitou? Eu descubro para onde ele trabalha e vamos levar isso até o fim.
— Não, não – disse Agata, colocando as mãos sobre o peito de Diego. – Ele não fez nada, coitado... Eu é que perdi o controle.
— Mas, linda, você está tão acostumada com isso. Por que agora está te incomodando?
— Não é isso, é que eu acho que estou nervosa com a viagem. Meu aniversário também, ficando mais velha, enfim, eu acho que foi só um surto de estresse – disse ela, seguindo a ideia de Javier.
— Nossa, *Honey*, fica calma.
— Mas isso vai atrapalhar sua carreira? – perguntou Agata, preocupada.
Diego riu.
— Imagina, meu amor. Minha carreira é muito maior do que duas ou três fotos de um dia ruim. Não se preocupe, ok? – disse ele, dando um beijo na boca de Agata. – Isso logo, logo, passa. Mas você precisa relaxar para não passar mais por isso. Eu detesto saber que nosso estilo de vida te causa estresse.

Agata suspirou, aliviada e apaixonada. Existiria alguém mais perfeito que Diego?
— Aliás – continuou ele, – a assessoria de imprensa quer mandar um comunicado explicando a situação, pois já estão dizendo que seu estouro seria porque não estamos bem juntos. É mole essa imprensa?
— O que o comunicado diz?

Diego leu em voz alta:

A assessoria de imprensa de Diego Leggero comunica que ele e sua esposa Agata continuam juntos e muito bem. O que se passou na porta do restaurante não passou de um mal entendido entre ela e o fotógrafo, mas já está tudo esclarecido entre eles. Agata pede desculpas pela atitude e diz: Todos nós temos um dia ruim. Hoje foi o meu e sinto muito pela bolsada. Admiro o trabalho dos fotógrafos e dos veículos da imprensa.

Agata riu, incrédula. Pelo visto, era assim que se resolviam os problemas com a imprensa.
– Ok, para mim está bom. Eu peço mesmo desculpas.
– Então eu vou aprovar e amanhã todo mundo já esqueceu, ok?
Diego guardou o celular no criado-mudo e abraçou Agata novamente. Ela ainda estava excitada, mesmo após o banho, e a doçura com que ele tratou a atitude vergonhosa dela deixou-a ainda mais apaixonada. Correspondeu ao abraço com um beijo quente, e ele logo percebeu que ela queria mais. Transaram mais duas vezes, até que soou um alarme no celular.
– Feliz aniversário, meu amor, mulher da minha vida! Quero ficar com você esta e todas as vidas que existirem.
A declaração de Diego fazia muito mais sentido do que ele poderia imaginar.
– Eu te amo, Di.
Abraçados de conchinha, já com a luz apagada, ele disse:
– *Honey*, depois veja o que você vai querer fazer amanhã.
– Tá, eu vou pensar em algo. Boa noite.
– Boa noite, te amo.

Capítulo 18

— Parabéns, mãe!
Agata acordou com o que pareceu um grito de seus filhos. Abriu os olhos, mas viu Diego ao seu lado, dormindo tranquilamente. Esfregou o rosto e percebeu que estava mesmo na sua casa com Diego e, portanto, havia escutado a voz dos meninos apenas em sua cabeça. A saudade deles era constante, mas Agata sabia que estavam bem e que ela havia concordado em passar o aniversário longe deles naquele ano. Melhor então que fosse na companhia de Diego. Seu marido em sabe-se lá que mundo e que vida, mas por quem ela já estava perdidamente apaixonada.
Agata levantou-se e caminhou até a janela para abrir um pedaço da cortina e admirar a paisagem. Quando viu o mar batendo na areia, na hora decidiu que começaria seu aniversário com um mergulho. Mas não sozinha!
— *Honey*! *Honey*! — disse Agata, apoiando-se sobre Diego na cama e enchendo-o de beijos.
— Bom dia, aniversariante! — disse ele, retribuindo o carinho e espreguiçando-se. — Feliz aniversário!
— Obrigada!
Diego segurou o rosto de Agata com as duas mãos e olhou bem para ela.

— Saiba que você é a única mulher do mundo que vai envelhecendo e ficando a cada dia mais linda!

Agata sorriu emocionada.

— Di, o que acha de darmos um mergulho no mar? Eu quero começar o dia assim.

— Mas é claro que sim! É seu aniversário hoje, faço tudo que você quiser.

Agata foi correndo colocar seu biquíni. Escolheu o menor de todos. Diego também se levantou, escovou os dentes e colocou uma sunga. Sem roupão nem chinelos, os dois saíram do quarto abraçados, a caminho da copa para tomar café.

"Eu me acostumaria a acordar assim todos os dias", pensou ela. "Mas faltam meus meninos."

— Bom dia, sra. Agata! Feliz aniversário! — disse Marie, aproximando-se com a garrafa de café.

— Obrigada, Marie!

— Já sabe como vai querer comemorar?

— Ah, ainda não sei, mas vou começar na praia!

— Faz muito bem.

Agata e Diego comeram rapidamente e desceram até a praia, pelas escadas laterais da casa. Como duas crianças, correram pela areia em direção ao mar. Agata nem quis molhar os pés com calma para sentir a temperatura. Entrou de uma vez, a passos largos, com Diego logo atrás. Ele a abraçou por trás e a rodou. Ambos perderam o equilíbrio e levaram o maior caldo. Levantaram-se rindo muito e beijaram-se com gosto de água salgada.

— É bonito ver o amor dos dois... — disse para si mesma Marie, observando a cena de uma das janelas da casa.

Os amigos e vizinhos aos poucos foram chegando e ocupando os guarda-sóis particulares. Agata e Diego continuaram no mar, de mãos dadas, pulando ondas, jogando água um no outro, lavando a alma e recarregando energias. O Sol estava lindo, o céu bem azul, quase sem nuvens e a água era cristalina. Tudo estava perfeito.

— Era exatamente disto que eu estava precisando hoje! — disse Agata, abraçando Diego.

— Você merece isso e muito mais!

— Vamos para a areia? — perguntou ela.
— Você que manda!
Os dois saíram do mar, caminhando devagar até o ombrelone deles. Marie, muito prestativa, já tinha descido com toalhas e esteiras. Tinha também providenciado um balde de gelo com uma garrafa de espumante e duas taças.
— Uau! Olha só essa Marie! — exclamou Agata.
— Champanhe para brindar seu dia, *Honey*! — disse Diego, retirando a garrafa do balde para abri-la.
— A melhor bebida para se brindar de manhã! — disse ela.
Agata sabia que conhecia a maioria daquelas pessoas que estavam na praia, mas estranhou que nenhuma delas viesse falar com ela. Quase perguntou para Diego por que elas não se aproximavam, mas achou melhor não expor sua confusão de sempre e correr o risco de dar um fora. Preferiu ignorar o fato. Diego estendeu a taça e ambos brindaram.
— Ao seu aniversário!
— Ao meu aniversário!
Brindaram e beijaram-se apaixonadamente. Agata bebeu quase tudo, colocou a esteira na areia e deitou para tomar sol. Ficou ali, imóvel, por mais de uma hora, curtindo aquele momento de relaxamento puro, ao lado do homem por quem estava perdidamente apaixonada. De vez em quando, abria os olhos e via Diego sentado em uma cadeira, taça na mão, sorriso no rosto, olhando o mar. Ela não queria esquecer aquele momento, queria guardá-lo para sempre em sua memória. Algo dizia para ela que aquilo teria um fim, que ela teria que escolher. Por que, afinal, as coisas tão boas têm que acabar?

***

Dona Serafina, uma senhora de idade que vivia sozinha com seu cachorro Jasper, levantou-se irritada e com dificuldade. Ela não suportava barulho tarde da noite. Tinha o sono leve e precisava descansar. E mais uma vez, o jovem casal chegava pelos corredores rindo e derrubando as coisas pelo chão. Só que, desta vez, eles estavam exagerando. Eram verdadeiras gargalhadas e um barulho insuportável de chaves. Dona Serafina caminhou até a porta do seu apartamento e a abriu com nervosismo, dando de cara com os dois barulhentos.

– Eu já pedi para pararem com isso!

Agata e Ben tomaram um susto. Pararam de rir na hora e ficaram de olhos arregalados, encarando dona Serafina.

– Ouviram?!

Os dois se entreolharam, um esperando que o outro tivesse alguma reação. Porém, ao se olharem, caíram na gargalhada juntos, deixando a vizinha fora de si.

– Vocês não têm respeito nenhum! Eu vou chamar o síndico!

Agata e Ben seguraram de novo o riso.

– Desculpe... dona... Sera... – começou Ben.

– Serafina! – completou, irritadíssima.

– Isso, dona Serafina! Desculpe, estamos um pouco animados demais, realmente... Mas é que...

– É meu aniversário! – disse Agata.

– E daí? Meus parabéns. Mas isso não dá o direito a vocês de causar esse rebuliço a esta hora da noite.

– Eu sinto muito! – disse Agata. – É que nós comemoramos muito, bebemos e... não estamos encontrando as chaves...

– Pois encontrem logo para pararem de me incomodar.

– Achei! – gritou Ben, deixando Serafina uma pilha estourada.

– Então entrem! – a senhora acabou gritando.

– Sshhhhhhh...

Ouviram alguém pedir silêncio de outro apartamento, mas sem abrir a porta.

– Xi, olha só dona Serafina, acho que estamos incomodando, não é?

A velhinha bufou e bateu a porta na cara deles. Agata e Ben se olharam de novo e lá veio outra crise de riso, ambos segurando narizes e bocas para não explodirem em gargalhadas.

– Abre logo – sussurrou Agata, segurando-se para não chorar de rir. – Seremos despejados daqui a pouco...

Ben abriu a porta e eles entraram direto para o quarto. Era um

apartamento pequeno, onde eles moraram pouco antes de se casarem. Começaram a se beijar e se agarrar com vontade.
– Parabéns, minha linda.
– Quero de aniversário o melhor orgasmo da minha vida!
– É pra já!
Eles se amaram por horas.
"Eu não queria que este momento acabasse nunca", pensou Agata.
– Ben...
– O quê?
– Eu nunca vou me esquecer desta noite.
– Eu também não.

***

Agata acordou, deitada na areia, e notou que Diego estava de pé.
– Vamos para dentro? Quero sair para almoçar fora e brindarmos mais uma vez.
– Legal! – disse Agata, tampando os olhos do Sol.
– Minha mãe não vai. Seremos só nós dois.
Agata não pôde evitar a reação sorridente.
Subiram, tomaram um banho, vestiram-se entre beijinhos e carinhos e saíram para um restaurante.
A paisagem daquela cidade litorânea de praias tão lindas e paradisíacas e casarões riquíssimos não acionava nenhuma lembrança em Agata. Ela não se recordava de nada parecido em sua vida real. O carro subiu um morro e, lá no alto, parou em um restaurante pequeno, porém charmoso, com uma vista fantástica da orla. Agata desceu do carro e foi até o canto do penhasco para admirar a vista. Diego aproximou-se.
– Nossa, você não se cansa mesmo desta paisagem, hein?
– Como se cansar de olhar para isto?
– Vamos, *Honey,* eu fiz reserva.
Sair para almoçar com Diego tinha que ser em lugares pequenos e reservados, já que ele era uma estrela do futebol e todo mundo sempre queria pegar autógrafos e tirar fotos. Ao entrarem, o gerente os encaminhou a uma mesa em um canto discreto.

O restaurante servia as melhores massas da cidade.
– Diego, você tem medo do futuro?
– Medo? Não, *Honey*, por que eu teria?
– Mas você não tem medo de como será sua vida quando você parar de jogar, por exemplo?
– Eu penso nisso, sim. Mas eu prefiro esperar a realidade chegar para me preocupar com ela.
– Mas não é melhor estar preparado?
– Concordo, mas o que realmente precisamos planejar? Dinheiro, família, isso está tudo sob controle. Jamais vai faltar. Quanto ao que eu vou fazer para o resto da minha vida após aposentadoria, isso eu posso ver mais para frente.
– Você tem razão, para que sofrer por antecipação...
– Além do mais, eu vou querer tirar pelo menos um ano inteirinho de férias. E aí a gente pode viajar o mundo, juntos, eu e você. O que você acha desse plano?
– Ah, esse plano eu adoro!
– Já pensei em ser comentarista.
– Ah, não, Di, não faz isso, por favor! Eu não suporto comentarista de futebol!
– Hahaha – riu Diego. – Eu falei de propósito. Mas o que você sugere, hein?
– Não sei... Mas e se criássemos um projeto beneficente que envolvesse o futebol?
– Hummm. Interessante. Gosto da ideia! Dá para fazer muita coisa nesse campo.
– Sim, e ao mesmo tempo ajudar, fazer uma diferença no mundo.
– Linda, você é a melhor pessoa que eu já conheci. Eu te amo por isso!
– Eu também te amo...
Agata sentiu-se estranha dizendo em voz alta essas palavras. Ela sabia que era exatamente o que estava sentindo, mas não podia ser tão simples. Quando essa vida paralela deixaria de ser um sonho? Em qual vida ela iria ficar? Será que ela podia escolher? Os pensamentos mudaram o semblante de Agata.
– Está tudo bem? – perguntou Diego.

— Sim! Sim, claro que está!
— Vamos pedir uma sobremesa?
— Claro!
O garçom trouxe a sobremesa — um *petit gateau* bem grande. Agata pegou a colher e, assim que atacou o bolinho, juntamente com o recheio mole de chocolate, caiu um anel de brilhantes, aterrissando no prato no meio de toda aquela delícia. Agata ficou extasiada olhando para o anel.
— Agata, a cada dia que passa eu te amo mais. E, mesmo estando há apenas cinco anos com você, quero casar de novo! Você aceita?
"Cinco anos juntos? Caramba!"
— Agata? Você me ouviu?
— Sim, sim! Sim! Eu caso de novo com você, claro!
Terminaram de comer e voltaram para casa. Ao chegarem, Diego sugeriu caminharem pela praia para a digestão. Caminharam de mãos dadas, sem falar muito. Apenas apreciando a vista e a brisa. Segurar na mão de Diego passava segurança para Agata. Não era um toque qualquer, era um jeito de proteger, de cuidar. Ela gostava disso. Poderia ficar com ele para sempre, sem nunca perder essa sensação.
"Como tenho sorte!", pensou Agata. "Mas espere aí, sorte como?" Se ela mal entendia aquela realidade, apesar de cada vez mais fazer parte de seu consciente.
"Agata, não pense, apenas viva", ela se repreendeu.
Deram meia volta e, ao aproximarem-se da casa, Javier surgiu em uma das varandas, acenando desesperadamente para o casal.
— Olha, amor, é o Javier — disse Diego. — Ele parece nervoso.
— É... Parece mesmo.
Os dois subiram as escadas e Javier, ofegante, pegou as mãos de Agata.
— Star, você ainda não está pronta?
— Oi, Javi. Boa tarde — disse Diego.
— Oi Diego. Tudo bem? Vamos Agata, você tem cabeleireiro. Você não se lembra de como foi difícil conseguir esse horário?
— Ah, lembro, claro que lembro. Ok, Javi, mas eu já estou pronta, só vou colocar um sapato e...

– Não! – gritou Javier, escandaloso.
– O quê? Por que não?
– Ah, quer dizer, minha estrela... – diminuiu o tom de voz. – Por que você não coloca uma saia e aquela blusinha linda prateada?
– Para ir ao cabeleireiro?
– E daí?! Vamos sair na rua para arrasar sempre, não é? – disse Javier, arregalando os olhos como se desse uma pequena bronca em Agata.
– Tem razão, já volto.
– Isso! – disse Javier, batendo palminhas. – Já volta! Vai e volta!
"Javi parece ansioso. O que será que deu nele?"
Diego olhou para Javier e fez um sinal de não com a cabeça de um jeito debochado, repreendendo o escândalo, porém rindo de tudo aquilo. Javier respondeu com um erguer de ombros. Em cinco minutos Agata estava de volta.
– Pronto! Vamos?
Os amigos entraram no carro, em direção ao cabeleireiro.
– Estrela, não vai ser presa justo hoje, hein?
– Presa por quê?
– Por agredir algum fotógrafo!
Ambos riram muito. Ao chegarem ao salão, Agata descobriu que havia agendado o atendimento completo. Fez massagem, escova, pé e mão, maquiagem, cabelo... Tudo presente de aniversário de Javi. Na frente do espelho, Agata sentia-se linda.
– Gostou, Javi?
– Agora sim você está pronta, Agata!
– Pronta para o quê?
– Para brilhar, ora!
Javi olhou no relógio e terminou de se ajeitar no espelho.
– Vamos para casa, Agata! – exclamou de repente.
No caminho de volta, o celular de Javi tocou ao receber uma mensagem. Ele pegou o telefone e fez uma cara de espanto.
– Está tudo bem, Javi? – perguntou Agata.
– Está! Lógico! Mas é que eu lembrei que me esqueci de pegar uma calça que comprei no shopping e deixei consertando.
– Agora?

– É, vamos! Vai ser rápido e eu preciso dessa calça.
– Está bem...
O motorista desviou o caminho e foi para o shopping. Quando estavam se aproximando da entrada, Javier olhou o celular novamente.
– Ah! Deixa pra lá! Eu posso pegar a calça outro dia, vamos pra casa!
– O quê? Javi! Você está maluco?
– Claro que não, boba, é que realmente não preciso pegar agora.
– Mas você disse que precisava!
– Mudei de ideia, estrela, posso?
Ela deu de ombros e pediu ao motorista que voltasse para casa. O carro estacionou mais longe do que o normal. Agata não ligou muito. Javier a ajudou a descer do carro e deu mais uma ajeitada no cabelo dela.
– Você vai arrasar, gata!
Agata apenas balançou a cabeça e seguiu em direção à porta de entrada da casa. Assim que abriu, tomou um susto com um monte de gente gritando:
– Parabéns!!!!!!
Agata ficou sem reação, feliz e ao mesmo tempo surpresa. Olhava rapidamente o rosto das pessoas e não sabia ao certo quem era quem, mas se estavam lá, deviam ser seus amigos. Buscou o rosto de Diego e, quando o viu, seu coração se encheu de alegria. Ele saiu do meio das pessoas e entregou um buquê de flores para Agata, abraçando-a e beijando-a.
– Parabéns, meu amor.
– Obrigada!
As pessoas começaram a se aproximar e a abraçar Agata. Ela logo percebeu a presença de Júlia num canto da casa, bem ao lado da sra. Rodriguez. Preferiu não se importar e curtir sua festa surpresa. Que, em se tratando daquele universo, era mesmo uma surpresa em todos os sentidos. Ainda recebendo os cumprimentos, Agata notou duas moças aguardando para lhe dar um abraço e sentiu uma enorme simpatia por ambas. Ficou ansiosa para chegar a vez delas.

— Parabéns, gata! — exclamou a primeira, uma moça baixinha e roliça, impecavelmente maquiada e bem vestida.

— Obrigada, Olivia! — Agata lembrou-se automaticamente do nome dela. A outra, então, aproximou-se.

— Felicidades, lindona!

— Obrigada, Margareth! — De novo o nome veio à sua cabeça. Margareth era bem mais alta, magra, muito branca e de cabelo loiro platinado com corte chanel. Ao lado de Olivia, a moça formava uma dupla inusitada, pois a diferença de altura das duas chamava atenção.

Margareth e Olivia, Liv, como era conhecida pelos mais íntimos, eram do ramo publicitário. Elas eram donas de uma agência de *branding* e cuidavam de uma das divisões do clube de Diego. Além disso, eram um casal. Todos respeitavam as duas, que haviam saído do nada para conquistar grandes contas, grandes clientes e brilhar com a publicidade no mundo do futebol.

Agata sentiu aquela simpatia e, conforme as abraçou, além dos nomes, vieram imagens de risadas e alegria. As sensações que provocaram em Agata eram positivas e tudo levou a crer que elas tinham uma grande amizade. Agata sentiu-se bem por poder lembrar-se ao menos do sentimento e de que estava na presença de duas pessoas de confiança.

— Vamos tomar um drink, meninas? — disse Liv.

— Vamos! — respondeu Agata, ansiosa para conversar mais com elas.

As três sentaram-se na varanda principal, onde as mesas ganharam arranjos centrais de flores para a ocasião.

— Nossa, gente, Javier quase me deixa louca com essa de sair e voltar — disse Agata.

— A gente imaginou que isso daria confusão! — respondeu Margareth, acendendo um cigarro eletrônico.

— Pois é, mas ele quis tomar conta de você enquanto Diego preparava a surpresa, então quem é que conseguiria discordar?! — disse Liv.

— É verdade, o Javier é um bom amigo.

— Agata, quando vamos repetir nossos almoços? Faz tempo que

não sentamos para fofocar! Fiquei sabendo que você ganhou um cruzeiro da sogra e que a Júlia vai junto! – exclamou Liv de novo.

– É... É verdade isso. Mas, vocês acham que vou me dar mal?

– Mal? Oi? – questionou Margareth. – Mas é obvio que não! Quem não se toca é a Júlia, que fica cedendo às loucuras da Dai. Diego coloca você em um pedestal, é louco por você, a história de amor de vocês é invejada por dez entre dez casais. Pode ficar tranquila, o papelão é dela!

– Pena que ninguém tem coragem de falar essas coisas na cara de Júlia – disse Liv. – Mas é difícil entender como uma mulher independente, bonita e bem-sucedida como ela fica se sujeitando a essas situações.

– É... Eu também não entendo direito isso. Mas... o que posso fazer? Diego quer muito ir nesse cruzeiro e eu prometi que iria, afinal, foi um presente.

– De grego, não é? – completou Liv.

– Já sei! – disse Margareth. – Finge que passa mal e se tranca no quarto com Diego. Vocês transam sem parar o cruzeiro inteirinho e só saem na hora de irem embora!

As três caíram na risada. Diego aproximou-se.

– Posso saber o que é tão engraçado?

– Ah, amor, só bobagem... – desconversou Agata.

Diego brindou sua taça na dela, deu uma piscadinha e saiu de novo.

– Gente, gente! – disse Liv. – Olha lá o Math!

"Math", repetiu Agata pra si mesma. Ela lembrou-se desse nome em sua agenda de contatos do celular.

– Quem é Ma... – disse Agata. – Olha só, o Math!

– Como podem dois irmãos ser um mais lindo que o outro? Ele é a cara do Diego! – disse Margareth. – Genética boa.

"Irmão do Diego!"

– Ele está namorando, fiquei sabendo – disse Liv, em tom de fofoca. – Parece que é advogada. Das melhores! Sócia de uma firma bem renomada.

– E onde está ela? – perguntou Agata.

– Não sei, vamos perguntar? – respondeu Liv, em tom de brincadeira.

Math aproximou-se. Um pouco mais alto que Diego, com braços bem fortes e definidos. Pele bronzeada, cabelos também loiros e mais lisinhos que os do irmão.

– Oi, Agata! Parabéns, cunhada!
– Ah, obrigada! – disse Agata, recebendo um abraço, meio sentada, meio de pé.
– Eu não vou ficar muito tempo, tenho que encontrar uma pessoa.
– Hummmm.
– Estou namorando, você sabe, eu te contei semana passada.
– Ah é, verdade, você me contou – respondeu Agata, sem jeito.
– Mas ela é muito ocupada, então sempre que dá eu corro para encontrá-la.
– Tudo bem, Math, sem problemas. Obrigada por ter vindo!
– Eu vou lá tomar um drink e já, já, venho me despedir.

Math afastou-se da mesa e Liv logo notou o olhar de Júlia para cima dele.

– Olha lá o jeito que a Júlia está olhando para o Math!
– Ai, Liv, você também, não deixa escapar nada! – respondeu Margareth. – Sossega aí.
– Pelo visto o que ela quer mesmo é ser a nora da Dai. Com qual filho, não importa! – disse Liv.
– Liv! – repreendeu Margareth.

Agata não se importou com o comentário, mas ficou observando Júlia e a sra. Rodriguez cochichando logo após Math ter passado por elas. Esperou alguns minutos e viu que Júlia saiu a caminho do bar, atrás de Math. Foi então que ela não perdeu tempo.

– Com licença, gente, já volto.

Agata foi pelo outro lado da casa, dando a volta para chegar ao bar da copa, local onde serviam algumas bebidas e para onde ela viu que Math e Júlia tinham ido. Quando chegou, percebeu que Júlia afastou-se dele imediatamente, num susto.

– Oi, Agata! Parabéns – disse Júlia, sem jeito.
– Obrigada, Júlia!

"Qual é a dessa mulher? Por que raios ela faz isso?"

Agata juntou-se aos dois e conversaram sobre as marcas de vodca mais saborosas. Muitos daqueles nomes ela nunca tinha ouvido falar, mas não soaram estranhos. Ela não sabia se era uma desentendida do assunto ou se naquele universo as coisas não eram tão iguais.

– *Honey*? – Agata ouviu Diego chamar.
– Aqui no bar! – gritou. – Com Math!
– Vem aqui! Quero te mostrar uma coisa!

Agata pediu licença e saiu do recinto. Assim que entrou no corredor, Diego puxou sua mão de uma vez e correu em direção ao quarto.

– Diego! O que foi? Eu estava vendo a Júlia com o Math e fiquei pensando se seria bobagem eu...
– Não fala nada – disse Diego. – Eu quero você, agora.

Agata derreteu-se de imediato. O tesão veio com força total. A casa cheia de gente, a festa era sua, estava todo mundo bebendo e se divertindo, enquanto eles ali, trancados no quarto, prestes a transar de novo. Ela jogou-se em cima dele, beijando-o de forma quente e cheia de tesão. Diego arrancou sua blusa e levantou sua saia. Nem tirou a calcinha, apenas a colocou de lado e, como já estava com o pênis bem ereto, Agata abriu o zíper de sua bermuda e o tirou para fora, encaixando-o dentro dela. Com movimentos acelerados e quase desesperados – como se fizesse um tempão que não se viam – transaram sem tirar os sapatos, mas com um nível de prazer e entrega intenso. Repetiram a dose mais duas vezes, até que Agata decidiu voltar para a festa, toda alegre.

– Agata! – gritou Javier. – Venha! Vamos cantar os parabéns!

Diego saiu logo atrás. A mesa da sala de jantar estava lindamente decorada com flores, arranjos, docinhos e um maravilhoso bolo todo branco. Agata ficou encantada, mas travou na hora que viu as velas.

"39?"

Sem poder transparecer o choque, Agata continuou dando a volta na mesa e se colocou atrás do bolo. Diego veio ao seu lado e pediu a palavra.

– Gente, hoje eu pedi a Agata em casamento de novo!

Todos aplaudiram. Júlia também, mas sem muita animação. Sra.

Rodriguez aplaudiu, sem esboçar tanta alegria, mas de maneira bastante educada.

– E ela aceitou!

Todos riram.

– Então agora... – disse Diego, apontando a porta. Todos olharam e entrou um juiz de paz.

Agata ficou em choque. O juiz colocou-se à lateral da mesa e começou a repetir os dizeres do juramento do casamento. Agata e Diego repetiram tudo conforme mandado.

– Eu os declaro marido e mulher – disse o juiz.

Os aplausos e assobios foram gerais. Diego virou Agata para um beijo cinematográfico. Ela cortou o bolo e sentiu uma enorme felicidade tomar conta de seu coração, deixando menos espaço para as dúvidas, a confusão e as incertezas sobre aquele universo. Após o fim da festa, apenas uma pontinha de tristeza veio à tona, quando Agata teve a certeza de que aquilo tudo ia sim acabar, após as férias, porque ela tinha que voltar para seus filhos.

"Eu não posso ter tudo."

Capítulo 19

O despertador do celular tocou. Agata abriu os olhos e, assustada, olhou ao redor para se certificar de que ainda estava na sua casa com Diego. Levantou-se e foi até o banheiro escovar os dentes, enquanto ele ficou na cama. Ao entrar no banheiro, viu uma *nécessaire* aberta em cima da pia, parcialmente completa, e se lembrou.

"Hoje embarcamos!"

Rapidamente, Agata saiu do banheiro e foi acordar Diego. Primeiro ela pensou em balançá-lo, mas assim que olhou para ele, derreteu-se de amor e começou a enchê-lo de beijos e cheirinhos.

– *Honey*, acorda... Hora de viajar!

Diego abriu os olhos e um enorme sorriso.

– Bom dia, minha linda.

– Bom dia...

– Pode adiantar suas coisas que eu acompanho.

Agata voltou ao banheiro e foi terminar de se arrumar e fechar as malas. Quando entrou no closet, ficou impressionada com suas lindíssimas malas estilo baú, de uma das grifes mais célebres do mundo. Passou as mãos sobre elas, acariciando o couro rígido e pensou, por alguns instantes, se aquilo realmente valia tanta emoção.

"O que importa é viajar, estar com quem se ama, Agata."

Sim, era verdade. Mas ela não podia deixar de curtir todo aquele luxo com o qual não estava acostumada em seu mundo.

– Pegou tudo, *Honey*? – perguntou Diego, já pronto, perto da porta do quarto.

– Sim, está tudo comigo. Passagens, passaportes e mala de mão.

– Ok. Já vou chamar Steve para levar as malas lá para baixo. Tome um café que eu vou ver se minha mãe está pronta.

Agata foi até a copa tomar um rápido café. Marie rapidamente encheu sua xícara com café preto, sem leite e sem açúcar.

"É... Realmente sou eu mesma aqui. O meu café é assim em todo lugar", constatou. "Mas... e o resto? Como é esse aeroporto? Onde é?"

Agata olhava para o nada enquanto dava goles em seu café, pensando sobre o quanto não fazia ideia de onde estava e perguntando-se como seria a viagem. O shopping que frequentava com Javi não era reconhecível em sua vida "real". As estradas e as praias também não. Cogitou, finalmente, em olhar seu celular e ver o GPS, descobrir marcações de lugares e ler notícias antigas sobre sua vida. Era hora de saber mais. Quando pegou o aparelho nas mãos e destravou a tela inicial, ouviu a voz de Daiana.

– Boa noite, Agata!

Agata largou o celular, virou-se e sorriu.

– Bom dia, sra. Rodriguez.

– Boa noite ainda, não é? A festa foi muita boa! Parabéns para vocês dois.

Agata estranhou o bom humor e os parabéns espontâneos. Mas ficou aliviada pelo clima já começar bem.

– Mãe, o Steve já levou suas malas para o carro? – perguntou Diego.

– Sim, filho, e vamos rápido, pois ainda precisamos pegar a Júlia. – Já terminou seu café, Agata?

– Ah, sim, claro, já sim. Vamos.

Os três entraram no carro e seguiram pela estrada que contornava a orla daquele mar maravilhoso, por entre casarões fantásticos e uma vista sensacional. Agata recostou a cabeça no ombro de Diego, que fora no banco de trás com ela, e pensou em como era gostoso estar com ele. Em seguida, veio a imagem de seus meninos. Estavam com os avós curtindo aquela semana, mas pareciam muito mais distantes. Agata sabia que ela mesma estava no Havaí. Mas seu coração, sua mente e seu olhar estavam ali, naquela viagem ao Caribe.

"Que assim seja. Estou aqui e vou viver isso com todo meu coração."

O carro estacionou diante de um prédio estiloso, de apenas três andares e apartamentos modernos, com enormes varandas de vidro de frente para o mar. Era a casa de Júlia. Ela desceu as escadas toda elegante, com óculos escuros e um leve vestido de linho verde-água. Abriu um enorme sorriso que estremeceu Agata.

"Seja o que Deus quiser."

— Dai! Bom dia, querida! – disse Júlia, entrando no banco da frente do carro e virando-se para trás.

— Bom dia, minha querida.

— Bom dia, Agata, bom dia, Diego.

— Bom dia... – grunhiu Agata por entre os dentes e um sorriso amarelo.

— E então? – continuou Júlia, animada. – Preparados para nosso maravilhoso cruzeiro?

— Eu estou super! – exclamou sra. Rodriguez.

— E você, Agata? Animada? – insistiu Júlia.

— Sim, muito animada. Maravilhoso tudo isso. Nossa, muito bom. Bom demais. Nossa...

Agata achou melhor parar de falar, antes que dissesse alguma besteira. Diego permaneceu apenas sorrindo.

Agata não reconheceu o aeroporto, mas logo teve que espantar suas dúvidas de lado. Assim que chegaram, fãs de Diego e fotógrafos estavam ali. A chegada ao aeroporto tinha tudo para ser tranquila, já que Diego tinha seus assistentes resolvendo tudo de antemão por ele. Além disso, o embarque não seria em um avião comercial comum, e sim em um jato particular. Mas havia muita gente e muitas malas.

Agata e Diego começaram a ajudar Steve e um assistente do aeroporto a pegar as malas, para tornar tudo mais rápido, enquanto

Júlia e Daiana saíram de dentro do carro com seus rostos abaixados e suas bolsas tiracolo, andando a passos largos rumo à porta enquanto os flashes captavam a cena.

"Folgadas."

A raivinha logo passou. Assim que entraram, o grupo seguiu para uma maravilhosa sala VIP, onde outra sala reservada estava à disposição deles. A essa altura, as malas já haviam sido levadas pelos assistentes até o local do *check-in* do voo particular.

– *Honey*. É isso que eu amo em você. – disse Diego, ao se sentarem numa poltrona.

– O quê?

– Sua humildade. Ficou lá carregando as malas comigo, agilizando tudo sem frescura. Você é demais.

Agata sorriu e o beijou. Ela identificava-se naquelas palavras. Era realmente assim. Nenhuma mordomia ou fama a impediria de ajudar, de fazer o que fosse necessário para facilitar a vida de todo mundo. Enquanto dois garçons serviam vinho branco para eles, Daiana e Júlia, sentadas em outra poltrona um pouco distante de Diego e Agata, riam alto.

– Elas parecem realmente muito amigas – deixou escapar em voz alta.

– Sim, elas são mesmo. Você sabe, ora, por que está falando isso? – perguntou Diego.

– Ah, nada. É que... talvez... não seja mesmo só provocação. Talvez seja mesmo difícil para sua mãe não tê-la como nora.

– *Honey* – disse Diego, olhando fundo nos olhos de Agata. – Eu fico muito feliz que você chegue a essa conclusão. Eu sei que as duas te incomodam e te irritam. Mas o que importa é que eu te amo e você é e sempre será a mulher da minha vida.

Agata sentia o coração transbordar de felicidade quando ouvia essas coisas. Diego realmente a amava e nada mais importava naquele mundo.

– Você vai querer sua massagem? – Diego continuou.

– Oi?

– Sua massagem! *Honey*, você sempre aproveita as horas antes do embarque para ir ao SPA.

— Ah, o SPA! Claro!

Agata olhou ao redor e viu que havia na sala VIP uma versão enxuta de um famoso SPA. Lá eles ofereciam massagens relaxantes, perfeitas para quem iria embarcar em uma viagem de avião cansativa.

— Vai lá! — insistiu Diego. — Sei o quanto você adora.

— É mesmo, não é? Eu adoro essas massagens.

"Gente, como sou chique. Massagem pré-embarque! Essa eu nunca vi."

— Júlia! — exclamou sra. Rodriguez — Por que você não vai também fazer uma massagem? Assim ganho um tempinho a sós com meu filho amado.

— Ótima ideia! — respondeu Júlia, sorrindo e se levantando. — Vamos, Agata?

— Vamos...

"Mas que merda."

Por sorte a massagem exigia silêncio total, com fundo musical zen. Assim, Agata não precisou trocar sequer uma palavra com Júlia. Uma hora depois, saíram renovadas lá de dentro, e Diego tirava um cochilo. Foi então que entrou na sala um homem alto, grisalho e com roupa de comandante, que foi direto até Diego.

— Com licença, sr. Leggero?

— Sim! — disse Diego, ajeitando-se na poltrona. — Oi, Sr. Boyden! Estamos prontos?

— Estamos prontos para o embarque.

Era o piloto responsável pela viagem.

— Sigam-me, por favor.

Diego, Daiana, Júlia e Agata seguiram sr. Boyden por corredores da sala VIP até a área de embarque de jatos particulares. Caminharam pela pista até a escada do avião. Um jato lindo, novinho, de 12 lugares. Não era propriedade de Diego, mas sempre que ele fazia alguma viagem usava aquela companhia e seu time de comissários. Enquanto o vento batia no cabelo de Agata no trajeto até o avião, ela se deslumbrava ainda mais.

"Isso parece um sonho..."

Diego e Agata entraram no jato e escolheram as primeiras poltronas. Eram todas largas, uma de frente para a outra, de couro *off white* e acabamentos em madeira. Júlia e sra. Rodriguez sentaram-se nos lugares do fundo, juntas também. Em alguns minutos, uma comissária entregou a eles um kit higiene completo, contendo escova de dentes, hidratantes, fio dental, lixa, um par de chinelos macios e meias. As poltronas viravam camas e era possível controlar as luzes do ambiente através de um controle individual.

O sistema de entretenimento continha uma seleção de filmes previamente escolhidos pela sra. Rodriguez, alguns que ainda estavam no cinema, e outras opções de shows, séries, biografias. Diante deles, havia duas enormes telas de TV.

– Poxa, *Honey*, estou exausta – disse Agata. – Vou dormir o voo inteiro, tenho certeza.

– Eu também, *mi amor*. Ontem foi demais até para nós dois.

– Foi sim... – respondeu Agata, deitando a poltrona.

Ao fechar os olhos, ela dormiu tão profundamente, ainda sob os efeitos relaxantes da massagem, que sequer ouviu o comandante anunciar a decolagem e nem sentiu o tremor do jato ao levantar voo.

Cerca de meia hora depois, Agata acordou com um tranco. Não do avião, mas de si própria. Como se sentisse medo de acordar em outro lugar. Olhou para o lado e Diego dormia profundamente. Então, resolveu ir ao banheiro. Assim que levantou da poltrona, notou Júlia em pé também, indo na direção do seu lugar.

"Chata. Chata, chata, chata. Não. Respira fundo Agata, sem estresse."

Agata foi até o banheiro, deparando-se com a comissária. Pediu uma água com gás. Ao voltar do toalete, a água já estava em sua mesa, geladíssima. Tomou, colocou um filme antigo para distrair e dormiu novamente, antes de começar a primeira cena.

Mais algumas horas se passaram e Agata de novo acordou confusa. Estava escuro e ela procurou Diego, mas não sentiu ninguém ao seu lado. Tentou visualizar o interior do jato, mas só viu uma janela com um par de muletas encostadas.

"O quê? Não pode ser!"

Esfregou os olhos. As muletas não estavam mais onde as tinha visto, mas também não via Diego.

"Estou sonhando?"
De repente, Agata ouviu gargalhadas e a luz tomou conta do ambiente. Ela estava novamente no jato, sem Diego, porém no mesmo lugar onde havia pegado no sono. Ainda confusa e assustada, pensou se havia voltado para o mundo com Ben por aqueles instantes.
"Aquelas muletas..."
Ben tinha ido com ela para o Havaí, com o pé imobilizado. De novo as gargalhadas tiraram Agata da sua viagem. Era Diego com sua mãe e Júlia.
"O que pode ter de engraçado nelas?", pensou Agata, enciumada.
Diego viu que Agata havia acordado e voltou para sua poltrona.
– Vamos comer, *Honey*?
– Ah... Sim, vamos comer.
Diego chamou a comissária, que lhe entregou um lindo menu, cheio de opções. Pediram uma massa e um suco e ficaram relembrando os melhores momentos da festa. Era tão bom para Agata realmente se lembrar do que estava falando.
– Já volto, *Honey*. – disse Diego, levantando-se para ir ao banheiro.
Agata percebeu que Júlia levantara também. De novo se sentiu enciumada. Mas aí lembrou que, naquele universo, ela era segura de si mesma e se sentia cada vez mais linda, desejada e confiante.
Mais algumas horas de voo se passaram e eles estavam no final de um filme, abraçadinhos. Júlia e Daiana conversavam sem parar. Nada poderia estragar aquele momento.
Diego mais uma vez se levantou. Segundos depois, a comissária aproximou-se e entregou um guardanapo dobrado para Agata.
Abra, estava escrito a caneta, com a letra de Diego.
Agata, curiosíssima, logo abriu e sorriu assim que leu:

Encontre-me no banheiro esquerdo em dois minutos.

Agata sentiu seu corpo esquentar. A ideia de transar no banheiro do avião nunca fizera parte de suas fantasias, mas com Diego tudo era descoberta e aventura. Ali, naquele jato particular, na presença de Júlia e da sogra, era ainda mais inusitado e excitante. Para

Agata, mesmo que elas sequer desconfiassem da loucurinha que eles estavam prestes a cometer, só o fato de ela própria saber do que ela e Diego eram capazes, ter a certeza de que tinha aquele homem em todos os momentos e em todos os lugares, independentemente de com quem estivessem, era empoderador.

Agata respirava fundo, contando os segundos. Passado um minuto e 30 segundos, levantou-se e foi em direção ao banheiro esquerdo da aeronave.

Assim que ela entrou, Diego a agarrou pela cintura e a beijou intensamente. Agata teve a sensação de que o banheiro estava maior do que antes. Seu corpo e o de Diego encaixaram-se perfeitamente.

Diego virou Agata de costas para ele, de frente para o espelho do banheiro, de forma que ela pudesse vê-lo enquanto a possuía por trás, enchendo-a de beijos e mordiscadas. Ele abaixou a calça e a calcinha de Agata e logo ela sentiu o membro de Diego dentro do seu corpo. Agata olhava no espelho e via Diego segurando seu quadril e a envolvendo totalmente, a ponto de esquecer que estava no banheiro de um avião a sabe-se lá quantos mil metros de altitude. Era uma verdadeira turbulência de desejo. Gozaram juntos e rapidamente, talvez pelo tesão do risco de serem pegos fazendo algo proibido. Diego a virou, olhou nos seus olhos, deu-lhe um beijo leve e delicado em seus lábios e disse:

– Todas as vezes que transo com você é igual à nossa primeira transa, cheia de tesão e descobertas, com a diferença de hoje sabermos muito mais um do outro. Te amo tanto, Agata.

Enquanto ela ainda tremia, Diego deu um beijo na sua boca e saiu do pequeno banheiro, para que Agata pudesse se arrumar com calma. Ela trancou a porta novamente, apoiou as duas mãos na pia e olhou-se no espelho. Estava descabelada, mas ainda linda.

"Caramba... nunca imaginei. Que delícia."

Colocou a roupa, lavou o rosto e saiu do banheiro em direção à sua poltrona. Quando passou pela poltrona de Júlia e da sra. Rodriguez, Agata teve a impressão de que as duas estavam com a cara fechada. Mas ela nem se importou. Chegou ao seu lugar, beijou Diego e logo adormeceu novamente, por mais algumas horas.

Agata acordou em um susto.

"Tripulação, preparar para pouso."

Capítulo 20

O pouso foi tranquilo. Sra. Rodriguez começou a aplaudir assim que terminou.

"Ben tem essa mania de aplaudir pouso também", lembrou Agata, logo espantando a memória.

Assim que ela saiu pela porta do jato, viu uma pequena van estacionada um pouco distante na pista.

– O trajeto até o porto é muito rápido – disse Daiana. – Já fiz esse roteiro uma vez.

– Ah, que ótimo! Já estou exausta! – exclamou Júlia, sendo chata.

"Chata."

Diego e Agata ficaram para trás, observando as malas serem levadas. Ao se aproximarem do carro, os dois, mais uma vez, ajudaram os funcionários a acomodar as malas, enquanto Júlia e Daiana entraram na van.

"Folgadas."

Agata imediatamente se lembrou da promessa que havia feito a si mesma, de não permitir que as suas companheiras de viagem estragassem seus momentos com Diego. Ao entrarem na van, o motorista, um senhor de cabelos brancos, disse:

– Olá, sr. Leggero. Muito prazer, eu sou Ben e vou levá-los aos procedimentos de imigração.

"De todos os nomes do mundo, tinha que se chamar Ben?"

O trajeto era realizado pelas ruas internas do aeroporto, que acompanhavam a lateral das pistas de pouso e decolagem, tornando possível que eles entrassem para a imigração por uma entrada diferenciada.

— Depois que concluirmos, gostariam de ir a algum lugar antes do embarque no porto? Pelo itinerário, temos muitas horas por aqui.

— Ah! Que maravilha! — exclamou Daiana. — Vamos ao shopping fazer umas comprinhas!

— Compras, mãe? — questionou Diego. — Tem certeza?

— Mas é claro! O que é uma viagem sem parada para compras?

— Tudo bem, *Honey*?

— Sim, tudo bem — respondeu Agata.

— Eu também concordo, Diego! — exclamou Júlia.

"Ninguém te perguntou."

— Então, Ben. Vamos ao shopping.

— Querido — disse Daina. — Já que você não gosta de ficar entrando em lojas e está cansado, pode nos esperar.

— Pode ser, mãe.

"Respira fundo, inspira... 1... 2... 3. Calma, Agata."

— Agata vai explorar com a gente. Não é, querida?

— Acho que eu preferia...

— Ah, vamos, Agata! — insistiu Júlia.

— Mãe, Júlia, a Agata vai passear comigo, sem estresse, pois vou aproveitar cada minuto desta viagem ao lado dela — disse Diego, dando um beijinho na bochecha de Agata.

"Meu príncipe encantado, salvando-me da bruxa má e seu dragão de fogo."

— Ok... Mas podemos nos encontrar para o almoço com o casal apaixonado?

— Claro, mãe.

A van circulou pelo lado interno do aeroporto e parou diante de uma porta, onde havia dois seguranças. Os quatro desceram e foram acompanhados até a fila da imigração. Agata sentia os flashes de câmeras de celular e procurava, disfarçadamente, esconder o rosto. Lembrara da vez em que batera nos fotógrafos. Quando chegou a vez deles, em poucos segundos estavam liberados. Saíram pela mesma porta por onde entraram, onde a van os esperava.

– Shopping! – exclamou sra. Rodriguez.

O trajeto do aeroporto até o shopping foi rápido. A van parou em uma entrada vazia e os quatro desceram.

– Tem certeza de que não quer vir com a gente, Agata? – tentou Júlia, mais uma vez.

– Não, obrigada, Júlia, vou ficar tranquila com Diego.

"Chata."

– Bem, então vocês nos avisem quando escolherem o restaurante! – disse Daiana. – *Adios*!

Diego e Agata foram caminhando devagar diante das lojas, de mãos dadas.

– Eu amo a sua companhia – disse Diego, erguendo a mão de Agata e beijando-a.

– Eu também... – disse ela, toda amorosa.

Quando passaram diante de uma maravilhosa loja de brinquedos, Agata ficou encantada. Sabia que podia comprar qualquer um que desejasse, com todo o dinheiro que tinha naquele mundo. Mas... para quê?

"Será que existe um jeito de levar objetos de um universo para outro?"

– *Honey*? – chamou Diego.

– Oi?

– Está parada nessa vitrine de brinquedos por quê?

– Ah... Por nada, achei linda essa roda-gigante... Só isso.

"Melhor esquecer essa ideia!"

Continuaram caminhando e chegaram a uma loja de doces. Agata, então, decidiu tentar. Entrou e comprou vários doces diferentes e bem coloridos. Guardou-os em sua bolsa. Ao sair da loja, Diego estava assinando autógrafos para dois meninos e posando para *selfies* de celular. Agata sorriu, orgulhosa.

– O tempo passou voando, *Honey*. Vamos almoçar?

– Claro! Onde? Já decidiu?

— Sim, falei com Ben e ele fez uma reserva para nós em um lugar bacana. Já avisei minha mãe.

Foram até o restaurante. Estava vazio e sentaram a uma mesa de canto, bem reservada, como sempre. A especialidade era frutos do mar. Agata olhou o cardápio e teve medo de passar mal, mas arriscou pedir ostras. Logo sra. Rodriguez e Júlia entraram, cheias de sacolas, e juntaram-se ao casal.

— Agata, Agata! Você perdeu! – disse Daiana.

— É mesmo? Poxa, que pena...

— Encontramos peças incríveis! Você sabe como eu adoro fazer compras.

— Sim, eu sei. Que bom... para você.

Depois disso, o almoço foi agradável, sem nenhum comentário maldoso. Diego acabou tomando a dianteira do assunto e contou sobre os planos de marketing do time para usar seu nome em alguns produtos. Detalhou os pormenores do contrato e todas concordaram que se tratava de uma ótima estratégia, que também renderia um bom dinheiro. Terminado o almoço, seguiram até a van e saíram rumo ao porto.

Ao chegarem, pela rua lateral das entradas dos navios, vislumbraram a embarcação da viagem.

"Uau", pensou Agata. "Definitivamente, este não é um cruzeiro qualquer."

— Este definitivamente não será um cruzeiro qualquer! – vibrou Daiana, para surpresa de Agata. Afinal, parecia que ela havia lido sua mente.

"Será?"

O navio era lindo, enorme, imponente. Desceram da van direto para uma das entradas para o *check-in*, que mais uma vez, foi rápido e simples. Todo o ambiente era muito luxuoso. Logo apareceu um garçom servindo suco e água.

— Sr. Leggero? – disse o jovem garçom, baixinho, magro, porém de postura extremamente elegante. – Sou José e serei seu *maître* e de sua esposa durante toda a viagem. Qualquer coisa que precisarem, podem contar comigo.

— Ah sim, muito prazer, José. Obrigado – respondeu Diego, simpático.

Logo, os quatro foram direcionados a um enorme salão de recepção, onde anunciaram a chegada dos Leggero no alto-falante, fazendo com que todos os presentes aplaudissem. Agata pensou que a recepção calorosa acontecera pelo fato de Diego ser um jogador famoso, mas logo percebeu que todas as famílias eram recebidas da mesma forma pela tripulação.

– Este é um cruzeiro exclusivíssimo – reforçou Daiana. – Estamos em paz aqui nesta viagem! E vamos encontrar muita gente conhecida, viu?

"Mas que diabos, será que ela está lendo minha mente?"

Agata não duvidava de mais nada. Afinal, passara por um portal de água e vivia outra vida. O que mais não seria possível naquele mundo?

"Melhor eu parar de pensar!"

Seguiram José até as cabines. Ao abrir a porta da sua, Agata ficou impressionada com o serviço de bordo. Suas malas já estavam no quarto. Nem parecia que estavam em um navio. Na entrada à esquerda, havia uma porta onde ficava um banheiro bem equipado, contendo também uma pequena banheira.

Logo à frente, havia uma confortável cama de casal; perto dos travesseiros, duas macias toalhas dobradas em forma de peixe, com um chocolate de boas-vindas. Ao lado, um ambiente pequeno formava a sala que continha sofá, TV, mesa com quatro cadeiras, frigobar e uma escrivaninha. Era incrível como aquela cabine conseguia ser confortável. A varanda era generosa e Diego foi direto olhar o mar.

Daiana e Júlia tinham suas cabines cada uma de um lado da de Agata e Diego. Todas eram iguais, com o mesmo luxo e tamanho. Despediram-se diante de suas portas.

– Bem... até mais tarde – disse Agata, antes de se fechar com Diego.

– Até mais, querida! – ouviu sra. Rodriguez dizer, antes de uma batida de porta.

Assim que Agata pisou na varanda para abraçar Diego, sentiu algo estranho no estômago. A sensação era de que ele estava se dobrando em dois. Um aperto e uma dor subiram e desceram pela barriga.

"Ai, não."
Após prever o pior, Agata escutou uma voz dentro da cabine.
"Atenção, passageiros. Daremos início ao treinamento de emergência e uso de salva-vidas. É fundamental que participem."
– *Honey*, temos que ir – disse Diego, virando-se para ela.
– Será mesmo? Eu acho que vou ficar...
– É muito importante, eu faço questão – disse. E olhando com calma para ela: – Você está bem?
– Sim, sim, eu estou ótima.
Agata estava bastante incomodada com seu enjoo, mas não queria deixar nada estragar aquela viagem.
– Eu estranharia se você passasse mal neste navio! Já fizemos tantas viagens em iates e você sempre ficou tão bem!
"Iates?"
Agata e Diego foram até o deck onde ocorreria o rápido treinamento dos passageiros. Todos olhavam para eles, mas com muito respeito e sem tietagem. E, como Agata previra, Júlia e sra. Rodriguez foram as últimas a chegar. Elegantes, pois já haviam trocado de roupa, sorridentes e simpáticas.
– Conheçam as afogadas com os sorrisos mais bonitos que já vi – disse o chefe de segurança, repreendendo a postura das duas com delicadeza.
Ambas tiraram o sorriso do rosto e ouviram o restante das instruções como alunas exemplares. Agata seguiu todo o treinamento sentindo pontadas na barriga. Ao terminar, voltou para sua cabine praticamente correndo. Diego entrou logo atrás.
– *Honey*, vamos aproveitar? Que tal irmos para o deck das piscinas, tomar um sol e bater um bom papo?
– Ah, sim, Diego... Vamos.
"Talvez deitada ao sol eu melhore."
As piscinas eram enormes, lindas e de água morna. No deck 4 havia duas grandes, rodeadas por lindas espreguiçadeiras de madeira, mesas laterais e bares espalhados por todos os lados. Agata havia escolhido um biquíni lindo de crochê, com a lateral da parte de baixo toda torcida, azul turquesa e com detalhes em lurex. Ela e Diego escolheram duas espreguiça-

deiras, que já estavam com toalhas e roupões embrulhados e limpinhos. José aproximou-se.

– Boa tarde, sra. Leggero.
– Boa tarde, José.
– Posso lhe servir um *prosecco*?

Agata retorceu-se só de pensar na taça. Precisava melhorar logo.

– Agora não, José, talvez mais tarde.
– Eu aceito! – disse Diego.

Agata deitou-se com óculos escuros e ficou imóvel, curtindo o calor e o sol. De fato, ela foi melhorando e sentindo-se mais disposta. Não queria mostrar que estava enjoada, ainda mais depois de Diego dizer que isso seria estranho. Pelo visto, ela já estava bem acostumada com a maré.

Abriu os olhos e viu sra. Rodriguez no topo da escadinha, chegando perto.

– Oi, sra. Rodriguez – disse Agata acenando.
– Oi, Agata!
– Onde está a Júlia? – perguntou Agata.

"Por que eu estou interessada em saber onde ela está?"

– Ah, foi atrás do fumódromo. Você sabe, Júlia não consegue largar o cigarro.
– Nossa, que hábito ruim, não é? – comentou Agata.
– Pois é, mas é o estresse de quem trabalha muito! – respondeu Daiana, defendendo a amiga.

O golpe foi sutil e Agata não se importou. Estava mais preocupada em ficar bem disposta para curtir o resto do dia.

– Vamos comigo pegar uma bebida, Agata?
– Ah, chama o José que ele serve a gente, mãe – disse Diego, deitado, sem abrir os olhos.

Tudo estava muito gostoso. Diego já havia pegado no sono. Agata e Dai conversavam sobre os tipos de bebida disponíveis no cruzeiro. Júlia, então, surgiu. Aproximou-se deles, falando:

– Dai, Dai! Você não vai a-cre-di-tar em quem eu encontrei no fumódromo!
– Quem? – perguntou Daiana, interrompendo o que dizia para Agata.

— Quem? — perguntou Agata em seguida, estranhamente curiosa.

"Gente, o que está acontecendo comigo?"

— O George Hill!

— George Hill, o ator? — indagou Agata, erguendo as costas do encosto da cadeira num pulo.

— Sim, Agata! Ora, que pergunta... Eu, hein! — estranhou sra. Rodriguez.

"Caramba, eu conheço George Hill? Ele está aqui?"

George Hill era um ator famoso de cinema internacional, considerado um dos homens mais lindos do mundo. Casado há anos com uma das modelos mais bem pagas do mundo, Emma Lauren. Apesar de sempre haver rumores de que ele seria gay, George e Emma formavam o casal mais incrível do *show business*. Agata amava os filmes dele.

— Só que ele está sozinho, gente! — disse Júlia.

— Sozinho? E a Emma? — perguntou Agata, com certa ansiedade.

— Eis a questão...

— Bem, este tipo de cruzeiro é extremamente reservado, totalmente livre de imprensa e de *paparazzi* de plantão. Não me estranha nada ele estar aqui — disse Daiana. — Só não sei como Javi não sabia disso.

— Mas por quê? Onde ela está, gente? — Agata insistia.

— Nossa, Agata, por que esse interesse todo na Emma? — perguntou Júlia.

— Boa pergunta, Júlia — completou Daiana. — Agata nunca se deu bem com ela!

"Eu nunca me dei bem com Emma Lauren? Eu? E a Emma Lauren?"

— Ah, mas é estranho ele estar sozinho... Só isso. Eles formam um... belo casal? — Agata falou, quase em tom de pergunta.

— Hahahahaha — gargalhou Júlia. — Agata! Muito me espanta você dizer isso. Logo você, que é a melhor amiga do Javier.

"Javier?"

— Ah, é que...

— Gente, por que vocês não param de fofocar sobre a vida alheia? — perguntou Diego, sem abrir os olhos, em tom de brincadeira.

— Ah, Diego — disse Júlia. — Se fosse outra pessoa, tudo bem. Mas é o George!

"O que o Javi tem a ver com isso?", continuava questionando Agata, em seus pensamentos.
– Vocês acham que o Javi deveria saber que ele está aqui?
– Mas é claro! George é o amor da vida dele! – exclamou Júlia. – A gente não comenta nunca com ninguém, mas entre nosso grupo isso nunca foi segredo.
"George Hill e... Javier?"
– E é recíproco?
– Ah, Agata. Você está agindo de forma estranha.
"Então os rumores são verdadeiros?"
Agata ficou perdida na vida alheia, em choque. Ficou tão preocupada em não transparecer sua confusão que resolveu se levantar e dar um mergulho. Deixou Júlia monopolizando a conversa.
Agata nadou um pouco e depois ficou em um canto da piscina, admirando de longe o corpo escultural de Diego sob o sol. Enquanto Júlia e Daiana conversavam, praticamente por cima dele.
"Nunca pensei que seria tão tranquila para mim essa imagem", refletiu Agata. De fato, com Diego ela se sentia confiante, linda, intocável.
Foi então que ele abriu os olhos, viu Agata na piscina, levantou-se e, sem dizer uma palavra, mergulhou em direção a ela e a abraçou apertado.
– *Honey*, vamos para um deck mais alto ver o pôr do sol?
– Só se for agora!
Agata e Diego colocaram seus roupões e saíram sem avisar as companheiras de viagem. Seguiram em direção ao local perfeito para admirar o céu, onde havia uma piscina menor com hidromassagem, a uma altura em que era possível enxergar o mar por todos os lados.
"Mar para todos os lados. Tudo que eu precisava."
Agata estava quase curada de seu mal-estar. Todo o choque da história do ator famoso e seu melhor amigo foi suficiente para ela se esquecer da dor. Diego tirou o roupão, entrou na piscina e Agata o seguiu. Sentaram um ao lado do outro, abraçando-se e beijando-se sem parar. Agiam como se fossem jovens namorados, descobrindo-se pela primeira vez.

"Isto é um sonho."

O Sol se pôs em um cenário de filme. Agata sentiu uma lágrima escorrer de seu rosto de tanta emoção. Estava tudo perfeito. Quando o céu ficou totalmente escuro, eles saíram e foram tomar um banho para o jantar. Logo que entraram na cabine, Diego bateu a porta e, enquanto Agata deixava escorregar o seu roupão até o chão, ele a surpreendeu puxando o fio de trás de seu biquíni, deixando-a seminua. Ela virou-se para ele sorrindo e o agarrou com força, beijando-o com vontade. Diego abaixou a parte de baixo do biquíni, pegou uma coxa em cada mão e ergueu Agata, jogando-a com as pernas abertas na cama. Tirou o roupão, a sunga e foi para cima dela. Cheia de tesão e paixão, Agata recebeu Diego com total rendição. Ele a penetrou enquanto seu corpo se mantinha entregue, apenas gozando, um orgasmo atrás do outro.

Ao chegarem ao restaurante do navio, o mar estava calmo e Agata não se sentiu mais tão mal. Sentaram-se para esperar Daiana e Júlia. Quando as duas se aproximaram, Agata infelizmente teve que admitir que Júlia estava ainda mais linda aquela noite, roubando olhares de quase todos os homens presentes, menos de seu Diego.

– Júlia, você está linda! – disse Agata, tentando ser simpática.

– Verdade, Agata – respondeu prontamente sra. Rodriguez. – Júlia é igual a vinho. Quanto mais velha, mais preciosa.

– Você está realmente elegante – disse Diego, por fim.

– Obrigada, queridos – respondeu Júlia, sorridente.

Ela parecia mais relaxada e bem mais agradável. José aproximou-se da mesa:

– Boa noite, senhores. Hoje teremos comidas típicas do Caribe.

– Ótimo! – disse Diego. – Estamos preparados!

O jantar estava realmente saboroso e foi bastante agradável, a não ser pelos momentos em que Agata pegava Júlia olhando para Diego com aquele olhar típico de mulher apaixonada.

"Mas que coisa... Nem disfarça..."

– José! – chamou Daiana, ao que ele prontamente se aproximou da mesa. – Pode trazer a programação de shows desta noite, por favor?

– Trago sim, senhora.

De repente, George Hill entrou no recinto e Agata ficou em êxtase.

– Olha lá, olha lá, olha lá! – disse ela, tão rápido que mal deu para entender.

– O quê? – Diego olhou para os lados sem entender.

– É o George Hill, o George Hill, gente, o George Hill!

– Agata, você está bem? – estranhou Júlia. – Eu já tinha dito que ele estava aqui... Até parece que nunca o viu.

Agata deu-se conta de que estava se entregando. Tomou um gole d'água.

– É claro, gente! Eu estou só... preocupada... Vocês sabem... por causa... do Javi.

O restante da mesa comprou a ideia.

"Contenha-se, Agata."

– Olhem! Hoje tem uma peça da Broadway! – disse sra. Rodriguez, consultando a programação. – É Cats! Agata, lembra-se daquela noite em que Diego ficou gripado e fomos só nós duas ver Cats? – perguntou.

– Nossa, é verdade, foi tão legal – disse Agata, sem lembrar de absolutamente nada.

– Legal? Não conseguimos um táxi para voltar, ficamos horas esperando debaixo de chuva.

– Verdade! Ficamos na chuva, não é? Eu havia esquecido. Mas a peça foi legal.

– Foi mesmo, A – disse sra. Rodriguez.

"'A'? É a primeira vez que ela me chama de forma carinhosa", pensou Agata. "Será que já posso chamá-la de Dai?"

– Vamos assistir? Começa em meia hora! – disse Daiana.

– Eu topo! – disse Diego.

Os quatro assistiram à peça juntos. Agata encantou-se com os efeitos, com a música e as danças. Como ela gostava de fazer isso! Assistir às peças, balé, ópera, jazz, qualquer coisa que roubasse dela algumas horas de estresse e preocupação e a levasse a um mundo mágico.

Júlia sugeriu uma cerveja após o show, mas Agata e Diego dispensaram a ideia. Estavam cansados.

— É melhor descansarem mesmo — concordou Daiana. — Amanhã vamos para Nassau e quero andar muito.
— Eu também! — exclamou Júlia.
Agata e Diego entraram na cabine, mas estavam tão cansados que se deitaram e dormiram. Ao acordarem, o navio estava atracado em Nassau. Assim que ela se levantou, olhou para a mesa e viu um café da manhã perfeitamente servido.
— Oba! O café é aqui no quarto hoje?
— É, eu pedi para o José — respondeu Diego de dentro do banheiro.
— Que gostoso!
Eles sentaram-se e tomaram café, curtindo a vista da varanda. Ouviram barulho de batidas na porta.
— Ah, deve ser minha mãe.
Diego abriu a porta e Daiana estava pronta para o passeio.
— Estão prontos? Eu já tomei café!
— Sim, mãe, já estamos terminando o café e logo descemos.
— Espero vocês na saída, então.
Quando os quatro desceram para terra firme, Júlia e sra. Rodriguez foram para um lado e Diego e Agata para outro. Diego, então, parou de andar e olhou para Agata.
— *Honey*, o que acha de voltarmos para o navio? Deve estar mais vazio e podemos aproveitar mais.
— Boa ideia, Di. Vamos! — disse Agata, sorridente.
— Você está pensando o mesmo que eu?
Agata apenas piscou para Diego. Os dois entraram no navio e foram direto para a cabine, tirando suas roupas, jogando tudo para o lado da cama e entregando-se a mais um sexo ardente.

Capítulo 21

Agata abriu os olhos de leve, recobrando aos poucos a consciência de onde estava. Desde que começara suas viagens pelo portal, o simples ato de acordar ganhara outra dimensão. Era sempre um mistério, para sua memória e para sua consciência, onde ela poderia realmente estar.

"Ainda estou no navio."

Ao dar-se conta de onde estava, Agata lembrou-se do mal-estar que estava sentindo no dia anterior e de como fora difícil adormecer. Torceu para que estivesse melhor, mas logo seu corpo deu sinais de que o balanço do navio ainda era um problema.

"Não pensa nisso, Agata."

Olhou para o lado e viu Diego dormindo profundamente. Resolveu retribuir a gentileza de seu amado e chamou José para lhes trazer o café na cabine. Tomou um remédio para enjoo e descansou mais um pouco enquanto o desjejum não era servido, levantando-se somente para abrir a porta.

— Meu amor... — disse Agata, carinhosamente, aproximando-se do ouvido de Diego. — Temos um café quentinho e *croissants* amanteigados...

Diego abriu olhos e, como sempre, estampou um enorme sorriso. Parecia que ele nunca se cansava dela, parecia sempre entusiasmado pelo simples fato de tê-la por perto. Era sempre como se fosse a primeira viagem, a primeira transa, o primeiro beijo.

"Ah, eu não me cansaria nunca de você", pensou Agata.

– Venha. Vamos comer – disse ela. – O dia está sensacional e hoje pararemos em uma praia lindíssima.

– Ah, *mi amor* – disse Diego, espreguiçando-se com os dois braços ao redor do pescoço de Agata. – Qualquer praia com você é lindíssima.

Tomaram café, o que para Agata caiu bem, pois precisava sentir-se melhor para aproveitar o dia. Animada, trocou-se para o passeio e esperou Diego se aprontar para saírem. Como já era esperado, sra. Rodriguez bateu na porta.

– Dieguitoooo! – falou a voz do outro lado da porta. – Já está pronto?

Agata abriu a porta e deparou-se com Daiana de boca aberta, preparando-se para mais um grito. Ela calou-se, fechou a boca e ficou com ar mais sério.

– Oi, Agata. Bom dia. Já estão prontos?

– Já sim – disse Agata, e olhando para trás: – Vamos, amor?

A praia era realmente belíssima. Mais uma vez, Agata se sentia em uma propaganda de viagem. A areia era tão fina e branca que parecia sal. O mar misturava várias nuances de azul. O grupo de Diego já tinha um espaço impecavelmente montado e reservado na praia. Enquanto Agata se deitava em uma das espreguiçadeiras, pensou no quanto ela e Diego amavam o mar e em como a praia era tão presente na vida deles. Rapidamente, lembrou-se da primeira vez em que Nicolas vira o mar. Ele dava gritinhos de emoção e descoberta e ela o segurava com força pelos dois braços, erguendo-o quando as ondinhas se aproximavam. Por um instante, seu coração doeu de saudade. Ela não tinha como telefonar para sua mãe para saber deles. Antes que a angústia tomasse conta de seu ser, Diego interrompeu seus pensamentos.

– *Honey*? Está tudo bem?

– Oi? Eu sim, estou bem. Está tudo bem.

– Eu não sei vocês dois – disse Júlia, salvando o momento. – Mas vou fazer aquela caminhada maravilhosa nesta areia incrível.

— Ah, que ideia sensacional! — exclamou Daiana. — Eu vou com você!

E lá se foram as duas inseparáveis para uma caminhada, deixando, para alívio de Agata, ela e Diego em paz. Enquanto assistiam às duas se distanciarem, Diego tocou os cabelos de Agata, que estavam semipresos e sem chapéu.

— Está mesmo tudo bem, *mi amor*?

— Está sim...

Agata sentiu de novo o aperto no estômago. Mas estava em terra firme! O que seria aquilo?

"Ai, será que estou grávida? Não é possível!"

Achou melhor fechar os olhos e dormir sob o sol do Caribe, para tentar se recompor. Diego estendeu a mão de sua espreguiçadeira para a dela, de forma que ficaram de mãos dadas, mesmo enquanto relaxavam. O barulho do mar, as vozes dos outros turistas distantes e o vento batendo nos ouvidos de Agata ajudaram-na a relaxar. Os sons misturavam-se em sua mente e, assim como em uma meditação, ela foi se desligando da realidade e ficando completamente entregue ao seu silêncio interior.

— Agata!

Um grito a acordou de seu transe. A praia parecia completamente diferente. Havia coqueiros e sua espreguiçadeira era de outro material. Olhou para o lado e não viu Diego, apenas uma cadeira vazia. Ergueu suas costas num pulo e olhou ao redor, sem enxergar nada direito. Sentiu-se enjoada de novo e deitou-se automaticamente.

— Agata! — chamou a voz mais uma vez.

"Seria a voz de Ben?"

Agata olhou de novo, sem se mexer muito na cadeira para não passar mal e viu aquele par de muletas apoiados em uma cadeira próxima.

— Ben?

Ela chamou, mas não houve resposta imediata. Parecia que aquela cena toda não era tão real. Sua visão parecia um pouco turva, míope, incompleta, com os cantos escuros, como uma lente de câmera. Começando a se desesperar, Agata esfregou os olhos e continuou vendo tudo ainda mais embaçado.

– Pare de tanta preocupação. As crianças estão ótimas! Sua mãe disse pra mim.

"As crianças? De onde está vindo essa voz?"

– Ben? Ben?

Fom Fooooooom...

A buzina do navio chegou a doer nos ouvidos de Agata, que se levantou assustada.

– Ben?

– *Honey*! – chamou Diego, levantou-se também. – Pelo amor de Deus, o que foi? Está tudo bem?

Agata estava no Caribe, ao lado de Diego, acordada do transe pela buzina do navio, que avisava os passageiros da hora de voltar a bordo.

– Você estava sonhando? – perguntou Diego. – Estava sonhando com Ben?

– Ben? – Agata arregalou os olhos. – Eu? Não! Por que você está dizendo isso?

– Ben, ele andou tanto com a gente anteontem e nos ajudou no embarque, você deve estar misturando tudo aí nesta cabecinha linda – disse Diego, batendo levemente com o indicador na testa de Agata.

– Ah, sim, Ben! – exclamou aliviada, lembrando-se do motorista. – É, pode ser, eu estou meio confusa. Esta viagem está sendo rápida e cansativa, apesar de maravilhosa.

– Vamos deixar os sonhos com Ben de lado e aproveitar nossa viagem? – perguntou Diego, carinhoso, sem sequer imaginar quanto sentido sua pergunta fazia.

Logo viram sra. Rodriguez e Júlia aproximando-se e acenando desesperadamente, como se estivessem desaparecidas por dias. O grupo reuniu-se de novo e entraram todos no navio. Agata só queria chegar a sua cabine. Mal interagiu ou conversou durante a caminhada pelos corredores.

"Eu fui para o Havaí? Seria Ben me dizendo que as crianças estão ótimas?", Agata se perguntava um milhão de coisas. Porém, apesar da confusão mental, ela sentia um certo alívio, pois parecia que aquela fuga de sua consciência servira para ter notícias de seus meninos. Um poder de mãe, talvez, muito mais forte do que ela poderia imaginar.

– *Honey*, vou tomar um banho – disse Diego, entrando direto no chuveiro do quarto.

Com a porta aberta, Agata o viu ali, nu. Aquele corpo musculoso tão espetacular, aquelas costas largas, a água escorrendo com mistura de xampu por todo seu abdômen, pênis e pernas. Por um instante cogitou agarrá-lo, quando foi repentinamente atacada pela náusea. Então, resolveu tomar outro remédio e deitar.

A programação daquela noite era cinema ao ar livre, karaokê, um baile de gala ou tentar a sorte no minicassino. Sra. Rodriguez e Júlia estavam empolgadas para tentar a sorte, Diego e Agata haviam combinado ir ao cinema ao ar livre.

– Bela Adormecida, vamos acordar? – disse Diego, beijando Agata nos lábios. – Que tal se hoje tentarmos a sorte no cassino?

– Cassino? – perguntou Agata, confusa, ainda abrindo os olhos.

– Ou então tem karaokê.

– Ah, morro de vergonha de karaokê. Prefiro tentar a sorte no...

Ao levantar-se, Agata imediatamente encostou de novo.

– Não consigo.

– O que, *Honey*?

– É que eu estou enjoada.

– Você? Enjoada?

– É, eu sei que parece estranho, mas desta vez o navio me pegou de jeito. Eu não estou nada bem.

– Então ficamos aqui por hoje.

– De jeito nenhum. Vai curtir com sua mãe – respondeu Agata, compreensiva.

– Mas *mi amor*! Minha noite não será a mesma sem você!

"Sempre um menino apaixonado", pensou Agata, sorrindo.

– Eu sei que não! Mas não consigo...

– Sim, você está tão pálida que até parece que viu um fantasma. Por isso terei que sentir sua falta.

Agata fez biquinho de choro e beijou Diego, que a abraçou.

– Tchau, meu amor, venho te ver de hora em hora. Ok?

"Uau, de hora em hora?!"

– Já estou com saudades.

Diego saiu da cabine e em meia hora estava junto de sua mãe e Júlia em um restaurante próximo ao cassino. Júlia, como sempre, estonteante, roubando olhares da maioria dos homens do recinto, menos de Leggero, justo de quem ela mais queria. Ele só tinha olhares para Agata.

– Ai, Júlia – disse Daiana. – Eu nunca deixo de me impressionar com como você é cobiçada! – provocou. – Todos os olhares se voltam para você! É impressionante!

– Ah, obrigada, Dai. Já estou acostumada. Nem percebo – disse Júlia, jogando os cabelos ruivos para o lado.

– Ela não está incrivelmente linda esta noite, Dieguito? – perguntou Daiana para seu filho.

– Sim, mãe – respondeu ele e, olhando para Júlia: – É verdade, Júlia, você está muito bonita.

Júlia abriu um sorriso, como se tivesse ganhado o grande prêmio da loteria. José aproximou-se, trazendo os vinhos que eles haviam pedido.

– Hummmm – disse Júlia, quase pegando sua taça, porém desistindo. – Diego! Vamos tomar uma cervejinha hoje, como nos velhos tempos? – perguntou.

– Nossa, que ótima ideia, moça, hoje está tão calor que até acompanho vocês. – disse prontamente a sra. Rodriguez, devolvendo sua taça a José.

Diego parou com a taça na mão. Olhou para as duas, deu um sorriso e concordou.

– Ok. Vamos tomar uma.

As duas deram pequenos aplausos e pediram a José as cervejas que queriam. Ao final do jantar, haviam sido consumidos ao menos três baldes de *long necks*. O papo estava agradável e, do restaurante, conforme previsto, foram para o cassino. Ao entrarem, Diego disse:

– Meninas, eu já volto.

Júlia ficou incomodada, mas disfarçou bem. De braços dados com Daiana, seguiu para uma mesa de pôquer, apenas como espectadora. Encontrou um conhecido casal e começou a conversar.

Diego foi até sua cabine. Ao entrar, viu que Agata ainda dormia e apenas deu um beijo carinhoso em sua testa. Ele realmente não conseguia ficar longe dela por muito tempo. Era uma relação de amor profundo e inexplicável, misturado a uma admiração e carinho sem precedentes. Não à toa, naquele universo, o casal era invejado por todos e fazia com que as pessoas duvidassem de tanta perfeição.

De volta ao cassino, Diego juntou-se à sua mãe e Júlia, que fazia questão de encostar nele.

– É para dar sorte! – dizia, antes de passar as mãos nas mãos dele.

Diego ganhou várias partidas, sob os gritinhos vitoriosos de Júlia e sra. Rodriguez que, depois de ver Diego tomar mais algumas cervejas, decidiu ir embora.

– Crianças, eu vou dormir! – disse ela.

– Mãe, então também já vou – respondeu Diego.

– Não, Diego, isso não são os modos que te ensinei! Você não pode deixar uma dama como a Júlia sozinha em um cassino.

– Imagina, mãe, a Júlia se vira.

– O que é isso, meu filho?

– Júlia... Você quer minha companhia ainda? – perguntou, olhando para Júlia.

– Ah, Diego, é claro que eu quero, não é? – respondeu ela.

– Então, fiquem mais um pouco aí – disse a sra. Rodriguez.

Diego sabia que havia bebido um pouco demais e não conseguiria dormir bem se não queimasse um pouco de energia. Então resolveu ficar mais um pouco jogando com a amiga de infância. A partir de então, só tomou água.

– Diego, você também está muito bonito hoje – elogiou Júlia, sentada em uma poltrona diante dele, também bastante alterada pelo álcool.

– Obrigado, Júlia.

– Na verdade, você está bonito todo dia e de qualquer jeito.

– Eu sei. Agata me fala isso todos os dias.

– Eu não estou falando de Agata agora, e sim de mim! – esbravejou.

– Júlia, você bebeu demais.

– Você também!

— E você é uma amiga antiga – continuou ele, firme. – Mas eu só me interesso pelas coisas que Agata pensa, ok?

— Ai, não precisa falar assim – disse Júlia, levantando-se e enrolando os braços no pescoço de Diego. – Eu sei que você ainda sente algo por mim. Eu amo você por nós dois.

— Júlia... – disse Diego, tirando os braços dela com delicadeza. – Você vai se arrepender disso amanhã. Vamos parar? Eu amo a Agata, mesmo que você não entenda isso. Agora é melhor voltarmos para as cabines.

— Vou ficar um pouco mais.

— Júlia, estou cansado e com sono. Só vamos embora, ok?

— Não vou.

— Ok. Então fica, vou ver se Agata melhorou e vou ficar por lá mesmo. Boa noite, Júlia.

— Boa noite...

Júlia subiu para ver as estrelas e Diego voltou para o quarto. Agata continuava dormindo e ele a acordou para ter certeza de que estava melhorando.

— *Honey*, está melhor? – perguntou baixinho, perto de seu rosto.

Agata abriu um pouco os olhos, mas logo pegou no sono de novo. Diego tomou um banho, escovou os dentes e foi até a varanda da cabine. Viu o céu estrelado e agradeceu por ter Agata em sua vida.

Agata acordou na manhã seguinte, certificando-se de que estava na cabine do navio. Olhando ao redor, viu Diego colocando uma bermuda e derreteu-se.

"Como é lindo, meu Deus!"

Em seguida, percebeu que se sentia bem.

— Bom dia, meu amor! – exclamou, pulando da cama e abraçando Diego.

— Bom dia, *Honey*! Pelo visto está melhor!

— Estou ótima! E morrendo de fome!

Foram para o café da manhã junto com Júlia e sra. Rodriguez. Assim que chegaram, Diego, educado e preocupado, quis saber sobre o estado de Júlia.

— Bom dia, Júlia, está melhor?

— Bom dia — respondeu Júlia um pouco séria, porém tranquila.
— Estou sim.
"Será que ela passou mal também?"
Agata e Diego sentaram-se, mas ele logo se levantou de novo.
— *Honey*, vou procurar o José para nós, ok? — estranhamente, o ajudante particular não estava nas redondezas.
— Bom, nem tudo é perfeito não é mesmo? — resmungou Daiana sobre a ausência de José.
"Mas que exigente, chata, intransigente", pensou Agata, revirando os olhos e pegando seu café, que outro garçom havia acabado de servir.
— Que pena que você estava mal ontem, Agata — disse Júlia. — A noite foi incrível!
— Verdade, Júlia, foi uma delícia. E você estava linda, até o Diego disse — falou sra. Rodriguez, olhando de rabo de olho para Agata.
"Diego falou para Júlia que estava linda. Ok. Respira", pensou Agata, colocando a xícara na boca para esconder suas reações.
— E depois que fui embora, vocês se divertiram?
"Fui embora? Se divertiram? Alguém explica, pelo amor do senhor."
— Nós bebemos muito e eu estava dando muita sorte para o Diego.
"Puta merda! O que está acontecendo aqui?", pensou, arregalando os olhos e dando um enorme gole no café, queimando toda a garganta.
— *Honey*, o que foi, piorou de novo? — disse Diego, aproximando-se. — Que cara retorcida é essa?
— Eu estou ótima — respondeu, com os olhos lacrimejando da queimadura.
Diego notou a inquietude de Agata.
— Sabe, gente. Eu e Agata preferimos tomar nosso café na cabine. Não é, amor?
— Oi? É.
Júlia e Daiana ficaram olhando Diego se levantar, pegar na mão de Agata e saírem juntos. Entrando na cabine, Diego perguntou:
— O que aconteceu? Vai, diz. O que elas te falaram?

– Nada, amor. Não foi nada.
– Eu vi como você acordou ótima. Não tem motivo para a cara que você estava fazendo. Pode me contar, eu quero só que a gente fique sempre bem.
Agata respirou fundo.
– Está certo. Foi o seguinte, elas me falaram que você disse para Júlia que ela estava linda e que estava te dando sorte. Soube que você ficou sozinho com a Júlia no cassino.
– Foi isso? – perguntou Diego, com um sorriso.
– Foi. Eu fiquei com ciúmes. Me desculpe.
Agata não teve medo da reação de Diego. Por segundos, lembrou-se dos surtos de grosseria de Ben toda vez que ela demonstrava algum incômodo relacionado a ciúmes.
– Agata, você é a mulher da minha vida. Só tenho olhos para você!
– Eu sei... Eu tenho certeza disso. Acho que só não entendo por que sua mãe não gosta de mim. Não sei se é ciúme de você ou dela, entende?
– Eu entendo – disse Diego. – Mas sou eu que sou casado com você. Então vamos curtir a última praia antes de voltarmos.
– Vamos! – exclamou, animada.
Enquanto ela colocava um biquíni e Diego sua sunga, ambos olharam-se e não tiveram dúvidas. Parecia que fazia séculos que não transavam. Ele retirou a sunga pelos pés, lentamente. Seu membro foi ficando completamente rígido e Agata apenas aproximou-se. Ela jogou para longe a parte de cima e ele abaixou sua calcinha, pegando-a pela cintura. Na velocidade de uma jogada, sentou-a no balcão da cabine e a possuiu intensamente, derrubando tudo ao redor, com a vista do mar infinito ao fundo.
Depois de um dia de praia maravilhoso, era a última noite no navio. Agata não se importou de irem ao karaokê. Logo que entraram, perceberam a presença de George Hill e Agata ficou agitada, mas conseguiu disfarçar o êxtase quando ele a cumprimentou com a cabeça.
"George Hill me deu oi com a cabeça!"
Apesar da animação de sempre, Daiana voltou para o quarto

cedo, deixando os três juntos, assistindo às performances amadoras dos passageiros.

— Agata, vamos cantar alguma música juntas? — disse Júlia, sorrindo mais que o normal.

— Não, obrigada, Júlia. Vou ficar só de espectadora mesmo.

— Ah, relaxa vai, vamos cantar! Eu e o Diego cantávamos juntos quando namor... Quando éramos mais jovens.

— Júlia... — disse Diego.

— Deixa, amor — falou Agata, calmamente. — Ela não se enxerga.

— Poxa, Agata — disse Júlia. — Não precisava disso. Agora vou lá cantar uma música para vocês dois.

Júlia subiu no palco e cantou lindamente.

"Ainda tem uma voz linda. Puta que o pariu."

Felizmente Diego não se encantava o tanto que Agata temia que ele se encantasse. Ele só tinha olhos para ela, por mais que tudo conspirasse contra. O amor dele por ela era tão forte e tão perfeito que nem situações desagradáveis conseguiam estragar o clima e o tesão.

Já de volta à cabine, Diego colocou um jogo de futebol na TV.

— Diego... Por que você gosta tanto de mim?

— Do que você está falando, *Honey*?

— Júlia é tão... linda. Tão perfeita. Bem-sucedida, independente, inteligente.

— Agata, pare — interrompeu Diego. — Você é linda, a mulher mais linda e a única que realmente amei, amo e sempre vou amar. Sei que às vezes Júlia e minha mãe passam dos limites. Eu peço desculpas por elas. Não se importe com isso! Minha mãe não nos vê muito e logo irá embora. Você sabe que ela e a mãe da Júlia eram...

— Sim, eu sei, grandes amigas.

— Mais que amigas! Eram praticamente irmãs de criação, cresceram juntas, casaram, tiveram filhos no mesmo ano e, desde que eu e Júlia nascemos, elas quase fizeram um pacto de casamento para nós dois. No final da adolescência até tentamos, mas eu vejo a Júlia como irmã. Ela também já tinha se esquecido dessa história. Sei que ela me tem como irmão também. Mas as coisas mudaram de novo quando a tia Ester morreu.

– Sua tia Ester? – perguntou Agata.

Aquele nome e aquela lembrança trouxeram sensações boas a Agata.

"Ester..." – repetiu para si mesma, fechando os olhos e tendo a impressão de que se dava bem com ela.

– Sim, minha tia Ester, que você conheceu super bem. A mãe de Júlia, ora!

– Ah sim... Foi triste, não é? – disfarçou Agata, olhando para baixo.

– Nós sofremos muito, lembra?

– A dinda... – sussurrou Agata, do nada, lembrando-se do apelido carinhoso de Ester.

– Sim, tudo era melhor quando ela era viva. Depois que ela morreu, você sabe, a Júlia teve esse surto de achar que temos que ficar juntos. Minha mãe não colabora... Uma bobagem, é tudo trauma. Vai passar, meu amor, eu prometo. Você sabe disso, não é?

Agata sabia. Ela sempre soubera. Tia Ester sempre fora amável com ela. Genuinamente preocupada e jamais insinuara qualquer coisa sobre Diego e Júlia enquanto estava viva. Agata sentia esse respeito e sofrera de verdade a sua morte. Não tanto quanto Diego e Júlia, mas havia compreendido tudo isso bem antes de sentir ciúmes de Júlia.

Agata ficou até com pena das duas e entendeu por que ela se permitia essa convivência e essa proximidade. Estava tudo bem.

"Está tudo bem."

Capítulo 22

Mesmo após ter lembrado e compreendido melhor a relação de Daiana e Júlia, Agata ainda se sentia um pouco incomodada com algumas farpas e indiretas. O tempo com Diego no cruzeiro estava prazeroso, porém cansativo com a expectativa constante de topar com sra. Rodriguez e suas oscilações de humor.

Era a última manhã no navio e o café da manhã estava especialmente caprichado. José estava ao lado da mesa deles, sorridente.

– Sr. Leggero – disse José. – Bom dia.

– Bom dia, José – respondeu Diego, sorridente, enquanto puxava a cadeira para Agata se sentar.

– Eu gostaria de dizer que foi um prazer servi-los durante esta viagem.

– Obrigado, José.

– E também... – continuou o rapaz, meio sem graça. – Sei que não nos é permitido, mas... eu não vou conseguir segurar...

– Já sei – disse Diego, sentando-se. – Você quer um autógrafo, uma foto, um vídeo?

– Sim! – respondeu José, abrindo um enorme sorriso. – Era exatamente isso!

– Por que você não disse antes, rapaz? Venha aqui!

José sacou do bolso um celular e posou para uma *selfie* com

Diego. Depois, estendeu a ele um pedaço de papel, onde o jogador assinou uma simpática dedicatória.

– Não é todo dia que temos a oportunidade de trabalhar para o melhor jogador do mundo... – comentou José.

– Obrigado mesmo.

Júlia, Daiana, Agata e Diego estavam aproveitando as delícias do café da manhã especial de despedida quando, de repente, um chorinho de criança interrompeu um pouco a paz. Todos olharam para o lado e viram uma menininha procurando algo pelo chão. Antes que pudessem se movimentar, a mãe da garota aproximou-se, sorridente.

– Filhota, achei! – disse ela, abanando uma boneca nas mãos.

A menina abriu um enorme sorriso e correu para os braços da mulher.

– Mamãe!

Júlia respirou fundo, olhando para a cena, e disse:

– Ah! Que gracinha! Eu amo crianças! Aliás, não vejo a hora de ter filhos.

– Que bom – disse Sra. Rodriguez. – Ao menos alguém nesta mesa pensa assim.

– Mãe! – disse Diego em um tom duro.

"Ela só pode estar brincando."

– Ah, meu filho, o que é que tem demais? Você sabe o quanto quero um neto ou neta do meu sangue. Vocês estão demorando demais.

– Mãe...

Diego apertou a mão de Agata, percebendo seu nervosismo.

"Ela não pode estar dizendo isso."

Agata sentiu o sangue subir. Ela não entendia ao certo por que naquela vida ela não tinha filhos, apesar de saber que seu amor incondicional por Oliver e Nicolas era a coisa mais importante de toda sua vida, independentemente de onde estivesse. Sabia que a falta de filhos com Diego tinha algo a ver com isso, mas simplesmente não podia explicar.

"Não é justo ela me tratar assim", pensou Agata, enquanto Diego segurava firme em sua mão.

– Ah, Dieguito, Agata, convenhamos – complementou Júlia, piorando a situação. – Desde que aquela amiga trouxe Agata para a festa que organizamos para o Mendonza, a perspectiva de netos para a Daiana aqui reduziu drasticamente...

– Ah, é? – perguntou Agata, nervosa, sem entender uma palavra do que Júlia havia dito. – E o que você quer dizer com isso?

– Quero dizer que, se Diego não tivesse te conhecido, quem sabe teríamos nos casado? Porque com certeza eu já teria sido mãe.

– Júlia... – disse Diego, com olhar chocado.

Agata perdeu o controle. Levantou-se da mesa arrastando a cadeira com força, quase a derrubando.

– Chega!

Virou a taça de suco de laranja na cara da Júlia, deixando todos completamente estarrecidos com sua atitude.

– Você não sabe de nada, sua otária! Você não entende nada!

Dizendo isso, Agata saiu chorando do restaurante em direção à cabine.

"Elas não têm ideia de quem eu sou" pensava, enquanto corria para a cabine. "Sou mãe de dois meninos lindos! Sou a melhor mãe do mundo! Ah, que saudade de Oliver e Nicolas... Ah, que saudade da minha vida com Ben."

Sem pensar duas vezes, Agata escancarou a porta do quarto, entrou direto no banheiro e começou a encher a minúscula banheira. Em poucos segundos, toda a água começou a borbulhar e subir em uma cortina reluzente. Ela mergulhou sem dó.

***

O vento batia em seu rosto. Agata sorriu aliviada e abriu os olhos. Logo ouviu a voz suave de Ben.

– Linda?

– Oi, Ben!

– Já te falei que sou muito grato por ter você em minha vida? Olha o que o Havaí fez para nós...

– Olha só esse mar... – disse Agata, respirando fundo.
– Mãe!
Foi confuso, mas de repente, Agata abriu os olhos pela segunda vez. Agora acordou de verdade. Viu que estava em sua casa.
– Manhê!!!
Agata levantou-se para atender ao chamado de seus pequenos, quando foi puxada de volta para a cama.
– Deixa eles! Fica uma pouco mais aqui comigo!
Era Ben, querendo que ela ficasse pertinho dele. Em um carinhoso e raro gesto.
– Ben...
Agata sentia que não o via há dias e o encarou, reparando em todos os detalhes de seu rosto.
– Fica aqui, lindona.
– É que eu... ainda estou com muita saudade deles.
Ben olhou Agata nos olhos e a beijou, deixando-a sem reação.
– Tá bom. Então vamos juntos.
"Vamos juntos?"
Ben saiu na frente, mancando com a bota ortopédica, em direção ao quarto dos meninos. Agata deixou o espanto de lado e foi atrás. Entraram no quarto e Oliver veio correndo em sua direção. E, naquele momento, Agata teve certeza de que tudo aquilo era real e lembrou-se de como era bom.
"Nossa, estava com muito mais saudades do que imaginava."
– Papai, Nicolas disse que só ele se parece com você... – resmungou Oliver.
– Ora, mas o Nicolas está certo! – respondeu Ben, animado e carinhoso. – Você é a cara da sua mãe e, por isso, muito mais sortudo do que eu e Nicolas! – disse ele, olhando para Agata, que retribuiu com um sorriso. – Café na varanda? Quem topa? – perguntou, animado.
– Eu, papai! – disse Nicolas prontamente.
– Eu também quero! – Oliver falou.
– Que delícia, eu topo muito! – disse Agata, empolgada.
– Ok. Então, meninos, ajudem a mamãe a colocar a mesa enquanto eu preparo um delicioso e reforçado café da manhã para todos nós!

"Ben preparando café da manhã como antigamente? Todos em paz e animados? Será que existe um terceiro universo?"

Agata ficou ali, perdida em pensamentos, enquanto os meninos iam correndo para a cozinha. Com calma, ela foi atrás e, juntos, retiraram pratos e talheres dos armários e das gavetas e prepararam uma linda mesa na varanda do apartamento. Depois de tudo pronto, sentaram-se. Agata observou sua própria família que, de repente, parecia a de um comercial de margarina. Felizes, sorrindo e em paz. Até que Oliver e Nicolas resolveram usar a criatividade e começaram uma guerra intergaláctica de cereais.

– Meninos! Parem agora! – gritou Ben, furioso.

Naquele instante, Agata voltou a si. Era o universo dela e era seu velho Ben, gritando a plenos pulmões. Mas... naquele caso com certa razão... A varanda tinha cereais até na lâmpada do teto.

– Poxa vida, meninos! Vocês vão limpar tudo ou irei trocar a senha do *wi-fi*! – disse Agata, colaborando com Ben na repreensão à atitude errada de seus filhos.

– Desculpa mãe, desculpa pai – disse Nicolas.

– Não iremos nunca mais fazer isso – completou Oliver.

Ben e Agata olharam-se em total sintonia e sorriram um para o outro. Ela sentiu como se aquilo tudo fosse parte de algum acordo que haviam feito antes. O clima, as expressões, tudo estava muito agradável. A sensação ruim de antes, a constante expectativa de lidar com explosões, a tensão, parecia que tudo aquilo havia desaparecido.

Terminaram o café, Agata recolheu a mesa e guardava as coisas na geladeira enquanto Ben ajudava os meninos a escovar os dentes.

"O que será que aconteceu no Havaí?"

– Amor – disse Ben, voltando para a cozinha e interrompendo seus pensamentos.

– O que foi, Ben?

– Lembra o festival que comentei?

– Festival?

– É! De bandas alternativas...

— Bandas... alternativas? — Agata esforçou-se, mas não conseguiu. Se tivesse "ficado" com Ben, com certeza lembraria, mas ela infelizmente teria que se passar por desinteressada.
— Sim, e cervejas artesanais! Lembra?
— Cervejas?
— Poxa, amor. Te falei que ia ter um festival! O Rodrigo e o Fernando também querem ir.
"Ah, um show com os amigos... Típico", pensou Agata, percebendo que nada iria mudar tão magicamente.
— E você que ir também, certo? — perguntou, debochada.
— Claro que quero! Eu te falei para irmos!
"Irmos?"
— Nós... dois?
— Linda, você está bem? Você parece estranha. Distante.
— Eu? Não, Ben! Só tive uma noite difícil, acho que não dormi bem... Só isso.
"Ele quer ir comigo ao show?"
— Então é melhor descansar mais um pouco, se conseguir, para aguentar o show. Vamos, não é?
— Ah... Sim, claro! Vamos!
— Então vou avisar o Rodrigo e o Fernando.
"Quem diabos são esses caras?"
— Sim, avise os dois. O Rodrigo e o Fernando, que conhecemos na viagem, não é? — perguntou Agata sem graça, arriscando ter feito uma grande besteira.
— O quê? Não viaja, linda! O Rodrigo e o Fernando são do meu trabalho! Você não me pede sempre para te apresentar às pessoas do meu trabalho?
— Ah, nossa, estou meio aérea, desculpa.
— Você vai gostar deles. São os únicos em quem confio. O Rodrigo tem um filho da idade do Nicolas e o Fernando uma menina da idade do Oliver.
— Então vamos levar as crianças conosco? — disse Agata, feliz com a possibilidade.
— Vamos, sim! Pelo que vi é um espaço aberto bem legal para as crianças, tem até bandas e atividades infantis para os meninos.

– Maravilha! Mas... e seu pé? Você aguenta?
– Agata, até parece que não me viu curtindo o Havaí, hein?
– Hahaha – riu ela, sem jeito. – Até parece que não vi mesmo...
"O que eu fiz com esse homem no Havaí? Estou achando que essa Agata inconsciente é bem melhor do que eu."

No festival, encontraram os amigos de Ben. Ambos estavam acompanhados. Rodrigo com sua esposa Gisele e Fernando com sua namorada Kelly, pois era separado. Ambas eram simpáticas e boas de papo. Agata sentiu-se bem com eles, enquanto as crianças também brincaram bastante juntas. Como o festival oferecia degustação de cervejas, Ben estava alegre de tanto beber. A certa altura, Agata ouviu uma criança correndo e gritando:

– Diego! Diegooo!

"Diego!"

Seu pensamento viajou imediatamente para o outro lado do portal. Abruptamente, ela se lembrou da raiva que passara para ir embora de lá. Pensou em como deixara todos estupefatos na mesa do café. Pensou em Diego, em seu semblante incrédulo com sua atitude de jogar bebida na Júlia. Um mal-estar misturado com saudade tomou conta de seu coração.

– Agata! – disse Ben, já em um tom bem alto.
– Ãh?
– Estou te chamando há um tempão, você está aí? – brincou Ben, com um copo de cerveja na mão.
– Oi, estou...
– Experimenta essa aqui. É IPA, você vai adorar.

Depois de bebericarem mais cervejas, foram curtir os shows. Ben ficou o tempo todo abraçado com Agata e, de vez em quando, beijava-a com carinho. Parecia um sonho.

– Vamos esticar numa pizzaria? – sugeriu Gisele.
– Vamos! – concordou um animado Ben.

O grupo foi todo de táxi para uma pizzaria, onde havia espaço de crianças. Ben estava falante e envolvente, como era antes. Agata sentiu-se feliz e completa. Na grande TV da pizzaria, começou um jogo de futebol. Agata, que estava servindo suco para Nicolas, olhou para a tela e ficou estática.

"Diego..."

De novo ela pensou em seu "outro" marido. Que saudade batia toda vez que ele vinha à sua mente. Agata deu-se conta de que estava totalmente apaixonada por dois homens.

– Mãe!

Agata voltou do devaneio com o chamado de Nicolas. Ela estava derrubando o suco todo fora de seu copo.

– Ah! Desculpa, meu filho! Mamãe está desatenta.

– Amor, você está bem? – disse Ben, interrompendo o assunto que estava tratando com Fernando para checar sua esposa.

– Estou bem sim... Eu só estou um pouco cansada.

Depois que arrumou a bagunça, Agata resolveu ignorar o futebol e manter-se na conversa. O assunto, como tinham acabado de voltar do Havaí, era viagens.

– Ah, o Caribe! – disse Kelly. – Este verão eu vou voltar! Com ou sem o Fernando! – disse, aos risos.

– Ei! Eu disse que vou com você! – falou, brincando, Fernando. – É que gostaria de conhecer um lugar novo. Já fomos ao Caribe não é?

– Ah, mas voltar ao Caribe sempre vale a pena – completou Agata. – Aquele mar, a temperatura das águas, o serviço vip, as cabines do navio...

Ben, assustado, comentou.

– Linda, como você sabe disso?

Agata voltou a si e percebeu o deslize.

– Nós fomos para o Havaí e não para o Caribe, e lá andamos de iate e não de navio.

Agata sentiu um calor tomar conta de seu rosto. Ela confundiu os dois universos, estava ficando louca.

"Meu Deus, estou ficando louca."

– Ah! Olha só! Gente, mas que cabeça! É verdade! Mas você sabe que me confundo, é tudo praia – disse Agata, sorrindo envergonhada.

Ben puxou Agata para perto de si e a beijou.

– Realmente você dormiu mal, hein?

Ao chegarem a casa, Agata preferiu se calar, com medo de falar mais alguma bobagem. Sentiu medo de confundir tudo de novo, de se enrolar, e de estar realmente louca. E ainda uma intensa alegria por ver Ben daquele jeito misturada a uma inexplicável saudade de seu Diego.

– Amor. Vá descansar um pouco – disse Ben amavelmente. – Deixa que eu coloco os meninos na cama.

Agata apenas sorriu aliviada e foi tomar um banho. Dentro do banheiro, olhou a banheira de relance e a ignorou. Foi direto para o chuveiro. Saiu mais relaxada e, ouvindo a voz de Ben ao longe, contando uma história para os meninos, apenas com uma luz do abajur acesa, Agata pegou no sono profundamente.

Capítulo 23

Já duas semanas haviam se passado e Agata não passara nem perto da sua banheira. Apesar de ter vontade de saber como estavam as coisas com Diego, apesar de sentir às vezes o cheiro dele, ela estava curtindo muito as mudanças que ocorreram em seu casamento com Ben. Mesmo sem entender direito o que tinha acontecido e por que Ben estava tão esforçado e mudado, ela queria viver aquilo tudo até onde pudesse.

As manhãs eram mais animadas, e quando os meninos ainda dormiam – algo raro, já que tinham o hábito de acordar muito cedo – Agata e Ben tinham sexo matinal superquente e rápido, naquela expectativa maluca de um dos filhos chamar por eles. Enquanto isso, as tardes eram tranquilas e Ben fazia um notável esforço para não trazer os problemas do trabalho para casa.

Situações em que antes ele teria explosões de grosseria agora pareciam sob controle. Agata, seguindo a vibração de calma e tranquilidade que se instalou em seu lar, conseguia se manter mais serena. O fato de não esperar o tempo todo por um rompante do marido tornava-a bem menos ansiosa. A corrente era positiva e a família estava em paz.

– A professora do Nicolas me chamou hoje para conversar, Ben – disse Agata certa manhã.

– O que será?
– Não sei. Veio na agenda.
– Depois você me manda mensagem para dizer como foi. Eu realmente não posso hoje.

Na escola, Agata entrou na sala de reuniões e foi recebida por uma sorridente moça de 20 e poucos anos. Cabelos curtos e dourados. Olhar sereno.

– Oi, Agata! Que prazer poder falar com você!

Sentaram-se e Agata foi logo perguntando:

– O que você quer me falar? Nicolas está bem?

– Calma, Nicolas está ótimo. Aliás, é exatamente essa a razão da reunião. É para dizer a você o quanto seu filho está mais centrado, calmo, bem mais participativo.

– É mesmo?

– Pois é. Não sei se mudou alguma coisa em casa, mas ele está respondendo muito bem! Raramente tenho que chamar a atenção dele. Eu tenho certeza de que as notas irão melhorar muito este trimestre.

– Olha... estou muito feliz por ouvir isso – disse Agata, aliviada.

No carro, no caminho de volta para casa, Agata sentiu-se bem, plena, em paz. Exceto por uma coisa.

"Diego."

O pensamento a traía de tempos em tempos. Era impossível não pensar nele, não sentir falta, não se perguntar como as coisas estavam por "lá". Parecia que, quanto mais Agata se sentia bem na sua vida real, mais sentia falta de Diego.

"O que aconteceu no Havaí?"

Ela ainda se perguntava o que ocorrera naquela viagem. Quando parou o carro na garagem, ao descer, sua aliança escorregou de seu dedo.

"Devo ter emagrecido ainda mais", pensou, enquanto se abaixou para pegar o anel. Antes de colocá-lo de volta, olhou para sua mão e lembrou-se do pedido de casamento de Diego, em sua festa de aniversário. Lembrou-se da pedra preciosa, reluzente e maravilhosa, que havia na joia.

"As coisas são realmente diferentes aqui."

Começou a olhar o anel com carinho, uma simples aliança de ouro, com uma pequena pedrinha no meio. Agata aproximou a joia do rosto e quis ver de novo o nome de Ben e a data gravados na parte de dentro. Mas ela tomou um susto ao ver duas datas diferentes, sendo uma delas de um dia da semana em que estavam viajando.

"O que aconteceu no Havaí..."

– Agata!

Era a vizinha, interrompendo o seu pensamento.

– Oi... Oi!

– Você está bem?

– Estou ótima. Por quê?

– Está com uma cara... Parece assustada. Olhando esse anel.

– Ah, não, é que eu deixei cair e achei que tinha riscado.

Agata chegou ao seu apartamento e mandou mensagem para Ben, avisando que correra tudo bem na escola e que as notícias eram as melhores possíveis. Ele respondeu carinhoso, dizendo que conseguiria chegar mais cedo em casa e estava louco para saber. Com a certeza de que seria mais uma noite de paz, tranquilidade e, quem sabe, muito sexo, Agata resolveu preparar um jantar especial. Cantarolou, rodopiou, deixou tudo no jeito e foi buscar os meninos na escola.

– Mãe! Estou muito feliz! Hoje tirei 10 na prova de história! – disse Nicolas, entrando no carro.

– Que coisa maravilhosa, Nic! Você está de parabéns!

– E eu?

– Você também, Oliv, está de parabéns!

– Pelo que ele está de parabéns? – questionou Nicolas, enciumado.

– Oras, por... por... O que você fez hoje, Oliv?

– Eu plantei um pé de feijão!

– Por isso então! Parabéns por ter plantado um pé de feijão!

– Vai crescer e crescer e eu vou subir nele para achar um gigante!

– Ah, eu quero ir junto com você, posso? – perguntou Agata enquanto dirigia.

– Sim! Pode ir comigo, mãe! Mas cuidado! Lá em cima do pé de feijão é tudo muito diferente! É outro mundo!

– Eu também quero ir – resmungou Nicolas.
– Vamos os três, então! – exclamou Agata.
– Oba! – comemorou Oliver. – Vamos os três juntos para o outro mundo! Lá em cima do pé de feijão!
"Nós três juntos, vamos para outro mundo."
Agata viajou nas palavras de Oliver. Imaginou se seria possível, algum dia, levar seus filhos para sua outra vida. Apresentá-los a Diego, contar toda a verdade sobre ela e sobre sua família.
"Para, Agata. Isso é impossível."
Bi-biiiiiiiiiiiiiii
Agata freou bruscamente com o barulho da buzina de um carro. Desatenta, ela tinha invadido a faixa ao lado.
"Eu preciso parar com isso."
Quando chegaram a casa, Ben já os esperava. Havia arrumado a mesa do jantar e colocado os pratos preparados por ela no forno para esquentar.
– Vi que você preparou um jantar e tanto, hein? – disse Ben, assim que Agata entrou no apartamento.
Os dois beijaram-se com bastante carinho. Nicolas e Oliver correram para o quarto com suas mochilas. Depois de algum tempo, estavam todos ao redor da mesa.
– Amor, vamos passar o fim de semana nas montanhas?
– Montanhas?
– É. Rodrigo tem uma casa gostosa e nos convidou. Fernando também vai.
– Claro, vamos, sim! Vai ser legal!
No dia seguinte, logo cedo, Agata acordou com o barulho de Ben arrumando a mala. Aproveitou que ele estava ocupado e que os meninos ainda dormiam e foi agilizar um banho. Assim como vinha fazendo, ignorou a banheira e ligou o chuveiro. A água bateu em seu rosto e, de olhos fechados, ela sentiu tudo ao seu redor se apagar.

***

Agata não conseguia abrir os olhos com a claridade, mas protegeu-os com as mãos, formando uma viseira, para apreciar aquele nascer do Sol fantástico. Ela estava na varanda de um charmoso quarto de hotel no Havaí. Olhou para dentro e viu Ben dormindo. Ele estava lindo, bronzeado, com sua cueca boxer, respirando profundamente. Agata não resistiu e pulou em cima dele.

— Bom dia, lindona!
— Bom dia, meu amor!

Agata dava beijinhos em seu pescoço e peito. Ben rapidamente a segurou e a virou, ficando em cima dela.

— Uau, você é rápido com o pé machucado e tudo!
— Falei para você que não ia fazer diferença o meu pé!
— Quero ver se não vai fazer nenhuma diferença — disse Agata, com olhar sacana.
— Alguém acordou animada, hein? Vem aqui que eu te mostro.

Ben começou a beijar Agata com força e tesão. Depois, desceu pelo pescoço dela, o ombro, os seios — por onde ficou mais uns segundos lambendo seus mamilos — e desceu até a virilha. Quando Agata estava prestes a gozar, Ben ergueu-se e colocou seu membro dentro dela. Transaram deliciosamente. Depois, dormiram mais um pouco, até baterem na porta.

— *Room service*! — a voz do garçom veio da porta do quarto.

Agata abriu os olhos e viu Ben ir mancando receber o pedido e levá-lo para a varanda.

— Que delícia, amor! — exclamou Agata, muito feliz. — Você pediu *room service* para o nosso café da manhã?

Ao abrir a tampa de alumínio, ainda de pé, em vez de pães e geleias, havia um bolo de aniversário com uma vela.

— Ben! Que surpresa!
— Feliz aniversário, amor — disse ele, aproximando-se e abraçando-a.
— Obrigada! — exclamou, feliz da vida e batendo palminhas.
— Agata — disse Ben com ar sério, sentando-se na varanda. — Vem aqui.

Ela aproximou-se e sentou.

— Eu faço tudo por você e por nossos filhos. Eu sei que não sou fácil. Eu sei... Mas eu quero fazer as coisas darem certo.

Agata sorriu. Sentiu-se em paz.

— Fora que está muito chato mancar para lá e para cá.
Agata riu e disse:
— Então vamos tomar café, comer esse bolo e hoje vamos ficar aqui mesmo, na praia em frente ao hotel.
— Boa ideia, linda.

O dia passou como um relance. Agata e Ben ficaram na maravilhosa praia em frente ao hotel e almoçaram deliciosos crepes, acompanhados de *prosecco* gelado, no restaurante pé na areia. Agata deu uma leve caminhada na praia para fazer a digestão e encontrou Ben em um espaço cheio de redes em cima do mar, com piso de vidro. Deitou-se com ele e lá ficaram por horas, lendo, cochilando, tomando chá gelado e conversando até o pôr do sol.

— Vamos, linda, tomar um banho para irmos jantar.
— Mas já? Está tão gostoso!
— A noite será ainda mais gostosa, te garanto – disse Ben, sorrindo misteriosamente. – E eu vou tomar banho primeiro!
— E se tomássemos juntos? – sorriu Agata.
— Melhor ainda! – disse Ben, beijando-a.

Tomaram um longo, excitante e delicioso banho, durante o qual Ben usou novas técnicas para seduzir e envolver Agata, levando-a aos mais incríveis orgasmos. Depois do terceiro, ele saiu do banheiro, deixando-a terminar com calma. Ela saiu 20 minutos depois e não encontrou Ben no quarto. Em cima da cama, havia um lindo vestido branco leve e uns colares havaianos. Ao lado de tudo, um bilhete:

Encontre-me no restaurante da praia. Ben.

Agata colocou um biquíni e o vestido por cima, penteou o cabelo e fez uma maquiagem perfeita. Chegando perto do restaurante do hotel, notou uma tenda montada na praia, mais afastada das outras.

— Sra. Agata – disse um simpático garçom. – O Sr. Stone mandou vir buscá-la! – completou ele, apontando o caminho para a tenda e a acompanhando até Ben. Ele estava de pé, esperando por ela em uma lindíssima tenda, com iluminação agradável e sutil, com velas e tochas. O mar estava iluminado pela Lua, especialmente grandiosa naquela noite.

– Ben... Que surpresa maravilhosa!

Ben ajoelhou-se diante dela e pegou sua mão. Agata tremeu de emoção.

– Agata. Fiz tudo isso para te mostrar o quanto te amo! Sei que não tenho sido um bom marido, muito menos um bom pai ultimamente. Na maioria do tempo, falo com você apenas com respostas curtas e com grosseria. Tenho consciência disso e estou muito arrependido.

Ben beijou a mão de Agata e levantou-se.

– Venha, pegue uma taça de *prosecco*. Vamos tomar juntos e conversar sobre tudo que podemos ajustar e melhorar.

Agata pensou que estava sonhando e sentou-se ao lado de Ben, na confortável espreguiçadeira de casal. Ali, ficaram conversando agradavelmente por horas sobre o casamento, as crises, onde ele poderia melhorar, onde Agata devia mudar sua postura. Filhos, educação. O resultado foi promessas e pedidos de mais paciência e compreensão entre os dois.

– Agata, você é e sempre será a mulher da minha vida. Você não tem ideia de quanto te amo, não quero te perder nunca. – disse Ben, com olhos marejados.

– Ben, eu também te amo muito e você sabe disso.

– Vamos ao mar? – disse Ben, de repente.

– Sério? No mar?– Agata estava espantada com tanta espontaneidade.

– Vamos! A temperatura está agradável!

– Tá bom, vamos!

Agata tirou o vestido e, como crianças, os dois saíram correndo em direção ao mar. A água estava uma delícia. Deram alguns mergulhos, até que começaram a se abraçar e a se beijar. Com o calor dos beijos, Agata o entrelaçou com as pernas e ele a segurou no colo naquela posição.

Ben colocou o dedo na frente da boca de Agata, como se estivesse pedindo silêncio. Continuou segurando-a com uma mão e com a outra colocou a parte de baixo do biquíni para o lado e começou a massagear seu clitóris, primeiro lentamente e depois rapidamente. Agata enlouquecia em seu colo, beijando-o. Quando Ben sentiu que ela iria gozar, penetrou-a e ali ficou, parado, sentindo o orgasmo da sua amada dentro do mar, em perfeita sintonia com o universo. Agata sentia a mesma coisa, totalmente agarrada a ele. Faltavam palavras depois daquele orgasmo. Mas havia fome.

– Vamos comer? – sugeriu Ben.

Já sentados à mesa da tenda, Ben e Agata tomaram água de coco gelada para cortar um pouco a tontura do *prosecco*. O garçom serviu o jantar: um delicioso peixe assado com sal grosso na folha de bananeira, farofa de banana, arroz e pirão de peixe. Junto com o prato principal, Ben pediu uma porção de camarões salteados na manteiga.

Ben resolveu retomar a bebida alcoólica e pediu mais uma garrafa de *prosecco* para encerrar bem a noite, debaixo de todas aquelas estrelas. O garçom veio com as taças e serviu a bebida enquanto eles se beijavam inúmeras vezes, entre olhares e sorrisos. Quando Agata aproximou sua boca da taça, notou algo no fundo do copo.

– Ben!

Era sua aliança. Sem perceber, Ben havia tirado o anel de seu dedo e mandado polir, devolvendo o brilho que os anos de casados haviam tirado, e ainda gravou uma nova data no interior da joia, a data daquela noite.

– Agata, às vezes sei que sou duro com você e com as crianças. Entro em uma caverna e fico incomunicável, falo coisas bem feias em momentos de briga. Mas eu não viveria um segundo da minha vida sem você, eu trabalho por você para te dar as coisas e claro que para os nossos filhos também. Você é a única musa inspiradora, por isso te pergunto: você casa comigo de novo?

– Sim! Eu te amo, Ben!

***

– Mãe! Mãe!

Agata abriu os olhos de repente, seus dedos estavam murchos e ela continuava debaixo do chuveiro.

— Você está demorando muito no banho, vai acabar com toda a água do mundo! – disse Nicolas, repetindo a frase que Agata dizia sempre que um deles demorava no banho.

Agata, assustada, despertou daquela incrível e romântica lembrança. Pegou a toalha e saiu do box com pressa. Quanto tempo será que havia ficado imersa nas suas novas memórias?

"Ele me pediu em casamento de novo!"

— Mãe! Vamos! – disse Oliver, batendo na porta.

— Ok, crianças, estou saindo.

— Agata – disse Ben, entrando no quarto. – Você ainda está de toalha?

— Desculpe, eu quis agilizar e acabei perdendo a noção do tempo.

— Vá tomando um café. Eu e as crianças já comemos.

Ainda enrolada na toalha, Agata conferiu novamente a mala para se certificar de que havia bastante agasalho para as crianças, já que nas montanhas a temperatura estaria baixa. Foi até a cozinha, comeu um pão com manteiga e deu largos goles no café, que já não estava mais tão quente.

"Ben continua preparando o café para nós. As coisas realmente mudaram depois de nossa conversa no Havaí."

Agata ficou parada, revivendo as memórias que acabara de ganhar. Como a viagem havia sido boa! Ben estava mesmo disposto a melhorar. Ele queria de fato ouvi-la, para saber tudo que podia fazer para ser um homem melhor para ela e as crianças.

"Será que posso dar adeus à gritaria e às humilhações?" questionou-se.

Era difícil para ela, mesmo naquela boa fase, confiar que as coisas seriam sempre daquele jeito. Depois de tantos anos difíceis, sendo maltratada, desrespeitada e constantemente ignorada, parecia quase impossível tudo aquilo ser real. Além disso, como tudo parecia maravilhoso, ela não precisava fugir. Não havia mais do que escapar. Mas, e a saudade? Diego deixara de ser uma compensação para ser também seu grande companheiro, homem apaixonado e que a respeitava desde o primeiro dia de suas vidas juntos.

— Aí está você, ainda parada de toalha! – exclamou Ben, aparecendo na cozinha com duas malas nas mãos. – Desse jeito não sairemos nunca, meu amor.

— Meu Deus... Eu não sei onde estou com a cabeça, Ben. Me desculpe.

— Eu desculpo se você se vestir e nos encontrar lá embaixo — disse Ben, com uma piscadinha. — Crianças, pegaram tudo? Vamos levar tudo lá para o carro com o papai.

Fecharam a porta e Agata foi correndo para o quarto se vestir. Colocou as peças que já havia separado, penteou o cabelo, nem fez maquiagem e pegou o elevador enquanto fazia um *checklist* mental. O elevador parou no quinto andar e entraram duas senhoras.

— Bom dia — disse Agata, voltando rapidamente aos seus pensamentos sobre malas, brinquedos, *nécessaires* e carregadores de celulares.

As duas cumprimentaram Agata com a cabeça e continuaram a conversa.

— Mas eu falei para a Daiana parar com essa mania de fazer progressiva. Está acabando com o cabelo dela!

— Ai, Júlia, você é mesmo muito crítica com a sua irmã, deixa ela fazer a progressiva que ela quiser.

Agata ficou incrédula.

"Júlia? Daiana? Por que esses nomes agora? Aqui no meu elevador?"

A porta abriu-se no térreo e as duas saíram, não sem antes dizerem um "até logo" que Agata nem sequer ouviu, portanto não respondeu. Estava estática, pensando em Daiana, em Júlia e, claro, em Diego.

"Diego... Que saudade..."

Mesmo quando ela estava ocupada fazendo lista de itens para a viagem, o seu outro mundo insistia em invadir sua vida, obrigando-a a pensar em tudo que vivera até então, ou melhor, em tudo que ela sabia ter vivido até então.

"Eu não sei mais o que faço."

O elevador abriu de novo e ela estava no sétimo andar. Ao sair, viu que era um corredor de apartamentos. Voltou correndo, evitando que a porta se fechasse, e apertou novamente o subsolo.

"Eu preciso parar com isso. Vou enlouquecer."

Finalmente desceu na garagem. Ben e as crianças já estavam dentro do carro.

"Ai, demorei muito, agora ele vai surtar."
— Amor da minha vida! Pensei que não viesse mais! – disse Ben, em tom de brincadeira.

Agata sorriu e entrou no carro.

— Vamos encontrar o Fernando e o Rodrigo no posto, logo no começo da autoestrada.

Conforme planejado, chegaram ao posto e os outros dois casais já os esperavam. Tomaram café, as crianças tomaram sorvete, pois insistiram muito, e seguiram pela estrada. Mesmo sendo quase três horas de carro até a cidade, graças aos tablets e celulares as crianças ficaram bem tranquilas e só pediram para fazer xixi.

A casa era linda, estilo europeu, com verde para todo lado, uma área externa enorme, duas piscinas quentes de água sulforosa e uma brinquedoteca quentinha e divertida para as crianças. A decoração era intimista, contendo quadros, fotos e itens angariados durante as viagens de Rodrigo. Ao observar os objetos na parede e nas prateleiras, Agata notou a imagem de um mar incrível, com casas lindas, todas de vidro ao redor. Parecia muito sua casa com Diego. Ela ficou olhando fixamente para a foto.

— Foi uma viagem do meu pai. Eu não sei onde é – disse Rodrigo, sem que Agata perguntasse. – Você conhece?

— Eu? Não...

— Terra chamando Agata! – brincou Ben. – Viu a lareira que tem no nosso quarto?

— Lareira? Hum! Que delícia! Podemos acender essa lareira mais tarde e tomarmos um vinho juntos – disse Agata, sorrindo.

— Ficou doida, não é? – repreendeu Ben. – Imagina se as crianças se queimam?

"Ficou doida?", pensou Agata, nada feliz com o comentário.

— Poxa, Ben.

— Desculpe pelo "doida" – consertou ele, rapidamente. – Mas você sabe, com os meninos é um segundo para aprontarem. Não é melhor deixar o fogo de fora disso? – disse Ben, sem jeito.

-Verdade, Ben, você está certo.

O resto do dia foi incrível. Andaram a cavalo, foram na piscina aquecida e comeram um maravilhoso *fondue* no jantar, com as famílias dos amigos. Depois, todos estavam exaustos e voltaram para casa. Agata e Ben chegaram, ele sentou-se no sofá com os rapazes e ficaram conversando e vendo TV, enquanto Agata continuou com a maratona de filhos, banho, escovar os dentes e colocá-los para dormir. Ela ficou tão cansada depois de tudo que pegou no sono. Ben entrou no quarto algumas horas depois, tomou um banho em silêncio com o maior cuidado para não acordar ninguém e fez questão de buscar a esposa na cama, com carinho, para juntos dormirem de conchinha.

No dia seguinte, houve nova maratona de recreação e atividades com as crianças. Ben estava mais atencioso que nunca. A atração naquela noite seria um espetáculo de circo. Mas antes, foram para um restaurante jantar todos juntos, bem em frente da casa. Durante o jantar, Ben parecia esquisito. Fez sinais estranhos para Rodrigo, não tirava a cara do celular e Agata estava inquieta com essa situação.

– Linda, eu não estou me sentindo bem... – disse Ben.
– O que você tem, amor?
– Azia...
– Poxa, que droga... Ah! Eu tenho sal de frutas!
– Pode pegar para mim, linda?
– Claro! Volto num instante!

Agata atravessou a rua e entrou em casa. Subiu até o quarto deles e, assim que abriu a porta, teve uma surpresa romântica. A lareira estava acessa e havia várias velas, com todos os tipos de aromas e tamanhos. Havia uma linda toalha estendida no chão e, no centro, uma tigela com morangos, uma bisnaga de *marshmallow* e duas garrafas geladas de *prosecco*.

"Meu Deus."

– Gostou? – disse Ben, chegando logo após Agata e a abraçando por trás.
– Se eu gostei? Eu amei!
– Então vamos aproveitar uma horinha só nos dois? Antes que você me pergunte, os meninos vão com eles para o circo. E temos isso tudo para nós!
– Bem que você disse que confiava muito nesses dois.

– Eles são bons amigos, Agata.
– Ai, meu amor, você me conhece mesmo! Vamos aproveitar!
Juntos, fecharam a porta do quarto, agarrados e se beijando. Ben, com a mesma agilidade de sempre, despiu Agata e, apenas de calça, levou-a no colo até a toalha na frente da lareira, colocou-a no chão delicadamente e tirou a própria calça diante dela, em pé, ficando apenas de cueca. Subiu em cima de Agata e começou a beijá-la, primeiro sua boca e depois seu pescoço, enquanto suas mãos apertavam seus seios, às vezes delicadamente e outras um pouco mais forte, deixando-a mais tarada a cada minuto. A boca de Ben, então, seguiu em direção aos mamilos, depois desceu para a barriga e, minutos depois, a enlouqueceu enquanto beijava e lambia com movimentos sincronizados a sua virilha e seu clitóris, levando-a ao primeiro orgasmo daquela noite. Foi tudo incrível. Só ela e Ben, uma lareira, morangos e *marshmallow*, muito tesão, sexo, e o mais importante: cumplicidade.

Ainda deitada na cama e meio sonolenta, Agata ouviu a chegada dos meninos. Ben levantou, trouxe-os para dentro do quarto e assumiu a rotina de banho, dentes e cama, fazendo-os dormir rapidamente. Voltou para a cama, abraçou Agata e, juntos, pegaram no sono. Mas um segundo antes de dormir de novo, o último pensamento de Agata ainda a dominou.

"Diego... Por que ainda penso tanto em você?"

Capítulo 24

No dia seguinte, acordaram cedo e as crianças estavam em êxtase quando perceberam uma fina camada de gelo em cima das calçadas e dos carros.
— Neve! Neve! — gritavam, empolgados.
O inverno ainda estava distante, mas nas montanhas a temperatura sempre cai e era mesmo comum que as finas camadas de neve acumulassem durante a noite. Nada com o que as crianças não estivessem acostumadas, porém era sempre gratificante ver a animação deles.
— Ben, seria bacana se a gente pudesse almoçar nos meus pais hoje. Acha que dá tempo? — perguntou Agata, um pouco receosa, pois havia se esquecido de combinar isso com antecedência e Ben odiava mudanças de planos repentinas.
— Se sairmos agora, com certeza dá tempo! — exclamou, para surpresa de Agata.
Despediram-se dos amigos e seguiram viagem. Ao chegarem pelo elevador no hall do apartamento de Curtis e Karen, Agata sentiu o cheirinho de sua lasanha favorita, de funghi.
— Queridos! — gritou Karen, assim que abriu a porta do apartamento.
— Vovó! — gritaram os meninos, em coro.

Curtis apareceu e os abraçou também.

– Venham, vamos sentar, a comida acabou de ficar pronta e não queremos que esfrie, certo?

– Hummm, já estamos sentindo o cheiro da sua lasanha desde o elevador! – disse Ben, sorridente.

Karen gostou do comentário e sorriu, mas ainda não estava acostumada ao "novo velho Ben", apesar de Agata já ter comentado com ela por mensagem.

O almoço foi muito agradável. A lasanha estava tão boa que Agata comeu quatro pedaços. Ao finalmente cruzar os talheres, pensou:

"Caramba, comi demais. Preciso malhar, senão o Javi me mata."

O pensamento veio automático e, só depois de repeti-lo em sua mente, Agata deu-se conta da saudade que sentia de seu amigo, que não via há muito tempo. Como será que ele estava? E os detalhes da grande fofoca do ator famoso George Hill? Ah, quanta coisa tinham para conversar! Como era bom estar com ele!

"Ah, Javi... Sinto saudades de você também."

– Filha?

– Oi?! – Agata respondeu assustada.

– Quer café? – perguntou Karen.

– Sim, quero sim.

– Pode deixar, Karen! – interrompeu Ben. – Eu passo um café rapidinho pra nós, sei exatamente como vocês gostam!

Karen e Agata entreolharam-se. A mãe ergueu as sobrancelhas e a filha abriu um sorriso. Era mesmo verdade. Ben estava mudado.

– Parece até aquele jovem sorridente e gentil do começo do namoro de vocês!

– Não é mesmo, mãe?

– Que bom, filha. O meu maior desejo é que você seja feliz e consiga sê-lo com Ben, mantendo a família unida. Do jeito que ele vinha te tratando, realmente estava ficando difícil até mesmo para nós.

– Eu sei, mãe – respondeu Agata.

Ficaram cerca de mais uma hora na casa dos pais de Agata,

até que os meninos começaram a se agitar além da conta e logo percebeu-se que era hora de ir para casa. Ao chegarem, Ben descarregou todas as malas do carro, enquanto Agata assumiu a maratona de banho, material escolar, lanche, uniformes e os acessórios esportivos para uma segunda-feira repleta de atividades e aulas. Depois, correu para ajeitar algo para comerem mais tarde. As horas voaram com tanta coisa para organizar. Depois do jantar, rapidamente, Nicolas e Oliver dormiram e, quando Agata se deu conta, já estava tudo acabado e Ben já estava deitado na cama, exausto.

O silêncio tomou conta do apartamento. Agata foi tomar seu merecido banho. Entrou no box para ligar o chuveiro, mas ainda sem fechar a porta, encarou sua banheira. Ela queria muito enchê-la, queria muito ver como estavam as coisas no seu mundo com Diego. Mas, na sua cabeça, não seria justo. Era outro mundo, outra dimensão, inexplicável e coexistente com aquela vida. Mesmo assim, dentro de seu coração, era como deixar de lado todo o esforço de Ben.

"Diego... Que saudade..."

Seu coração apertava toda vez que pensava nele. Naquele momento, estava doendo especialmente mais.

"Como você está? Como nós estamos?"

Uma lágrima escorreu por seu rosto e Agata resolveu fechar o box e ligar de uma vez o chuveiro. Saiu do banho e sentou-se na beirada da banheira. Como eram boas as coisas do lado de lá.

"Mas aqui é meu mundo real."

Agata não sabia mais ao certo o porquê, mas acreditava nisso e achava que Ben era o seu destino. Para ela, não havia mais motivos para fugir. Exceto aquela saudade dilacerante. Mesmo quando pensava em Diego apenas uma vez ao dia, era um pensamento intenso, uma mistura rica de sentimentos, lembranças deliciosas, o cheiro gostoso dele e da casa dele, os sorrisos que davam juntos. Tudo isso somado ao "não saber" dele. Onde estava, o que estava fazendo, o que estaria vivendo se estivesse lá com ele. Assim, o simples ato de pensar em Diego acarretava uma avalanche de sentimentos difíceis de lidar. Mas Agata abafava tudo o quanto podia. Precisava dedicar-se à sua vida com Ben, aos seus filhos e contribuir para a paz que finalmente reinava em seu lar.

Agata vestiu sua camisola e passou seus cremes para o rosto. Sim, agora ela usava creme para o corpo todo. Criara o novo hábito, que apreendera consigo mesma em seu outro mundo com Leggero.

– Ben...

– O que foi? – perguntou ele, quase dormindo.

– Esse final de semana foi incrível, nossa viagem para o Havaí foi incrível, eu amo muito você e nossa família é a coisa mais importante para mim neste mundo. Promete que será sempre assim?

– Prometo que a maioria do tempo será assim.

Dormiram mais uma noite abraçados, em total clima de cumplicidade.

Capítulo 25

A semana começou animada. Já no café da manhã, o assunto foi o acampamento da escola. Oliver e Nicolas estavam empolgadíssimos. Ben já havia saído para trabalhar, mas não sem antes beijar sua esposa. Agata sentia-se bem e feliz. Após levar os meninos na escola e acertar os detalhes do acampamento na secretaria, viu-se sozinha no apartamento.

"Este silêncio. Ah, Diego..."

Seus ouvidos puderam reconhecer, por alguns segundos, o barulho das ondas do mar quebrando na areia, bem em frente às janelas de sua mansão na beira da praia. Agata foi até sua janela e viu a rua agitada. Pessoas indo para lá e para cá, buzinas de carros, uma cidade normal. Aquelas horas ociosas iriam deixar Agata louca. Então, ela resolveu sair para a rua, fazer mercado, levar roupas no tintureiro e dezenas de atividades necessárias, porém chatas, que estavam pendentes há algum tempo.

Foi melhor assim. Agata tirou Diego da cabeça por algumas horas e, quando a noite chegou, estavam todos ao redor da mesa, jantando.

– Hoje eu ganhei um "excelente" da professora pela tarefa na sala! – disse Oliver.

– Parabéns, filho!

— Mamãe — disse Nicolas. — Você confirmou nossas inscrições no acampamento?
— Sim, filho, está tudo certo, fica tranquilo.
— Já é este final de semana! — disse ele, ansioso.
— Quantos dias faltam para o final de semana? — perguntou Oliver.
— Quatro, né, Oliv! — respondeu Nicolas com certo deboche.
— Seu irmão está aprendendo os dias, filho. Ele ainda não tem a mesma noção que você — ponderou Agata.

Ben observava tudo com certa calma. Até que disse:
— Agata, eu vou viajar esta semana.
— Viajar?
— Sim, é a trabalho. Eles precisam de mim para um acordo importante, eu faço diferença com esse cliente, sabe como é...

Na verdade, Agata não sabia como era. Mas optou por confiar em Ben, já que, apesar das crises, nunca tivera motivos para desconfiar dele. Agora que estava ainda mais esforçado e presente em casa, ela iria se preocupar menos ainda.
— Que bom, meu amor. Vá e dê o seu melhor, como sempre.

Terminaram de jantar e Ben foi colocar os meninos para escovar os dentes e dormir, enquanto Agata tirava a mesa e colocava a louça na máquina. De relance, ela viu Ben passando só de cueca pelo corredor, para pegar um sabonete nos armários.

"Antes, ele teria gritado para eu levar o sabonete. Teria acordado os meninos, eu teria reclamado feito louca e teríamos mais uma briga daquelas", refletiu Agata, lembrando o quanto as coisas haviam melhorado graças a minúsculos detalhes e um belo esforço por parte de Ben.

Agata também percebeu como Ben era lindo, mesmo suado e amassado do trabalho. Nem terminou de guardar tudo e já foi correndo para o quarto, surpreendendo o marido antes de ele entrar no banho.
— Vou entrar junto, assim gastamos menos água — ela disse, com um sorriso malicioso.

Trancaram a porta do banheiro, mas deixaram a do quarto dos meninos e a deles abertas, para ouvirem caso precisassem. Beijaram-se debaixo do chuveiro e transaram de pé mesmo, rapidamente, quase em silêncio, embalados pelo som da água caindo no chão.

Estava difícil controlar a animação dos filhos no dia do acampamento. Como era um dia especial, de despedida, Ben foi junto com Agata levar os dois à escola. A saída de casa já tinha sido confusa, cheia de provocações entre os irmãos, trocas de roupas de última hora, choradeira sem motivo e desobediência.

— Pare, Oliver, deixa seu irmão — disse Agata, no carro, lidando com o clima agitado dos filhos.

— Mãe! O Nicolas fica pegando as guloseimas da minha lancheira, ele tem a dele!

— Mas, mamãe! Você colocou chocolate para o Oliver e não para mim! Eu vi!

— Nicolas, a mamãe colocou exatamente a mesma coisa para os dois. Vocês nem deviam mexer na lancheira agora.

Nicolas fingiu que não ouviu e pulou em cima do irmão para pegar o chocolate.

— Parem! Já disse!

Os dois começaram a gritar.

— Caramba, Agata, eles não te respeitam mesmo! — disse Ben, com olhos focados no caminho. — Não estão nem aí para o que você está pedindo! — completou ele, e gritou: — Parem agora!

Como um feitiço, os dois meninos ficaram congelados na posição em que estavam, de olhos arregalados e chocolates nas mãos, fora das lancheiras. Ben, com uma das mãos na direção, estendeu a outra para trás e ordenou:

— Os dois, me entreguem os chocolates!

Os dois entregaram os chocolates.

— Eu vou guardá-los na lancheira quando chegarmos, se vocês se comportarem até lá. Se não, nenhum dos dois levará chocolate algum! — disse. E olhando de canto de olho para Agata: — Viu? É assim que se faz. Comigo eles não vacilam.

"Não acredito", Agata ficou dolorosamente decepcionada. "De novo? E ainda chamar a minha atenção na frente dos meninos..."

Aquele tipo de repreensão do marido deixava-a bastante chateada, porque colocava em xeque seu papel de mãe, sua autoridade, sua capacidade de controlar os filhos. Era como se estivesse sendo avaliada o tempo todo e não passando no teste. Agata continuou calada por todo o percurso até a escola.

Apesar dos efusivos beijos e abraços nos meninos e dos fofos pedidos de desculpas deles pela bagunça da manhã, Agata voltou para o carro triste com a grosseria do Ben. Eles ainda tinham mais um bom tempo no carro juntos, já que era hora de deixá-lo no aeroporto para a viagem de trabalho. Dirigindo, Ben abaixou o som do carro, abrandou a voz e falou com ela:

– Desculpe por aquela hora.

– Não precisava mesmo – respondeu Agata imediatamente. – Chamar minha atenção na frente das crianças, poxa vida, sou eu que fico com elas a maioria do tempo.

– Eu sei. Estou pedindo desculpas. Mas você precisa impor mais disciplina, não pode deixar barato.

– Ok, Ben.

Mais um pouco de silêncio até o terminal onde Ben iria descer. Mesmo com o clima ruim, Agata abraçou o marido e desejou-lhe uma ótima viagem.

– Fica bem, Agata. Quando menos esperar, já estarei de volta.

No caminho de volta para casa, Agata deixou-se sentir raiva da reação estúpida "à moda antiga" de Ben.

"Babaca! Depois pediu desculpas! Mas que desculpas aquelas? Dizendo que tenho que impor limites! Ele não sabe que passo todos os dias horas e horas com os meninos? Não sabe todo esforço que faço?"

No fundo, Agata precisava se sentir assim. Ele queria sentir raiva, queria ter medo de que as coisas na vida real não ficariam perfeitas para sempre. Queria precisar do Diego. Porque ela de fato precisava matar aquelas saudades.

Chegou a casa, trancou a porta e foi caminhando até o quarto já se despindo. Largou os sapatos pelo corredor, a blusa no chão do quarto, calça e calcinha jogadas na cama e, finalmente, depois de tanto tempo, colocou a banheira para encher.

***

"Que saudades deste closet."

Ainda enrolada na toalha, Agata observou suas roupas e passou a mão delicadamente sobre as peças enquanto pensava no que iria vestir. Pegou um pretinho básico, penteou os cabelos molhados e saiu correndo pela casa atrás de Diego. A luz do Sol iluminava toda a casa. Fazia um dia lindo. Mas Agata não o achou em nenhuma parte.

– Marie, Marie!

– Oi, senhora! – surgiu Marie, sempre como uma ninja, de trás de uma das portas da sala.

– Marie! – Agata sorriu, aliviada por ver aquele rosto familiar de quem tanto gostava.

– Oi? A senhora está bem?

– Estou ótima! Mas você viu o Diego? Ele está treinando? Onde ele está? – perguntou Agata, acelerada.

– Ele não está com a senhora lá embaixo na praia? – perguntou Marie, com olhar confuso.

– Praia?

– É porque... a senhora acabou de entrar e me pediu que levasse chá gelado – explicou Marie. E, olhando para o vestido preto colocado por Agata, questionou: – Desistiu do mar?

– O quê? Se eu desisti? Claro que não!

– Mas por que está de vestido?

– Ah! O vestido! Nossa, Marie! Verdade. Muito sol na cabeça! Eu estava só experimentando esta roupa para mais tarde e achei que tinha ouvido o Diego entrar. Que loucura.

– Melhor se hidratar, tomar uma água e tentar ficar na sombra – disse Marie, carinhosamente.

– Verdade Marie, obrigada, vou me cuidar!

"Ele estava na praia comigo!", pensou Agata, radiante.

Voltou para o closet, colocou um biquíni, jogou o vestidinho por cima e correu mais rápido que um trem até a praia. Ela precisava de Diego, estava morrendo de saudade. Na areia, de longe, avistou-o. Aquele cabelo loiro cacheado, aquele corpo sarado, bronzeado, o sorriso reluzente.

"Diego! Meu Diego!"

Ele estava jogando futebol na areia com alguns amigos. Assim que trocou olhares com Agata, parou de jogar, fez sinal de que iria dar um tempo e correu em direção a ela.

— *Honey*, por que demorou tanto?

— Demorei, não é? Não sei onde eu estava com a cabeça!

Agata simplesmente se jogou em Diego. Ela o abraçou apertado, cheirou seu pescoço, seu cabelo, quase o sufocou. Estava louca de saudade. Diego recebeu os carinhos com alegria, mas achou estranho tanta energia.

— Agata, estou todo suado, melado...

— E daí? Eu não ligo! Para mim você fica lindo de qualquer jeito.

— *Honey*, o que aconteceu? – disse, acalmando o ataque de carinho de Agata. – Você disse que ia pedir para a Marie trazer um chá e não voltou mais. Está tudo bem?

— Está sim, amor, está tudo mais que bem! É que aproveitei para ir ao banheiro! E aí você sabe como sou, uns minutos longe de você e eu já morro de saudades.

— Eu também, *mi amor*! – respondeu Diego, beijando-a fortemente.

Agata entregou-se a mais beijos e Diego resolveu descansar um pouco mais no sol, enquanto ela quis aproveitar o mar. Fazia tempo que não via aquela paisagem e sentira muita falta da sensação da água tocando seus pés.

— Vai lá, *Honey*. Depois do seu mergulho, vamos almoçar.

Agata seguiu em direção ao mar, caminhando devagar, sentindo a areia fina entre seus dedos. Fechou os olhos, abriu os braços, deixou o vento quente com cheiro de sal balançar seus cabelos. Continuou andando até sentir a água gelada em seus pés. Entrou rapidamente até a cintura e deixou-se banhar pelas ondas que iam e vinham. Purificando-se, sentindo aquela realidade que tanto a alegrava.

"Eu amo tudo isso."

Ao abrir os olhos, de longe, viu Diego a admirando. Ele sempre a admirava, ele nunca estava bravo, triste, decepcionado com ela. Diego era seu fã número um. E ela era dele.

Diego levantou-se e acenou para ela sair. O almoço estava pronto. Agata correu para ele, colocou um roupão separado para ela e foram juntos, abraçados, até a mesa arrumada em uma das varandas da casa. Sentaram-se, quando Marie serviu uma linda travessa de *paella*.

— A *paella* da Marie! — vibrou Diego. — Mas que sorte eu tenho.

— Hummm, que cheiro maravilhoso — disse Agata, sentindo o aroma que vinha do prato.

— Marie, o Javier confirmou se viria?

"Javi! Javi!", Agata deu pequenos aplausos mentais.

— Sim, ele vem — disse Marie. — Foi a sra. Agata que confirmou para mim.

— *Honey* — disse Diego, olhando para Agata. — Você contou para o Javi que encontramos George no cruzeiro?

Agata mudou a expressão imediatamente.

"O cruzeiro. Meu Deus."

Agata havia deixado aquele mundo após esvaziar uma taça de suco na cara de Júlia e virar as costas para sua sogra em pleno café da manhã. O que acontecera depois, ela não fazia a menor ideia. Com tanta coisa mudando em sua vida com Ben e a saudade louca que sentia de Diego, Agata havia apagado de sua mente o grande barraco ao qual se submetera. Também não havia sido presenteada com nenhum *flashback*. Era uma incógnita, um mistério. Seria uma boa ideia sondar Diego e perguntar da sogra? Agata não queria retomar o assunto e estragar seu tempo ali.

— *Honey*? O que houve? Ficou séria de repente — estranhou Diego.

— Séria? Imagina. Está tudo bem.

— Quando Javi chegar, vamos ver se ele vai com a gente ao cinema.

— Hoje vamos ao cinema?

Agata começou a se animar de novo.

— *Mi amor*... Hoje é uma pré-estreia selecionada. Você estava louca para ir! Assim que recebemos o convite você quis confirmar.

— Ah é! — disfarçou Agata — Javi vai amar ir com a gente, tenho certeza.

Foi falar isso para ouvirem a porta da grande varanda deslizar e o rosto animado e lindo de Javier aparecer. Agata o viu e, de impulso, levantou-se da cadeira e saiu correndo, abraçando-o fortemente.

— Que saudades, Javi!
— Oi. O quê? Por quê? Não, socorro! Treinamos juntos hoje — disse Javier, estranhando o abraço da amiga com certo desdém.
— Javier, não liga para ela — brincou Diego. — Hoje ela está saudosa de todos — disse, dando uma piscadinha para Agata, que voltou sem jeito para a mesa.

Os três tiveram um agradável almoço. Agata resolveu não falar muito para não criar nenhuma situação complicada. Apenas ouviu as histórias de Diego sobre seus próximos jogos e encantou-se quando ele disse que estava concorrendo ao título de melhor jogador do mundo.

— *Honey*, eu já volto — disse Diego, saindo da varanda.
— Javi — disse Agata. — Vamos conosco na pré-estreia hoje?
— Gata, eu ainda não estou acreditando na história que você me contou.
— Que história? Quer dizer... qual delas?
— De George e Samy ainda juntos, estou em choque!
"George e Samy? Mas eu o vi sozinho no navio! Do que o Javier está falando?"
— Verdade. Vimos George no navio — respondeu Agata.
— Sim, vocês o viram sozinho, mas você me contou que ele assumiu a verdade sobre ele e Samy para você.
"George falou... comigo?"
— É... George disse mesmo que ainda estava com ele.
— Ele? Ele quem, estrela?
— O Samy!
Javi com cara de espanto, perguntou:
— Gata, por favor, me fala a verdade. Você foi abduzida noite passada e fizeram algum tipo de lavagem no seu cérebro. Ou você está tomando aquela mesma droga do dia que saiu batendo nos *paparazzi*?
— Javi. Para de me confundir! — despistou Agata.
— Agata, de verdade, do fundo do meu coração, você fica esquisita às vezes! Essa saudade louca quando me viu e agora não lembra que Samy é uma mulher!
— Uma... mulher?

— Ahã — respondeu Javier, erguendo as sobrancelhas. — A mulher por quem George me trocou para alcançar a fama. Muuuuito antes da Emma Lauren... — disse Javier, mudando o semblante. — E eu que sempre esperei a fachada toda cair e ele voltar para mim. Depois de um Oscar, de repente... Doce ilusão...

— Poxa, Javi...

— Olha, preciso de outra taça de *prosecco*, me dá a sua que pego duas.

"George era de Javi... Ele o trocou por uma mulher. Casou com uma celebridade e agora, em vez de voltar para ele... volta para a outra... Ele deve estar com o coração partido."

Agata entristeceu-se pelo seu amigo.

Javier voltou para a varanda, carregando o balde de gelo com a garrafa de *prosecco* e duas taças.

— Javi... — disse Agata, com cara de dó. — Eu sinto muito...

— Sim... Estou arrasado, mesmo. Mas tenho certeza de que ele ainda me ama. Mas ele fica se preocupando com a sociedade, com a família. O pior é que não consigo odiá-lo — disse Javi, ainda em pé diante da mesa, enchendo as duas taças.

— Javi, não fica assim. Você é lindo e especial, vai achar alguém que seja seu porto seguro.

— Não sei mais, minha amiga — disse Javi, indo em direção a ela para entregar a taça.

Porém, ao aproximar-se, tropeçou na rolha que havia caído no chão e jogou todo o líquido da taça em cima de Agata.

— Javi!

Naquele mesmo instante, Agata sentiu um tranco na memória.

Capítulo 26

Sentada na ponta da cama de sua cabine no navio, Agata estava em prantos quando Diego entrou, esbaforido, atrás dela.
— *Honey*!
— Desculpa, desculpa, Diego. Eu não tive a intenção, eu não... eu não sei o que me deu... — Agata soluçou, tentando se desculpar.
— Calma. Eu não quero discutir com você. Eu vi que pegaram pesado. Você está bem?
— Elas não sabem nada de mim.
Diego abaixou-se diante de Agata e buscou seu olhar.
— Deixa isso pra lá, por favor.
— Eu fui horrível jogando bebida na cara dela. Agora todas as rodinhas só vão falar disso. O que é George Hill sozinho em um cruzeiro perto de Agata Leggero jogando bebida na cara da ex de Diego... — disse ela, encontrando um jeito de fazer uma piada.
— *Honey*... A gente nunca ligou pra isso, não é?
— É... Você tem razão. Eu só não consigo mais lidar com tanta provocação.
-*Mi amor*, vem cá – disse Diego, abraçando-a. – Vamos aproveitar nossa última manhã?
— Vamos... — respondeu ela, um pouco desanimada.

Tudo o que ela mais queria era Diego só para ela e mais algumas horas longe de Júlia e Daiana. Então, sugeriu:
— Vamos ficar aqui um pouco, então? Só nós dois? Curtindo essa vista?
— Seu pedido é uma ordem! — exclamou Diego, e a abraçou.
Depois de algum tempo agarradinhos, Diego saiu. Afinal, alguém tinha que acalmar os ânimos da sra. Rodriguez e, definitivamente, Agata não faria isso. Enquanto isso, Agata aproveitou o tempo, fez as malas, sentou um pouco no sofá da cabine e ligou a TV. Sem perceber, colocou em um canal de desenho animado. Levantou-se e seguiu até a varanda para apreciar o mar. Diego ressurgiu na cabine com José e uma mesa de café da manhã.
— *Honey*, a gente não conseguiu tomar café direito...
Agata sorriu, apaixonada.
— Diego... você... é demais!
Eles comeram bastante e, em questão de 40 minutos, o navio começou a anunciar a chegada. O casal apressou-se e logo estavam diante da saída. Ao longe, Agata visualizou a sogra e Júlia. Quietas e sérias, aguardavam em um sofá. Agata cogitou aproximar-se, mas desistiu. Depois de alguns minutos, entrou pela porta Ben, o motorista, e fez sinal para Diego, que puxou Agata pela mão e acenou para sua mãe os seguir.
Desceram as escadas e o carro já estava bem próximo do navio. Diego afastou-se de sua amada para ajudar com as bagagens, quando uma mão tocou o ombro dela.
— Agata?
Quando ela se virou, era George Hill, o ator famoso.
— George?!
— Tudo bem, querida? Eu a vi o tempo todo na viagem, mas não tivemos oportunidade de conversar. Como vai a vida?
— Vai ótima! E você?
— Agata, eu... — disse George, em tom sério. — Eu desejo tudo de bom para o Javier, você sabe.
— Sim, é claro que eu sei, George.
— E... é verdade.

– O que é verdade?
– Estou mesmo separado da Emma.
– Uau! Então está solteiro? – Agata sorriu. – Vai correr atrás da felicidade?
– Então... eu... eu retomei o namoro com a Samy.
– Samy Waters? – Agata espantou-se. – Sua ex-namorada? Javier ficará arrasado...
– Então. Por isso eu quis te contar. Dá um jeito de falar para ele. Eu só não quero que ele sofra por minha causa.
– George, isso você não controla, não é mesmo? – disse Agata, com as mãos na cintura.
– George! – um grito de Júlia ecoou nos ouvidos de Agata, interrompendo a conversa. – Tudo bem, querido?
– Oi, Júlia – respondeu ele, educado. – Está tudo bem. Eu só estava dando um oi. Já vou indo, tchau meninas.
Antes de se afastar totalmente, George fez sinal com a cabeça, cumprimentando Diego.
Júlia ficou sentida por ter sido ignorada e tinha certeza de que Agata sabia de algo, mas não quis perguntar, por causa do clima entre elas. Entraram no carro e, até o aeroporto, fez-se um silêncio fúnebre.
– Bem! Adoramos a viagem, mamãe! – disse Diego, forçando animação na voz. – Mas agora a senhora já vai embarcar, certo?
– Sim, querido. Já fico no aeroporto mesmo. Agora, só Deus sabe quando volto para ver vocês.
– Ah, Dai, vou morrer de saudades! – comentou Júlia.
– Eu sei, querida. Eu também.
Ao estacionarem na porta do embarque, Agata desceu do carro para se despedir apropriadamente de sua sogra.
– Vá com Deus, sra. Rodriguez.
Daiana abraçou Agata e, em seu ouvido, disse:
– -Agata, me desculpe! Sei que agi da forma incorreta com você, também sei que você faz meu filho o homem mais feliz do mundo. Eu gosto de você.
Agata sorriu.
– Me desculpe pela cena.

Afastaram-se do abraço, ambas sorridentes.
— Boa viagem!

***

— *E.T. phone home!* — disse Javier, estalando os dedos, impaciente, diante de Agata. — Gataaaaaaa! Acorda! O que tinha nesse *prosecco,* meu Deus?!
— Ai, Javi — disse Agata, confusa. — Desculpa. Tomei um susto quando você me molhou com o *prosecco.*
— Nossa, estou realmente ficando preocupado! — disse Javi, impaciente. — Você já pensou em visitar um neuro?
"Um neuro! Será?"
— Enfim, por essa história do George com a Samy, prefiro não ir ao cinema com vocês. Vou curtir minha *bad.* Você me entende, não é?
— Claro, Javi.
— Mas curta muito seu Diego, essas pré-estreias são sempre incríveis.
Ficaram lá mais um tempo, olhando o pôr do sol, até que chegou a hora de ir.
— Estrela, vai se arrumar para não se atrasar para o cinema. Eu já vou indo!
Agata despediu-se de Javi e foi se arrumar. Ao passar pela sala, viu Diego cochilando no sofá e acordou-o com um beijo. Assustado, ele levantou-se em um pulo.
— Já está na hora?
— Sim... Precisamos nos arrumar — disse Agata, carinhosamente.
Estava muito calor aquela noite, então Agata optou por uma saia curta, uma blusinha com brilho e um salto alto. Prendeu os cabelos em um lindo coque alto, fez uma maquiagem forte e sentiu-se perfeita para uma pré-estreia no cinema.
— *Honey,* você, como sempre, está maravilhosa! — disse Diego, abraçando-a por trás diante do espelho. Beijou seu pescoço e perguntou. — E eu? Como estou?
— Você está, como sempre, maravilhoso! — retribuiu Agata, virando-se e abraçando-o com força.

"Eu amo demais este homem", pensou, enquanto sentia o cheiro do perfume de Diego durante aquele gostoso abraço.

Ao saírem do quarto, Marie estava em pé diante da porta, pronta para bater.

— Desculpe, eu vim só avisar que o carro está esperando.

— Ah, obrigada, Marie — respondeu Agata. — Já estamos prontos.

Foram de mãos dadas até o carro. Diego dispensou o motorista, abriu a porta para Agata e assumiu a direção. Era um carro diferente, um dos esportivos de Diego.

— Marie é mesmo uma funcionária e tanto, né, Diego? — disse Agata.

— Sim, ela é sensacional — respondeu Diego.

— Como é que você... que nós... que eu... — Agata arrependeu-se de começar a perguntar sobre Marie. Ela não sabia como Marie tinha começado a trabalhar na casa. Estava curiosa, queria entender mais, mas não sabia se havia sido ela mesma que contratara Marie. Ficou com medo de continuar.

— O que, *Honey*? Como é que o quê? — insistiu Diego.

— Ah, eu estou meio esquecida, em qual ano ela veio trabalhar aqui mesmo? — consertou a pergunta.

— Ah, a Marie já estava comigo quando casamos. Minha mãe contratou-a quando me mudei para esta casa. Achava que eu precisaria de ajuda. Sempre nos demos bem, ela é muito cuidadosa e é boa em tudo que faz.

— É verdade, ela já estava aqui!

— E vocês se deram bem de imediato, lembra? Aliás, depois da primeira vez que você veio aqui, a Marie veio falar comigo. Eu já te contei isso? — lembrou Diego.

— Não! Me conta! — Agata animou-se.

— Foi logo depois da festa. Ela veio até a varanda do quarto, onde eu estava sozinho olhando a bagunça no deck, e me disse "Sr. Diego, quem era aquela moça com quem conversou a noite toda?" Eu expliquei e aí ela disse que você era encantadora, que tinha sido um doce com ela e que fazia tempo que não via uma mulher tão naturalmente linda como você.

"Naturalmente linda?"

— Como assim, naturalmente linda? — perguntou Agata. Diego riu.
— Não sei, mas foram as palavras dela. Aquilo ficou na minha cabeça, porque eu tinha pensado o mesmo de você... E o resto... bem, o resto você já sabe, não é?
— Sim... O resto eu sei bem... — disse Agata, olhando pela janela.
O problema é que ela não sabia. Agata não sabia da maior parte da sua história naquele mundo. Que ele era real, isso ela já tinha percebido. Algumas memórias e lembranças, ela já tinha sentido. Porém, boa parte do que ela vivera até ali com Diego ainda era uma incógnita. Até quando ela viveria daquela maneira com ele? Até quando ela precisaria pensar cinco vezes antes de fazer uma pergunta? Até quando as pessoas teriam que contar para ela a verdade sobre sua própria vida?
"Esquece isso, Agata. Vive!", repetiu o mantra que a acompanhava desde que começara suas viagens pelo portal.
O carro entrou numa grande avenida. Um luminoso mostrava a imagem de uma linda montanha para divulgar uma marca de chocolates suíços. No momento em que Agata viu a imagem, sentiu saudades de Ben. Lembrou-se da viagem deles e angustiou-se. Era a primeira vez que sentia falta de Ben enquanto estava com Diego.
"O que está acontecendo comigo?"
Chegaram ao cinema. Um grande tapete vermelho estava estendido da calçada até a entrada. Correntes separavam o público de fãs dos convidados que chegavam. Assim que a porta do carro se abriu, uma legião de fotógrafos aproximou-se. Diego desceu primeiro e estendeu a mão para Agata, que saiu orgulhosa. Cruzaram o tapete sorrindo, felizes, e entraram na sala.
Seus lugares estavam marcados com capas personalizadas nas cadeiras. Como foram os últimos a chegar, o famoso diretor do filme, o espanhol Luiz Garcia, que era amigo de Diego, já estava falando no microfone diante da tela do cinema, discorrendo sobre o filme e agradecendo as presenças ilustres. Diego apenas acenou com a cabeça para não atrapalhar o discurso, ao que Luiz logo retribuiu, sem interromper o que dizia. Depois, convidou a desconhecida atriz que participara do longa a se apresentar. A jovem ita-

liana Thelma Francini falou um pouco sobre a personagem. Agata estava empolgada com aquela situação tão diferente de seu mundo e, ao mesmo tempo, aliviada por não precisar ter grandes lapsos de memória. Além disso, seus lugares eram mais para o fundo, ao lado direito, sem ninguém ao redor.

– *Honey...* – disse Diego. – Estamos isolados aqui em cima, hein? – comentou baixinho em seu ouvido, antes da abertura do filme e dos aplausos da plateia.

Mal começou a exibição, Diego começou a acariciar suas pernas, subindo delicadamente em direção à virilha.

– *Mi amor*, uma vez falamos que faríamos isso, lembra? – sussurrou de novo em seu ouvido.

Agata já estava com o coração palpitando.

– Diego, e a imprensa?

– É uma sessão fechada só para convidados... A exibição para imprensa já foi...

Agata ficou aliviada e decidiu que se deixaria levar por aquela situação. Estava ficando enlouquecida com as intenções de Diego que, mesmo em posição de espectador, intensificou a massagem em suas pernas e subiu por baixo da saia para começar a beliscar o clitóris.

"Preciso controlar minha respiração"– pensou Agata, tentando manter uma cara de paisagem e olhando fixamente para tela, mas sem absorver absolutamente nada do que via.

Nesse momento, Diego começou a fazer movimentos circulares sincronizados, o que a fez apertar o braço da poltrona do cinema. Em segundos, chegou ao orgasmo mais silencioso que já havia tido.

– Você foi uma verdadeira atriz de cinema – sussurrou Diego, beijando seus lábios.

Agata, um pouco envergonhada, beijou-o. Não entendeu mais nada da trama do filme e quase adormeceu no ombro de Diego, despertando para a realidade apenas quando ouviu os aplausos ao final do filme.

– Vamos embora direto? Ou quer ficar para o coquetel? – perguntou Diego a Agata, em meio ao barulho.

— Vamos pra casa! – respondeu de imediato, já que não queria passar por apuro nenhum.
— Então vamos por baixo, vem! – disse Diego, pegando nas mãos de Agata.

Aquela sensação. Aquela sensação de segurança que Agata sentia de mãos dadas com Diego. Ele sabia para onde ia, sabia o que queria, sabia o que fazer em qualquer situação. Ele olhava pra frente e ia. Não titubeava com nada e aquela autoconfiança, aquele poder e ao mesmo tempo gentileza de Diego deixavam Agata completamente entregue a ele.

Enquanto ele a levava degraus abaixo, seguindo firme em direção à outra porta do cinema, Agata pensou no quanto era realizada com ele e em como não saberia mais viver sem aquele sentimento.

Diego parou na primeira fileira de cadeiras, onde uma pequena aglomeração estava em volta de Luiz Garcia. As pessoas abriram espaço para ele, que cumprimentou a todos e apertou forte a mão do cineasta.

— Luiz, você arrebentou. Amamos o filme. Parabéns, mas temos que ir, meu amigo.
— Obrigado, meu caro! – retribuiu Luiz, sorridente.

Agata também apertou a mão de Luiz e cumprimentou o restante da roda apenas com um sorriso.

— Agata! Foi um prazer vê-la! – exclamou o diretor. – Até breve!

"Que maravilha não ter que conversar com ninguém", pensou Agata.

— Diego, se ele tivesse me perguntado o que achei do filme, eu ia engasgar.
— Eu sei! – riu Diego. – Eu também! Mas um dia vamos rever com calma, eu prometo.

Rindo muito, os dois saíram pelos fundos com a ajuda de alguns seguranças. Entraram no carro sem ninguém em volta. Quase chegando à mansão, já em uma rua bem tranquila, Agata resolveu surpreender Diego e retribuir os carinhos do cinema. Primeiro, ela colocou a mão sobre seu membro, por fora da calça. Ele a olhou e sorriu de lado, sem tirar os olhos do trajeto. Gentilmente e com cuidado, Agata abriu o zíper da calça e colocou seu pênis, que já estava ereto, para fora. Massageou-o levemente e depois com mais força. Diego, sem querer, reduziu a velocidade, estava tentando manter-se concentrado na direção.

Agata abaixou a cabeça e começou a lamber e beijar o membro de Diego, que já estava enlouquecido de tesão. Primeiro, ela fez com carinho, em seguida, com força e velocidade, colocando-o dentro da sua boca. Diego conseguiu chegar a casa e parou na garagem. Agata ergueu a cabeça e ele desceu do carro, deu a volta, abriu a porta dela e a tirou de dentro do veículo, puxando-a para o capô. Ele a deitou em cima do carro, puxou sua calcinha para o lado e a possuiu. Foi um sexo delicioso, ritmado e aventureiro, assim como era toda a vida de Agata ao lado de seu Leggero.

"Nossa, como eu estava com saudades disso."

Subiram as escadas sorridentes, suados e apaixonados. Diego não parava nunca de admirar e de amar sua esposa. Aquele amor era tão puro e tão verdadeiro, que Agata se perguntava se seria mesmo real. Entraram no quarto e Diego jogou-se na cama. Agata sabia o que fazer. Ela precisava voltar.

Encheu a banheira.

Capítulo 27

Agata abriu os olhos e estava em sua cama, no apartamento. A claridade do dia incomodou seus olhos. Percebeu a casa em silêncio e levantou-se rapidamente para se localizar na realidade. Correu pelo corredor e viu o quarto vazio.

"Os meninos ainda não voltaram do acampamento."

Chegou à sala e viu que mandara o tapete para o tintureiro, conforme vinha planejando há semanas. Também notou que trocara os quadros de lugar, outra coisa que já queria fazer há tempos. Começou a procurar o celular para ver as horas.

"Três horas. Só tenho que buscá-lo daqui a uma hora", pensou aliviada, quando foi surpreendida por barulhos na porta. Alguém estava batendo. Confusa, correu para ver quem era pelo olho mágico.

– Ben?

Abriu a porta e ele estava com uma caixa dourada com um laço vermelho nas mãos.

– Linda! Surpresa!
– Mas... – disse Agata, ainda confusa.

"Será que eu vi a hora errada?"

– Ben... Você não ia chegar só daqui a uma hora?
– Ué, quis fazer uma surpresa... – disse ele. E, entrando no apartamento com a mala, completou, em tom de brincadeira:

— E também quis chegar antes pra ver se você não estava com nenhum jogador de futebol escondido aqui em casa.
Agata ficou pálida.
— O quê? Quer dizer, alô? Quer dizer, como? Por quê? Para. Oi? — disse ela, sem nenhum controle.
— Calma, amor! Estou brincando! Tenho visto você tão dispersa e confusa ultimamente, sempre vidrada na TV toda vez que está passando um jogo de futebol...
— Ah... entendi... — disse, aliviada.
— É, só que depois dessa sua reação, comecei a me preocupar.
— Ah, Ben! Você me assustou, não é? Chegando antes da hora, esmurrando a porta, e ainda me acusando... Sei lá...
— Certo... Vem aqui — falou Ben, pegando Agata pela cintura e puxando-a para o seu corpo.
— Ben, estou um pouco tonta, acho que prefiro me deitar de novo, se você não se importar.
— Claro... Tudo bem. Mas está tudo bem?
— Está sim.
— Ah... Eu já sei — disse Ben. — Você ainda está chateada pelo jeito que falei com você antes de viajar, não é?
Agata, que nem sequer havia pensado naquilo, lembrou-se da chateação que a fez correr para o mundo de Diego, e respondeu.
— Não, Ben... Já passou.
— Me desculpe, eu pedi desculpas, eu não queria ter ido viajar e deixado você brava comigo.
— Ben — disse Agata, sentando-se na cama. — De verdade, eu desculpo. Está tudo bem.
Ele, então, sentou-se ao lado dela e fez um carinho em seu cabelo, colocando-o para trás da orelha.
— Então... Eu posso ficar aqui com você?
— Claro que pode — respondeu Agata, sorrindo.
— E você... não vai abrir meu presente?
Agata deu-se conta de que ainda segurava a caixa dourada.
— Ah! Claro!
Abrindo a caixa, havia uma saída de praia linda.

— Saída de praia? — perguntou Agata, curiosa. — Mas voltamos há pouco tempo do Caribe... Quer dizer, do Havaí.
— Eu sei — disse Ben, ignorando o deslize de Agata. — Mas é para lembrá-la de irmos de novo!
Agata sorriu, contente, ainda se sentindo confusa. Deitou-se e dormiu mais um pouco, até a hora de buscar os filhos na escola, quando eles chegariam do acampamento. Ben deitou-se ao lado dela e a abraçou.
— Amor — murmurou Ben.
— Oi...
— Tive uma ideia!
— O quê? — perguntou Agata, sem se mexer na cama.
— Eu trouxe vários temperos da viagem!
— É mesmo?
— Sim! Então, que tal fazermos minha especialidade: hambúrguer na brasa? Assim, experimentamos os temperos e os meninos vão adorar o cardápio! Aí, tomamos uma cervejinha em casa, tranquilos, vemos algum filminho no sofá, e então... Quando eles dormirem... Você sabe... — sugeriu, com olhar malicioso.
— Hummmm. Podemos — concordou Agata. — Vou ao banheiro, escovar os dentes e me trocar.
— Eu já vou preparando tudo para quando voltarmos.
Agata entrou no banheiro, olhou a banheira e imediatamente pensou em Diego. Como foram bons aqueles momentos com ele. A praia, o cinema, o retorno...
"Ah, Diego, esse cinema foi tão pouco, só me deixou com mais saudade"— pensou Agata, antes de jogar água no rosto.
Ben desfez a mala, separou as coisas na cozinha e, quando ela saiu do quarto, ambos foram para o carro. Sem trânsito nenhum, já que era fim de semana, a ida até a escola foi tranquila. Estacionaram o carro na rua paralela ao colégio e, alguns minutos depois, puderam ver o ônibus azul e branco usado para viagens escolares apontar na esquina. Todos os pais e mães saíram de seus carros e foram esperar o desembarque das crianças.
A chegada foi repleta de alegria, saudades e entusiasmo. Depois que Nicolas e Oliver pularam em cima dos pais, foram para o carro

e não paravam de falar. Queriam contar tudo ao mesmo tempo, em uma competição para ver quem falava primeiro tudo que havia acontecido no acampamento.

— Crianças! Calma! — disse Ben. — Vai dar tempo de nos contarem tudo! Temos muito tempo ainda e vamos fazer hambúrgueres!

— Uau! Oba! — gritaram juntos. — Vamos comer hambúrguer!

Chegaram a casa e Nicolas e Oliver ainda estavam no "modo" agitação. Brigaram no elevador para ver quem apertaria o andar, apostaram corrida para ver quem chegaria primeiro até o quarto, depois competiram para ver quem tomava banho primeiro.

— Oliver e Nicolas, parem agora e sentem já — disse Ben, entrando no quarto e interrompendo o empurra-empurra.

As crianças acalmaram-se com o grito do pai, mas pouco depois que ele saiu, começaram de novo. Agata teria que assumir logo a maratona do banho, para que nada saísse errado.

— Vamos, meninos, colaborem — disse ela, entrando no quarto. — Tirem a roupa, coloquem no cesto, vamos.

— Mas mãe! — gritou Oliver. — Nicolas disse que ele vai tomar primeiro!

— Vocês podem tomar ao mesmo tempo com a minha ajuda, mas precisam ir logo. Quanto mais rápido tomarem banho, mais tempo terão para nos contar tudo do acampamento no jantar.

— Eba! — gritaram eles e saíram correndo até o banheiro, atropelando Agata.

Depois de tirarem as roupas e as colocarem no cesto, Nicolas e Oliver entraram no chuveiro e o banho pareceu acalmá-los. Agata os enxugou e colocou pijamas limpinhos. Os três chegaram à sala. Ben havia colocado a mesa e estava tirando os últimos hambúrgueres.

"Ah, que delícia", pensou Agata.

— Que gostoso, Ben! — exclamou.

Todos sentaram-se, agora sim como uma família tranquila, e os meninos contaram as aventuras, o que haviam comido, os rituais do acampamento e Oliver, para provocar Nicolas, contava as histórias de terror. Mesmo com os lanches no prato, eles tinham tanto para contar que não paravam de falar.

— Oliver, fecha a boca para comer, ok? — disse Ben. — Nicolas, segura esse lanche direito! Parece um homem das cavernas! — advertiu. — Oliver, use o guardanapo, olha seu queixo todo sujo! Nossa, parece que vocês não têm educação.

"Vai começar", pensou Agata.

— Meninos — disse Ben, respirando fundo e acalmando-se. — Falamos para o bem de vocês. Vocês têm que ter modos, pois, caso contrário, o mundo aí fora vai ser malvado.

— Oliver, Nicolas — completou Agata, estendendo a mão pelo meio da mesa. — O papai está certo. Educação à mesa é algo bastante básico e comum, vamos nos esforçar mais — disse Agata, concordando e sorrindo para Ben, ao que ele sorriu de volta.

"Está tudo bem", concluiu aliviada.

O final do jantar foi tranquilo. De barriga cheia, as crianças ficaram com sono, mal aguentaram a sobremesa. Ben foi guardando tudo enquanto Agata os levava para escovarem os dentes e depois dormirem. Ao ver os dois deitados, ela encheu-se de paz.

— Boa noite, meus amores. Eu adorei as histórias de vocês.

— Boa noite, mãe. Te amo — respondeu Oliver.

— Eu também te amo — disse Nicolas.

Agata apagou a luz.

"Está tudo bem", repetiu novamente para si mesma.

Uma semana passou e a rotina tinha voltado ao normal. Os meninos na escola, cheios de tarefas, Ben com o trabalho a mil por hora e Agata sempre cuidando para que tudo caminhasse bem. O tapete já havia voltado do tintureiro, as cortinas já tinham sido retiradas para lavar, e assim, a vida seguia. Agata evitava a banheira, evitava pensar em Diego, mas era mais forte do que ela. O tempo todo se perguntava o que estaria acontecendo do outro lado. A única certeza que ela tinha era que tudo devia estar perfeito, que ela e Diego estavam amando-se e curtindo-se o tempo todo.

Numa quinta-feira à noite, após jantarem, Ben aproximou-se de Agata, que estava encostada na pia, parada, olhando para o nada.

— Agata.

Não teve resposta.

– Oi. Alouuuuuu!

Agata ouviu e assustou-se, mas não demonstrou espanto. Apenas retomou o que estava fazendo com as louças e respondeu, de costas mesmo.

– Oi, amor? O que foi?

– O que acha do programa que falei para o final de semana? – perguntou.

– Qual programa?

Ben foi pra sala e sentou-se.

– De irmos sábado com as crianças ao zoológico!

– Ai, Ben, verdade, mil desculpas. Vamos sim! – respondeu Agata, surgindo na sala.

– Agata, não sei onde você anda... – falou Ben, um pouco desanimado, olhando para a TV. – Mas se precisar de mim estou aqui, ok?

Agata sentiu a chateação na voz de Ben. Sabia que ele estava percebendo suas ausências, seus lapsos de memória, suas distrações. Mas não queria estragar tudo, muito menos tocar no assunto. Estava tudo bem, eles estavam indo bem, afinal.

– Vou colocar as crianças para dormir e já volto. – disse ela, entrando no quarto.

– Ok.

Cerca de 40 minutos depois, Agata voltou para a sala e viu que Ben havia adormecido no sofá. Ao aproximar-se mais, viu o celular aceso ao lado dele.

"Ai... Não vou resistir", pensou.

Pegou o aparelho de Ben para dar uma espionada. As senhas de seus celulares nunca foram segredo entre eles. Ela nunca havia feito uma coisa assim. Abriu nas conversas e viu um papo de Ben com Deby, onde ele desabafava.

Cada vez mais distante, Deb.
Distante como?
Distante, alheia, ausente. Não se lembra do que eu digo. Fora essas coisas que eu já te contei.
Pode ser uma fase, Ben. Agata está cansada.

Pode ser, Deb... Mas, seja como for, estou perdendo minha esposa.

Agata fechou tudo rapidamente e colocou o celular de volta no sofá. Estava chocada, triste e confusa.
– Não, Ben... – sussurrou. – Eu te amo.
E, fazendo um carinho no rosto do marido, pensou:
"Mas agora... tudo está diferente. Por sua causa, eu amo Diego também. Ai, Ben, estou tão confusa."
Agata respirou fundo e foi preparar-se para dormir. Já de pijama e pronta pra cama, voltou à sala e acordou o marido para que ele fosse deitar-se direito.

Capítulo 28

A manhã de sexta-feira começou tensa. Agata abriu os olhos e estranhou a calmaria. Olhou seu celular e estava todo mundo atrasado. Pulou da cama, assustando Ben.

— Amor! Perdemos a hora!

Ben levantou confuso e pegou seu celular. Tirou-o da tomada e não havia carga. A tomada tinha ficado mal encaixada a noite toda.

— Mas que inferno! – foi a primeira coisa que disse ao abrir a boca.

— O que foi? – perguntou Agata, saindo do quarto a caminho de acordar os meninos.

— Eu deixei a porcaria do celular mal encaixado! Fiquei sem bateria!

— Então por isso não tocou o alarme! – observou Agata do corredor.

— Jura? Gênio!

Agata não ouviu a provocação e apressou Nicolas e Oliver. Enquanto os meninos levantavam-se e começavam a colocar o uniforme, ela foi para a cozinha agilizar o café. Ben entrara no banho.

"Será que Diego alguma vez na vida acordou mal-humorado?"

E, mais uma vez perdida em seus pensamentos, Agata desligou-se do seu mundo e deixou o leite ferver para fora da panela.

— Ai, droga!

Em seguida, notou um cheiro de queimado e viu que as torradas já estavam totalmente pretas.
– Mas o quê?!
Ben surgiu na sala, pronto, ainda um pouco bagunçado, mas precisando sair.
– Tem um café aí? – disse em pé na porta.
– Ainda não, Ben, a água acabou de ferver.
– Ah, que droga, deixa pra lá, tenho que ir, tchau! – e bateu a porta atrás dele.
"Nossa. Já vi que o dia promete hoje."
Agata manteve-se firme nas suas funções e responsabilidades do dia. Deixou as crianças na escola e, como fazia quinzenalmente às sextas-feiras, foi tomar café com suas amigas, Mary e Sofia, que tinham os filhos na mesma classe que Oliver. Elas encontravam-se no café ao lado da escola e fofocavam sobre os mais variados assuntos – desde o professor chato até o caso da menina que havia sido expulsa da escola por bater em todo mundo. Mas também falavam sobre suas vidas e seus relacionamentos.
Mary era casada, mas tinha um relacionamento aberto, o que permitia que ela acompanhasse Sofia, que era recém-divorciada, nas melhores baladas do planeta. As duas eram as grandes amigas de Agata, depois de Beth. Ela adorava esses encontros no café.
– Oi, meninas! Que bom que deu para virem este horário! – exclamou Agata, sentando-se à mesa com Mary e Sofia. – Quando vocês marcam *happy hour* fica difícil pra mim.
– Está na hora de você se impor em casa e fazer mais programas à noite, não acha? Ben é muito egoísta! – disse Mary, que sempre pressionava Agata nesse sentido.
– Ben fica irritado, depois fica difícil lidar. Mesmo chegando cedo – explicou Agata. – Além do mais, é fácil para você falar, você tem um relacionamento aberto e isso é outra história.
– Relacionamento aberto, Agata, é o relacionamento do futuro! O que falta na vida a dois é um pouco de individualidade.
– Lá vem você com esse papo... E o amor? E a fidelidade?
– Ué, você pode ter tudo isso em um relacionamento aberto,

mas vai ter porque os dois querem, e não por convenção, muito menos por contrato!

— Aff, por isso que eu me separei – comentou Sofia. – Essa coisa de você não pode isso, eu posso aquilo, faça isso senão eu faço aquilo, na maior hipocrisia, eu não aguentei.

— Eu admiro a coragem das duas – disse Agata, sorridente. – Admiro mesmo. Mas eu amo Ben, e acredito que ele está voltando a ser o Ben de antes. As coisas continuam maravilhosas, como falei da última vez em que estivemos juntas.

— Uau! Ele está firme e forte então? – perguntou Mary.

— Sim, está bem empenhado! – disse Agata. – Apesar de que hoje saiu esbravejando, mas nada comparado ao que ele fazia antes.

— Nossa, Agata! – disse Sofia. – Quem te admira aqui sou eu. Aguentar isso por tanto tempo e ainda acreditar que as coisas vão melhorar.

— Eu acredito sim, Sofia, do fundo do meu coração.

Agata nunca havia falado com ninguém sobre o portal, nem sobre sua outra vida com Diego. Não tinha coragem, pois obviamente iriam pensar que ela estava louca. Agata sabia que jamais seria compreendida, a não ser que pudesse mostrar e provar a existência do portal. Mas o medo era tanto que ela guardava aquele segredo somente para ela, e assim seria por um bom tempo. Enquanto Agata ouvia Mary falar sobre o último cara que havia conhecido em um bar, ela pensou em como elas reagiriam se soubessem, ou melhor, se acreditassem nela.

"Não... Não posso dizer nada..."

De repente, seu celular tocou.

— Alô?

— Agata? Tudo bem? Aqui é a Andrea, coordenadora da escola, tudo bem?

— Oi, Andrea, tudo bem com os meninos?

— Sim, está tudo bem. Quer dizer, preciso que venha até aqui. Temos um problema de comportamento de Oliver.

— Oliver? O que ele aprontou?

— Se puder vir aqui, conversamos melhor. Até porque, por hoje, ele está suspenso.

— Suspenso?! Já estou indo – disse Agata. E virando-se para as amigas: – Gente, o Oliver se meteu em confusão, está suspenso por hoje e tenho que ir. Depois eu acerto com vocês o meu café.

Agata saiu correndo para a escola. Oliver tinha brigado com os colegas por causa de uma bola. Um deles havia se machucado. Agata ouviu um sermão da coordenadora e levou Oliver para casa. No caminho, tentou conversar com o filho e explicar que brigar é errado. Mas ainda tinha que avisar Ben o que tinha acontecido.

– Alô, Ben? – disse ao telefone.

– Fala logo, Agata.

– Ben, tive que buscar Oliver mais cedo no colégio! Ele se meteu em confusão com colegas.

– Agata, esse é o menor dos meus problemas, acabei de perder uma reunião importante, ok? – respondeu Ben rispidamente.

– Ok. Me desculpe, só queria te pedir para pegar o Nicolas.

– Pegar o Nicolas? – questionou nervoso. – Mas você, hein...

– Eu o que, Ben?

– Precisa me trazer mais problemas sempre?

– Ben, eu não controlo tudo que os nossos filhos aprontam na escola, ok? A culpa não é minha!

– Tá, tá bom. Tenho que desligar, pode deixar que pego ele. Tchau – disse Ben, desligando o telefone.

"Socorro! O ogro voltou."

Agata chegou a casa, deu almoço para Oliver e, depois, um belo sermão. Em seguida, colocou-o de castigo para refletir. Depois, levou-o junto com ela para o supermercado. Havia planejado ir sozinha, o que seria bem mais rápido, mas não tinha com quem deixar o filho naquele dia. Tudo acabou sendo mais demorado. Mas deu tempo de chegar para arrumar tudo, dar uma limpada na casa, jogar as roupas na máquina e ainda preparar o jantar.

Na correria, Agata preparou um jantar bastante básico: arroz, feijão, bife grelhado, batata frita e legumes gratinados. Já estava colocando a última travessa na mesa quando Ben chegou, batendo a porta.

– Merda de trânsito! – vociferou.

– Oi, Ben – disse Agata, desgostosa.

– Se eu não tivesse que desviar meu caminho para pegar o Nicolas na escola, já estaria em casa faz tempo.

– Oi, Ben – repetiu.
– Desculpa, Agata, vou tomar um banho.
– Ok, mas não demora, já está na mesa.
"Não posso deixar Ben entrar nesse clima de novo."
Agata ficou com tanto medo de sua vida voltar ao inferno de antes que resolveu guardar de volta as travessas no forno e ir atrás de Ben. Era uma oportunidade perfeita para transar com ele, daquele jeito agitado e rápido, ainda mais com as crianças acordadas.
Agata entrou no banheiro e Ben já estava saindo, só de toalha.
– Humm. Alguém está tão cheiroso... – disse Agata, passando os braços em volta do pescoço de Ben.
– Para com isso Agata, as crianças estão acordadas – respondeu ele, friamente.
– Ah, Ben, trancamos a porta! – disse Agata, insistindo e o beijando.
– Agata, não estou a fim, ok? – disse, desvencilhando-se dela.
– Fora que nossas transas estão bastante enjoativas e tão rápidas que mal começamos e já gozamos.
Agata ficou sem palavras. Muda como uma estátua, com vontade de gritar, de chorar, de mandar ele à merda.
"Imbecil! Somos casados, com dois filhos! Transamos bastante! Na boa, ele deveria estar comemorando! Às vezes são curtas, mas são intensas, pelo menos eu pensava que eram... Será que ele perdeu o tesão por mim?"
Agata tinha muita coisa para processar sobre aquela fala de Ben. Mas preferiu respirar fundo e engolir mais uma.
– Vamos jantar – disse, virando as costas e indo para a sala.
Ben foi atrás dela, já vestido.
– E o que temos para o jantar?
– Bife, legumes, arroz...
– Eu não estou com vontade dessa comida hoje – interrompeu ele.
– O quê?
– Espero que entenda, ok?
– Entender o quê? Que você não é uma criança e pode muito bem comer o que tiver para comer sem drama?

— Sem ofensas, mas se você se ofender, a essa altura do campeonato, tanto faz.

"Tanto faz?"

— Não vai comer minha comida! Nossa transa é enjoativa! Você está de parabéns, Ben! – exclamou Agata com a voz alta, de pé ao lado da mesa.

— Eu não vou aguentar seu estresse hoje. Vou comer fora – afirmou Ben com arrogância.

— O meu estresse? Meu? Eu que acordei esbravejando, eu que desliguei o telefone na sua cara? Se enxerga, Ben! Pelo amor de Deus!

— Agata, Agata, é desse estresse que eu to falando. Eu só não quero comer esse bife, tá certo? Eu vou sair, vou espairecer, vou comer alguma coisa. Você cuida dos meninos, faz eles dormirem, depois eu volto.

— Ah, mas não volta mesmo!

— Como é que é, Agata?

— É isso que você ouviu, Ben. Saia para comer fora, mas não volta mais! – gritou, morrendo de raiva.

Ben pegou sua carteira e saiu, sem dizer mais uma palavra.

"Eu não acredito."

Agata não conseguia organizar as ideias. Estava tudo uma grande confusão em sua mente e em seu coração. Seria só aquele dia? Seria apenas um dia ruim na vida de Ben? Será que ele voltaria arrependido e doce, assim como voltara da viagem? Assim como voltara do Havaí? Ou ela teria picos de felicidade e quedas terríveis de dor e decepção?

Duas horas se passaram e nada do Ben.

— Alô, mãe? – disse Agata, assim que Karen atendeu sua ligação. – Eu preciso de você... Pode vir aqui?

— Sim, filha, claro que vou. Está tudo bem?

— Sim, quer dizer, não sei... Mais uma crise do Ben... Mas é que eu não estou legal.

— Ok, filha, vou me trocar e já estou indo.

Durante a meia hora que a mãe de Agata demorou para chegar, ela tentou ligar para Ben, sem sucesso. Também conseguiu terminar a lição de casa com Oliver. Assim que a campainha tocou, os meninos correram para abrir a porta e pularam no pescoço de Karen.

— Vovó, vovó!

— Oi, meus amores! Vovó veio só para fazê-los dormir! Acreditam nisso?!

— Nossa, vovó, que legal! — comemoraram os dois. — Você vai contar história para a gente?

— Sim!

Karen deu um beijo em Agata e foi direto colocar os meninos para dormir. Mais meia hora e as duas sentaram-se para conversar na sala, já com Nicolas e Oliver dormindo profundamente em suas camas.

— Mãe, estou tão triste. Decepcionada, na verdade. Eu pensei que as coisas tinham mudado, ou melhor, voltado a ser como antes.

— Olha, filha, eu nunca gostei do jeito que Ben vinha te tratando nos últimos anos. Me cortava o coração ver a forma como ele falava com você. Eu e seu pai nunca ficamos confortáveis com isso, mas... não podíamos nos intrometer tanto.

— Então por que está me falando isso só agora?

— Porque agora você me chamou. Você está querendo me ouvir, ou estou enganada?

— Você está certa, mãe... Mas ele estava mudado. Ele estava se esforçando...

— Sim, minha filha, mas não é do nada que uma pessoa muda um comportamento que já vem de anos. Não ia ser da noite para o dia.

— Mas foi da noite para o dia, mãe. Ai é que está. No Havaí decidimos fazer tudo diferente, e ele estava realmente fazendo tudo diferente!

— Mas essas mudanças forçadas, no começo, não são automáticas. Ele precisa pensar muito para agir diferente. Hoje, ele teve um dia estressante e se descontrolou. Esse é o Ben no automático.

Agata abaixou a cabeça e chorou.

"A culpa é minha."

— A culpa é minha, mãe.

— Jamais se culpe por tudo, filha. Nunca é por causa de um lado só. Não carregue esse peso sozinha. Mas olha, Ben vai voltar e aposto que vai pedir desculpas e retomar o caminho que vinham trilhando.
— Você acha?
— Eu tenho certeza.
— Obrigada, mãe.

Agata e Karen abraçaram-se e levantaram-se para dormir. No quarto, Agata pegou de novo o celular e tentou ligar para Ben mais três vezes, mas ele não atendia. Mandou mais mensagens.

Ben, por favor, me atende! Agora estou preocupada. Não faz isso, me atende.

A mensagem não era sequer lida. Agata jogou o celular na cama e foi para o banheiro.

"Ah, *mi amor*. Que saudade. Você me dá valor, você gosta de estar comigo e me acha linda. Nunca, nunca, Diego, você criticaria nosso sexo."

Agata tomou apenas um banho de chuveiro e foi para a cama. O tempo passou, passou, e nada do Ben. Uma e meia da madrugada e nada. Agata pegou o celular e começou a ligar novamente e mandar mensagens de cinco em cinco minutos.

Onde você está, Ben?
Sem resposta.
Ben, estou preocupada. Ligue pra mim.
Depois de 20 minutos:
Ben, por favor.

"Babaca!", disse para si mesma. "Ben não quer saber de mim. Fala, fala, fala, tudo da boca pra fora! Aqui estou de novo, esperando esse babaca voltar de madrugada!"

Agata correu para o banheiro e olhou-se no espelho. Aqueles velhos olhos inchados de chorar. Aquelas rugas de preocupação que ela não tinha há um bom tempo.

— Quer saber, Ben? Eu vou ficar com quem gosta de ficar comigo!
Agata encheu a banheira.

Capítulo 29

Agata acordou em seu banheiro da casa de Diego. Saiu da água rapidamente, enxugou-se, colocou um roupão e foi para o closet se vestir. Assim que entrou, ficou frente ao vestido mais maravilhoso que vira em toda sua vida. Era simplesmente divino. Longo, preto, corte sereia, inteirinho rendado. Na bancada do closet, um conjunto de colar e brincos junto com uma carta de uma poderosa marca de joias.

Querida sra. Leggero, será um prazer iluminarmos o seu visual esta noite. Nós só aumentamos o brilho de quem já brilha, como você.

Embaixo do vestido, um par de sapatos incríveis.
– Eu tenho algum compromisso muito importante hoje, com certeza – disse em voz alta.
De repente, Marie começou a bater na porta.
– Senhora Agata?
– Marie!
Agata correu até a porta e a abriu.
– O maquiador e o cabeleireiro chegaram. Posso mandar subir?
– Maquiador? Ah... Sim! Sim! Mande subir, não é? Afinal, eu não quero me atrasar para o...

Agata ficou olhando para Marie, esperando que ela completasse a sentença.

— Para a premiação — disse Marie, como sempre, prestativa.

— Sim! A premiação! Do Diego, não é?

— Esperamos que sim, não é? Ainda não sabemos se ele ganha, mas vamos torcer! — respondeu Marie.

Agata desistiu de tentar mais. Uma hora ela iria saber. Mas com certeza era algo muito, muito importante. Os profissionais chegaram ao seu quarto e montaram um verdadeiro salão móvel.

— Ah, que bom, Agata — disse o cabeleireiro. — Já está de cabelo molhado! Ótimo!

Agata curtiu aquele momento como nunca. Se ir ao salão já era uma delícia em qualquer um de seus mundos, ser toda cuidada em casa, no conforto de seu quarto, era ainda melhor. Ela também estava aliviada, pois para fazer a maquiagem tinha que ficar calada e, portanto, não daria nenhum fora. Mas ainda não sabia de que se tratava aquela noite.

— Pronto! — exclamou o cabeleireiro. — Está divino!

Agata sorriu e levantou-se para se olhar no espelho. Estava mesmo divina. O cabelo era preso, mas todo para um lado só da cabeça, e levemente ondulado. A maquiagem simplesmente impecável, digna de sessão de fotos para revistas de moda.

— Agora é só colocar o vestido e as joias! — disse para si mesma no espelho.

— Nossa, você está linda! — disse o maquiador. — Se Leggero ganhar a Bola de Ouro, você fará jus às capas de revista!

"Bola de Ouro!"

— Obrigada, obrigada! — agradeceu Agata efusivamente.

Ambos despediram-se e foram embora. Agata chamou Marie para ajudá-la a se vestir. Assim que ficou pronta, mal podia acreditar no que via diante do espelho.

— Agata... Uau... — falou para si mesma.

— A senhora precisa ir — disse Marie.

— Ah, sim! Claro... Mas, e o Diego?

— Ele está pronto há horas... Está ansioso.

— Mas onde ele está ansioso? Quer dizer, onde ele está?

— No deck — respondeu Marie.
Agata correu até o deck. Ao abrir a porta, viu Diego sentado a uma das mesas, de costas para ela e de frente para o mar. Ele estava de smoking e — se é que isso era possível aos olhos de Agata — ainda mais lindo.
— Diego? — disse Agata, aproximando-se.
Diego virou-se e teve uma visão. Levantou-se e olhou Agata de cima abaixo, admirando-a e abrindo um enorme sorriso. Ele a admirava profundamente, como uma obra de arte.
— *Honey*, você... você está belíssima.
Diego a segurou pela cintura delicadamente e a beijou com carinho, mas levemente, pois ela estava com batom forte.
— Eu sou o homem mais sortudo deste mundo. Nem preciso mais da Bola de Ouro. Eu já tenho você — disse, olhando no fundo dos olhos dela.
Agata derreteu-se. Quase perdeu a voz.
— Diego... Eu te amo.
Abraçaram-se e Diego a levou de mãos dadas até o carro. Ele optou por ir dirigindo. A premiação seria ali mesmo, na cidade onde moravam. Em apenas 25 minutos chegaram ao local, onde legiões de fotógrafos e jornalistas do mundo inteiro aglomeravam-se na entrada. Diego parou o carro e, prontamente, os seguranças do evento vieram acompanhá-los pelo corredor das entrevistas.
— Diego! Diego! — gritavam os jornalistas.
— *Honey* — disse para Agata. — Hoje eu tenho que dar entrevistas.
— Claro!
Um segurança acompanhou Agata até a porta de entrada, onde, do lado de dentro, ela esperou Diego responder algumas perguntas.
— Diego, como é para você estar pela primeira vez competindo pelo prêmio de melhor jogador do mundo? — perguntou um repórter.
— Eu nunca imaginei que estaria aqui depois de tanto tempo. É uma enorme honra estar ao lado desses gigantes.
Depois de várias perguntas e respostas parecidas, Diego foi liberado e voltou para resgatar Agata. Juntos, entraram no grande centro de convenções e sentaram-se em seus lugares marcados.

— Você está nervoso? – perguntou Agata no ouvido de Diego.

— Estou, *mi amor*. Muito nervoso. Sonhei muito com este dia, desde menino. Joguei por anos, sempre dando meu melhor, mas esse tipo de reconhecimento... Depois de tantos anos, é muito emocionante mesmo...

— Amor, vai dar tudo certo. Eu já estou muito orgulhosa de você – disse Agata, apertando forte a mão de seu marido.

A cerimônia começou. Agata e Diego, entrosados, acompanhavam tudo com muita animação. Até que, duas horas depois, chegou o tão esperado momento de anunciarem no palco o melhor jogador do ano.

— Diego Leggero! – exclamou a apresentadora.

A primeira reação de Diego foi virar para o lado e beijar Agata com toda empolgação. Ela o abraçou forte e transbordou de emoção e orgulho. Ele foi receber o prêmio e fazer seu discurso.

— Quando a gente joga por anos no futebol profissional e vê os anos passarem, os jovens talentos e revelações surgirem, acha que não vai subir mais neste palco. Mas eu estou aqui, porque me dedico, porque me dou por inteiro no gramado. Obrigado ao meu técnico, a todo o time, e à minha esposa, mulher da minha vida, Agata.

Agata chorou de emoção enquanto todos aplaudiam o monstro da zaga de um dos melhores times do mundo. Diego foi para os bastidores, dar mais entrevistas e posar para fotos. Depois de alguns minutos, voltou para o seu lugar ao lado de Agata. Ele estava muito emocionado.

— *Honey*, você vai querer ir para a *after party*?

— Eu adoraria! E você?

— Eu topo a festa também!

Alguns atletas foram para uma festa na casa de um famoso goleiro. Agata notou que ela e Diego conheciam a maioria dos convidados. Muitos ela já tinha visto nos encontros e nas festas que haviam acontecido até ali, desde que ela descobrira o portal. Assim, não foi tão penoso conversar e interagir.

Diego era o centro das atenções e Agata não ligava para isso. Estava orgulhosa, feliz por ele, em êxtase. Olhava-o rodeado de gente e pensava o quanto ele era especial e o quanto merecia aquele prêmio, não só pelo talento, mas pelo coração enorme que tinha.

Quando passou o *frisson* dos primeiros momentos da festa e todos já tinham tirado a sua lasquinha de Diego Leggero, ele e Agata puderam curtir a pista de dança. Diego tinha um ótimo ritmo e dançava muito bem. Os dois dançaram até não haver mais quase ninguém na festa.

– Vamos, *Honey*?
– Vamos!

Foram embora exaustos, porém muito felizes. Era o auge da conquista de Diego. Ele era o melhor do mundo e ela era sua esposa, sua inspiração, sua musa. Quando chegaram a casa, de tão esgotados, pegaram no sono sem sequer tomar banho. O cansaço de se jogar na cama e dormir de imediato tomou conta dos dois.

Agata acordou de repente, com o Sol apontando no mar. As cortinas haviam ficado abertas e a claridade era forte. Olhou para Diego, dormindo, com smoking semiaberto, deu um beijo em sua boca e foi para a banheira. Precisava resolver de uma vez por todas sua vida com Ben. Precisava tomar um rumo. E precisava de um banho também.

Capítulo 30

Agata abriu os olhos e eles arderam com a luz neon acesa que vinha do teto. Fechou-os novamente.

"Essa luz não é da minha casa", pensou.

Abriu os olhos de novo, ergueu a cabeça e seu pescoço doeu fortemente, como um mau jeito horrível. Agata levou as mãos à nuca e percebeu que dormira sentada em uma cadeira. Olhou para o lado e viu um corredor todo branco, com a luz forte neon insistindo em turvar sua visão. Viu sua bolsa depositada na cadeira ao lado da sua.

"Dormi sentada... Onde estou?"

Agata estava confusa. Não via ninguém. Quando a visão habituou-se à intensa claridade, identificou placas espalhadas pelas paredes brancas. Olhou para frente e, bem diante dela, havia uma grande porta basculante. Acima da porta, estava escrito "Centro Cirúrgico".

"Estou em um hospital?"

Agata levantou-se abruptamente e sua cabeça, suas costas e todo o seu corpo doeram. Ela devia estar lá há horas. Olhou ao redor e reconheceu o hospital. O mais próximo de sua casa, onde costumava levar os meninos nas febres e outras crises.

– Nicolas! Oliver! – Agata exclamou, trêmula. Aquilo não era um pronto-socorro. Era a entrada de um centro cirúrgico. Agata estava zonza.

"Meu Deus, o que aconteceu? O que aconteceu?", perguntou a si mesma, em desespero.

Uma enfermeira surgiu no final do corredor. Agata a viu e saiu correndo até ela. Pareceu uma eternidade, como se suas pernas não obedecessem ao seu comando. Colocou as duas mãos nos ombros da mulher, com desespero.

– Meus filhos... o que aconteceu? Me ajuda, me explica...

A enfermeira não foi nada paciente.

– Calma, senhora. Aqui neste andar a senhora não pode se exaltar, senão terá que descer.

– O quê? Descer? Não... Eu só preciso saber, o que aconteceu?

A enfermeira não tinha como responder, e também não poderia imaginar que a única pessoa autorizada a esperar um paciente no centro cirúrgico não fizesse a menor ideia do que estava acontecendo.

– Senhora, acalme-se se quiser continuar aqui, está bem? – disse, tirando as mãos de Agata de cima dela e seguindo seu caminho.

Agata ficou sozinha novamente, sua respiração já estava ofegante e era o único barulho que ela conseguia ouvir naquele corredor imenso e silencioso. Seus olhos estavam arregalados e ela correu até uma janela. Viu o céu ainda escuro, mas com sinais do Sol prestes a nascer.

"Madrugada."

Agata olhou para as cadeiras onde acordara e correu para pegar sua bolsa.

– Meu celular! É isso, meu celular!

Agata tentou abrir a bolsa para pegar o celular, mas as suas mãos tremiam tanto que ela não conseguiu. Sacudiu a bolsa com tanta violência que os seus objetos caíram de dentro dela. Agata abaixava-se para recolher os objetos no chão e alcançar seu celular quando a porta abriu.

– Sra. Stone – disse um médico, ainda paramentado com roupas de cirurgia.

Agata levantou-se diante dele. Olhos arregalados. Respiração ofegante. Expectativa insana do que ele ia dizer.

— Eu sinto muito. Fizemos tudo que podíamos.
— O que... o quê? O que você... o quê?
— Ele não resistiu.
— Ele... — Agata apoiou as mãos no médico. — Ele não resistiu... Ele quem? Como?

Agata sabia que alguém tinha morrido. Ela não conseguia concatenar os pensamentos, não tinha raciocínio claro. Não sabia sequer de quem o médico estava falando. Pensava em Nicolas e Oliver. Começou a bater na cabeça com força.

— Lembra, Agata, lembra, lembra! Pelo amor de Deus!
— Acalme-se, por favor — disse o médico, segurando as mãos de Agata.
— Agata!

Era a voz de Deby. Agata olhou para o corredor e a viu. Ela veio correndo em sua direção.

— Agata! O que houve? Eu vim assim que vi sua mensagem.
— Minha mensagem? Eu mandei mensagem?
— Sim! Mandou! Eu vim correndo, pelo amor de Deus, diz que está tudo bem.

Agata, sem nenhuma reação, apenas olhou para o médico, que disse:

— Sinto muito, fizemos de tudo para salvá-lo, mas não conseguimos, sra...
— Debora.
— E a senhora é?
— Irmã dele.

"Ben."

— Ben? — Agata gritou. — Ben morreu? É o Ben aí dentro? Deixa eu falar com ele!

O médico segurou Agata enquanto Deby, ainda em choque, também tentava ajudar como podia. Dois enfermeiros saíram do centro cirúrgico para ajudar.

— Deixa eu falar com ele!
— Agata! Agata! — gritou Deby. — Ele se foi, Agata!
— Como? Como isso aconteceu? Como?

Agata estava completamente descontrolada. Ela não sabia nada, não estava entendendo nada! Não tinha compreensão nenhuma do que estava acontecendo. Apenas sabia que Ben estava morto.

— Ben! Ben! Me perdoa, Ben! Por favor...

— Agata, a culpa não é sua! – disse Deby.

De repente, Agata parou de chorar e arregalou os olhos de novo.

— Oliver! Nicolas! Onde eles estão?

— Estão com sua mãe, na sua casa. Você me disse que eles estavam lá.

— Eu disse? Eu te disse isso?

— Sim, Agata, na sua mensagem.

— Ela está em estado de choque – concluiu o médico. – Podemos sedá-la.

— Acho que... pode ser uma boa ideia... – concordou Deby, também muito confusa.

***

Agata abriu os olhos e continuava tudo escuro. Aos poucos, foi habituando a vista à pouca luz do ambiente.

"Estou no meu quarto", concluiu, sentindo a sua cama, notando a posição da janela e reconhecendo as sombras dos seus móveis na escuridão.

"Foi tudo um sonho!", pensou, aliviada.

— Ben! Ben!

Agata tentou levantar-se da cama para ir atrás dele.

"Será que ele ainda não voltou?"

Ao levantar-se, sentiu uma fortíssima tontura e sentou-se com a cabeça girando.

— Ben! – gritou, sem conseguir se mexer muito.

Agata esticou a mão na direção do criado-mudo e sentiu um copo d'água. Tomou tudo de uma vez, para matar a gigantesca sede que estava sentindo.

— Ben! – gritou mais alto.

A porta do seu quarto se abriu. Ansiosa para ver seu marido, Agata tentou levantar de novo, mas a tontura não deixou.

Sem conseguir reconhecer quem entrava, ela apenas esperou o toque e o beijo de Ben, aliviada por tudo não ter passado de um pesadelo.
– Querida... – disse a voz suave e triste de Karen.
– Mãe?
Karen acendeu a luz do abajur. Seu rosto estava cansado, abatido, inchado. Vestia um roupão amarrotado. Assim que olhou nos olhos de sua mãe, Agata sentiu as lágrimas invadirem os seus.
– Ben? – perguntou, sem conseguir falar direito, apenas esperando uma resposta, qualquer que fosse, de que tudo aquilo não passara de um susto. Mas Karen apenas fez o sinal de "não" com a cabeça e abriu os braços para acolher sua filha.
Agata afundou a cabeça no peito de sua mãe e chorou copiosamente. Então era tudo verdade. Ben havia morrido e ela não fazia a menor ideia de como ou quando tudo tinha acontecido. Ainda entre soluços, Agata pensou nos meninos, afastou o rosto repentinamente e conseguiu perguntar:
– Onde eles estão? Como eles estão?
– Eles estão bem. Ansiosos para ver você e te abraçarem.
Agata chorou mais.
– Como vim parar aqui? Eu estava no hospital e...
– Os médicos te sedaram. Você ficou lá por algumas horas e depois decidimos trazê-la para casa. Viemos de ambulância. Seu pai... seu pai está cuidando de tudo junto com os pais de Ben, que chegaram hoje à tarde.
– Como... como eles estão? – perguntou entre mais soluços.
– Estão abalados também, filha. Estamos todos. Mas eu estou aqui ao seu lado. Vamos superar isso juntas. Por Nicolas e Oliver.
Agata chorou mais por vários minutos. Karen apenas a consolou, fazendo carinho e segurando as suas próprias lágrimas.
– Filha, se você quiser, pode tomar mais remédio para dormir, ao menos até amanhã. Estamos no meio da madrugada.
– Não, mãe. Eu não quero ser sedada de novo. Não quero nunca mais apagar desse jeito. Cansei de apagões. Cansei de não saber onde estou, com quem falei, onde eu fui e quem eu sou.
Karen não entendeu, mas imaginou que a confusão mental de

sua filha fosse por causa dos sedativos. Mas Agata estava mesmo cansada de não saber mais de sua própria existência.

– Mãe...

– O que foi?

– Como foi que tudo aconteceu? Eu... eu não me lembro...

Karen respirou fundo e, com cuidado, foi lembrando Agata dos acontecimentos da noite anterior.

– Estávamos conversando na sala, quando você decidiu ir dormir.

– Sim... Eu me lembro. E depois?

– Eu fui dormir logo após de você. Cerca de uma hora depois, seu celular começou a tocar, tocar, várias e várias vezes. Até que você veio ao meu quarto, desesperada, disse para eu ficar com os meninos, pois Ben havia sofrido um acidente no caminho para casa.

– Acidente de carro?

– Sim... Estava voltando para casa e, a duas quadras daqui, ele bateu. Bateu em um poste.

– Ben...

Agata sofreu ao ouvir a história.

– Você correu para o hospital para onde ele havia sido levado, pedindo que eu avisasse os pais de Ben, pois você avisaria Deby.

– Quem me ligou? – perguntou Agata.

– Não sei, filha. Mas quem quer que tenha ligado, sabia da gravidade da situação.

– Mãe... me ajuda. Eu não vou conseguir sozinha – disse Agata, novamente se deixando levar pela tristeza e caindo em lágrimas.

– Eu estou aqui...

Agata ainda dormiu mais um pouco, pelo efeito da forte medicação que tomara no hospital. O dia seguinte não seria fácil. Teria que encarar seus filhos e os rituais do velório e do enterro de seu marido.

Na manhã seguinte, Agata acordou com o telefone tocando. Ouviu Karen atender e entendeu um pouco da conversa. Era hora de ir ao local do velório, que ocorreria em uma sala própria para essas cerimônias em local anexo ao hospital. Agata levantou-se e foi até o banheiro dos meninos. Nem quis passar perto do seu. Ela sentia-se anestesiada.

— Mãe! — ouviu a voz de Nicolas e, imediatamente, entrou no quarto deles. Sem dizerem nada, apenas se abraçaram muito, os três. Agora seriam eles na vida.

— Mamãe estará sempre aqui. Estaremos sempre juntos. Eu nunca mais deixarei vocês. Nunca mais. Eu amo vocês, entenderam?

Depois do longo abraço, Agata vestiu-se de qualquer jeito, mal escovou os dentes e deixou que sua mãe dirigisse até o velório. Na cerimônia, estavam amigos de Ben que ela nem conhecia, familiares distantes, Elsa e John, abalados, porém firmes, entre outras figuras que, ora ela reconhecia, ora não fazia a menor ideia de quem fossem. Agata permaneceu sentada o tempo todo. Nicolas e Oliver aninhados em seu colo, também quietos.

Até que a porta de trás da sala abriu-se e o caixão entrou. Agata estremeceu. Ela não via Ben desde o surto do jantar. Não se lembrava de tê-lo visto no hospital. Não havia se despedido dele. Ela levantou-se devagar e apertou forte a mão dos meninos, um de cada lado. Respirou fundo e aproximou-se do caixão. Primeiro de olhos fechados. Depois, abriu para encará-lo, mas se deparou com um caixão fechado. Resignada, apenas encostou uma das mãos na madeira fria e sussurrou:

— Adeus, Ben. Eu te amo.

Nicolas e Oliver falaram a mesma coisa, imitando a mãe. Voltaram os três para as poltronas do lado. Coroas de flores começaram a chegar. Agata assistia ao desfile de flores entrando com apatia. Uma hora depois, os meninos já não estavam em seu colo e recebiam as atenções dos outros familiares. Ela permaneceu sentada, quieta, quase imóvel. Recebeu abraços, frases de apoio, mas não encarou ninguém. Até que chegou Tom, amigo de Ben. O mesmo que o levara ao *paintball* antes da viagem ao Havaí. O jeito como ele se aproximou foi tão intenso e agitado, que Agata saiu da bolha e prestou atenção nele.

— Tom?

— Agata — disse Tom, abaixando a cabeça diante dela.

— Você... Você estava com ele? — perguntou ela.

Tom ergueu a cabeça com uma certa confusão no olhar, como se ela já soubesse a resposta.

— Eu estava sim, Agata... Eu te liguei... Você foi correndo...
— Ah, você me ligou... Ele tinha bebido muito?
Tom não entendeu a pergunta. Fez uma cara estranha, tão estranha que Agata notou que estava fazendo perguntas para as quais já deveria saber a resposta. Mas ela estava tão exausta e emocionalmente esgotada que não quis entrar em detalhes, não quis questionar, muito menos explicar. Tom acreditou que a confusão mental de Agata era por causa do trauma e dos sedativos. Ela sentou-se novamente e voltou para o seu próprio mundo, no qual só havia silêncio.

O enterro foi anunciado e Agata seguiu o carro fúnebre até o cemitério, no carro de trás, com seus pais e os meninos. Chegaram rápido e o cortejo até o jazigo da família foi silencioso. Em poucos minutos, Ben estava debaixo da terra. Agata mal se movia. Apenas apertava fortemente as mãos de seus filhos, que retribuíam a demonstração de força, como se entendessem a mensagem subliminar do gesto. Seriam os três a partir de então. Somente os três e mais ninguém.

Ao saírem do cemitério, uma prima de Agata sugeriu que os meninos fossem para sua casa brincar com as crianças. Seria bom para eles se distraírem.

— Acho uma boa ideia, filha. Deixa? — insistiu Karen.
— Vocês querem ir? — perguntou Agata aos seus filhos.
— Sim, mamãe, queremos — disse Nicolas.
— Então podem ir...

Assim, Agata foi com seus pais de volta ao apartamento, em silêncio, ainda desconectada da realidade, anestesiada, quase imóvel. Ela estava com medo de sair daquele estado. Pois, quando saísse, teria que encarar a culpa que estava sentindo. A dor dilacerante de ter perdido seu marido e não ter tido sequer a oportunidade de se despedir. De estar vivendo outra vida, em outro universo que fosse, mas sem estar presente de corpo e alma para tentar mudar as coisas.

Quando desceu do carro de Curtis, Agata disse:
— Não precisam ficar aqui comigo. Eu vou ficar bem sozinha.
— Tem certeza, querida?

— Tenho.

Ao entrar no prédio, Agata precisou ir pelo elevador de serviço. Para chegar até ele, viu diversos materiais de construção, montes de areia e de cimento espalhados e alguns pedreiros. O parquinho estava em obras.

"Ben sempre reclamou deste parquinho", pensou.

Quando chegou ao apartamento, Agata encarou o silêncio. Olhou a sala, a cozinha, olhou a foto do casamento, os quadros na parede, a mancha de vinho tinto no tapete da qual ele tanto reclamava. Sentou-se no chão e chorou de novo. Chorou por mais um bom tempo, até que, de repente, ergueu a cabeça e, decidida, desceu pelo elevador até o térreo.

Ao sair, olhou para os lados, correu para onde estavam os materiais de construção que vira ao chegar, pegou uma marreta e voltou depressa para o elevador. Subiu, torcendo para ninguém entrar, mas parou no quarto andar. Entrou um senhor careca, de bigode tingido de preto.

— Oi, Agata! — cumprimentou, meio sem jeito.

— Oi, Oswaldo — disse, séria.

— Eu... fiquei sabendo... E... eu sinto muito. Todos nós sentimos.

— Ah... Obrigada...

— Essa marreta é de quem? Não é muito pesada para você?

— Ah, isso aqui já estava aqui. Devem ter esquecido. É da obra do parquinho.

— Ora, mas se esqueceram, então me dê aqui que eu levo de volta.

— Não! — gritou Agata, assustando o vizinho. — Deixa que eu levo!

Oswaldo não entendeu a reação, mas, para sorte de Agata, desceu no oitavo andar, onde ia visitar outro vizinho, deixando-a em paz com a marreta.

"Isto é pesado mesmo", pensou ela, arrastando o objeto com força.

Ao entrar de volta em sua casa, trancou a porta e continuou arrastando a marreta até seu banheiro. Olhou no espelho e não se reconheceu. Sentiu raiva, nojo, repulsa pelo que via. Até que encarou a banheira. A raiva era tanta, que Agata tirou forças sobre-humanas de seu corpo, ergueu a marreta e destruiu a banheira.

Bateu várias e várias vezes, reunindo forças para cada marretada. Só parou quando a banheira estava completamente destruída.

Suada, Agata deixou-se escorregar até o chão, largou a marreta e chorou.

"Eu não posso mais voltar para você, Diego. Eu sinto muito."

Capítulo 31

O celular de Agata começou a tocar sem parar. Sem acordar direito, ela esticou o braço para alcançar o aparelho e atender a ligação.
– Alô? – disse, com voz rouca e sonolenta.
– Agata? – a voz do outro lado estava aflita.
– Quem é? – perguntou, mais alerta.
– É o Tom!
– Tom? O que aconteceu?
– Agata, você precisa correr para o Saint Jones.
Agata levantou-se da cama em um pulo.
– Hospital Saint Jones?
– Isso. É o Ben... Corre, Agata. Te explico quando chegarmos. Apenas vá.
Agata colocou as primeiras peças que viu pela frente, um par de tênis sem meia e bateu na porta do quarto onde sua mãe estava dormindo.
– Mãe, mãe! É o Ben! Ele está no hospital.
– O quê? Como...?
– Não sei, mãe, mas é grave, eu acho... Eu não sei, eu tenho que correr. Fica com os meninos!
– Aviso alguém? – perguntou Karen, enquanto Agata já estava quase na porta de casa.
– Avisa os pais dele! Eu vou falar com a Deby!

Agata pegou o carro com as mãos trêmulas e o coração palpitante. A voz de Tom não estava nada boa.

"Ben foi dirigir bêbado? O que você aprontou, Ben?", repetia para si mesma, enquanto acelerava pela rua, ainda vazia da madrugada. Ao passar duas quadras, viu na pista contrária o carro de Ben, completamente destruído em um poste. Não havia mais ninguém, apenas uma viatura estacionada ao lado.

"É o carro dele!", Agata constatou e pisou mais fundo no acelerador.

Chegando ao hospital, largou o carro torto, de qualquer jeito, bem na porta da emergência e entrou correndo. Uma enfermeira a interceptou.

– Senhora, está procurando quem?

– Ben, meu marido, ele está com Tom... Ele... bateu o carro, eu acho...

– Agata! – gritou Tom, aparecendo por uma das portas laterais da espera.

– Tom! – gritou Agata e, olhando para a enfermeira: – Estou com ele, ele me chamou.

– Agata... Vem comigo, rápido, acabamos de chegar.

– Acabaram de chegar?

Tom pegou a mão de Agata e correu com ela para dentro da porta e por um longo corredor. Virando à direita, uma maca empurrada por três enfermeiros seguia rapidamente para o elevador, a caminho do centro cirúrgico. Era Ben. Agata soube que era ele antes mesmo de Tom apontar. Ela correu o mais rápido que pôde para alcançá-los.

– Ben! – gritou, segurando na maca e olhando para ele, coberto por um lençol e com um balão de oxigênio no rosto. Sua cabeça tinha marcas de sangue. Ben olhou para Agata, seus olhos brilharam. A maca estacionou em frente ao elevador.

– Senhora, estamos indo com ele para cirurgia, por favor, afaste-se – disse um dos enfermeiros.

– Não! Deixa eu ir, por favor! Ben, Ben, fala comigo!

Agata encontrou a mão de Ben embaixo do lençol e a apertou com força, ao que ele retribuiu.

A porta do elevador abriu.
— Está bem, aguarde nas cadeiras em frente ao centro cirúrgico lá em cima. Mas, por favor, fique calma.
— Eu ficarei, eu prometo! Ben, Ben... Fala comigo.
Entraram todos no elevador. Tom ficou do lado de fora e Agata ainda trocou um olhar aflito com ele enquanto a porta fechava. Um dos enfermeiros afastou o balão de oxigênio por uns segundos.
— Ben, Ben! Vai ficar tudo bem, eu estou aqui.
Chegaram ao andar da cirurgia, aceleraram no corredor e entraram por uma porta, diante da qual havia algumas cadeiras. Agata jogou-se em uma delas, fez uma oração, mandou uma mensagem para Deby e, de tanto o tempo passar, sem nada poder fazer, pegou no sono, sentada.

***

Agata abriu os olhos de repente, com o barulho da campainha do apartamento.
"Eu falei com ele. Eu falei com Ben!", pensou, sem se dar conta de que alguém a esperava na porta.
A campainha tocou de novo. Agata correu, confusa. Eram Nicolas e Oliver, que voltavam da casa dos primos com a avó.
— Desculpe, eu peguei no sono, mãe... — disse Agata.
— Eu imaginei, filha — respondeu Karen.
Agata abraçou seus filhos, que foram para o quarto em silêncio.
— Você quer que eu fique aqui?
— Não precisa, mãe. Eu estou bem. Pode ir se quiser.
— Eu vou ficar um pouco mais, só para ajudar com eles, caso precise.
— Você que sabe...
Ansiosa com a lembrança que tivera, Agata queria reviver o momento em que apertara as mãos de Ben, queria relembrar mais o olhar dele, sentir que estava tudo bem antes de ele morrer.
— Filha, eu preciso te entregar uma coisa. Tom me deu no velório — disse Karen, estendendo para Agata uma sacola plástica.

Eram os pertences de Ben, recolhidos e entregues a Tom no momento da internação.

Agata segurou a sacola e foi para seu quarto. Sentou-se na cama, abriu a sacola e despejou tudo. A aliança, o celular e a carteira caíram em cima do edredom. Primeiro, ela pegou a aliança. Olhou dentro e viu as duas datas.

"Nossos dois casamentos...", pensou, sorriu e chorou.

Limpando as lágrimas, abriu a carteira e viu os cartões do banco, a carteira de motorista e algumas notas de dinheiro.

"Preciso resolver tanta coisa, Ben..."

Por último, pegou o celular e ligou o aparelho. Desbloqueou a tela, que abriu direto no aplicativo de mensagem. Era a última coisa que Ben estava fazendo. Agata não podia acreditar no que estava vendo. Ben estava digitando uma mensagem para ela, não tinha enviado, estava incompleta.

Amor, me desculpa, já estou indo par

"Ele estava escrevendo para mim e bateu o carro. Eu não acredito nisso, Ben! Por quê? Por que você foi sair daquele jeito? Por que tinha que escrever para mim a duas quadras de casa?"

Agata sentiu raiva dele, dela mesma, de tudo. Colocou a aliança dele sobre a sua, no mesmo dedo, encolheu-se na cama e chorou. Depois, trancou o banheiro, que estava imundo e destruído com a banheira em pedaços e jogou a chave na gaveta do criado-mudo. Foi para a sala e dormiu no sofá, sem tomar banho.

Capítulo 32

Agata abriu o armário do espelho do banheiro, pegou a escova de dente totalmente esgarçada e escovou sem se olhar. Ela não gostava de se olhar no espelho, não só para não encarar sua própria imagem, mas também porque atrás dela estava o espaço vazio deixado pela banheira que, um ano e sete meses antes, ela havia destruído. Seus pais acharam que um surto depressivo pela morte de Ben a levara a cometer tal ato e haviam contratado pedreiros para retirar todos os escombros daquilo que, um dia – apenas para Agata – havia sido um portal mágico.

Escovar os dentes, assim como se vestir e cuidar dos filhos, haviam se tornado atividades automáticas. Ao colocar de volta a escova no pote, Agata viu a escova de Ben, intacta. Logo ao lado, a espuma de barbear dele dividia espaço com os cremes anti-idade, dos quais ela aprendera a gostar, mas que já estavam vencidos e esquecidos.

Agata deixava suas roupas sujas acumularem na poltrona do quarto, porque não via razão para lavá-las todos os dias, dedicando-se somente ao que dizia respeito a Nicolas e Oliver. Doía vestir-se. Doía escolher, doía sair de casa. Doía até mesmo olhar para seus filhos e ver o quanto eram parecidos com Ben.

Naquela manhã de segunda-feira, Agata prendeu o cabelo num

rabo desgrenhado, porque seus fios grossos e sem tintura não eram lavados havia dias. Não que ela não quisesse ficar limpa, mas simplesmente se esquecia de si mesma. Num dia, tomava banho duas vezes, no outro esquecia-se de tomar. Só não deixava de jantar porque preparava a comida para os meninos.

Enquanto ela limpava a mesa da cozinha, depois que Nicolas e Oliver haviam saído para escola, a campainha tocou, sem que ninguém tivesse anunciado no interfone.

"Estranho. Não estou esperando ninguém."

Ao abrir a porta, suas amigas, Mary, Sofia e sua mãe foram entrando, carregando malas.

– Intervenção, amigaaaaaa! – disse Sofia, jogando duas valises no chão empoeirado.

– Mas... – balbuciou Agata, olhando fixamente para as malas, sem encarar nenhuma das três.

– Não dá mais, Agata! Acabou faz tempo o inverno – disse Mary – É hora de sair da hibernação.

– Eu não... estou... hibernando...

– Sabemos que não é fácil – interrompeu Mary. – Que você o amava e que sente saudade, mas estou certa de que ele não gostaria de te ver assim. – disse. E olhando para Sofia e Karen: – Estou errada?

– Filha, você sabe que te amo e respeito todas as suas decisões, mas não posso mais aceitar você tão entregue – disse Karen, tentando encarar Agata nos olhos, sem sucesso, já que ela desviava o olhar. – Dói muito, mas você precisa ser forte, por você e por seus filhos.

– Eu estou forte por eles... – disse Agata baixinho. Depois sentou-se em uma das cadeiras da mesa e começou a falar, ainda sem encará-las.

– Eu agradeço muito, mas ainda não estou pronta para mexer nas coisas dele, se é isso que vocês querem que eu faça.

– Agata! Já passou o tempo de não fazer isso! Isso vai te ajudar, você vai ver – insistiu Sofia.

– É que... de certa forma... é como se ele ainda estivesse por perto...

O silêncio tomou conta do grupo, que buscava palavras para continuar, quando, de repente, foram interrompidas por mais uma visita.
— Alguém chamou por ajuda? A caça-fantasmas está entrando!
Era Beth, a melhor amiga de Agata, vindo de outro país para ajudar. Agata levantou-se e, pela primeira vez em mais de um ano, seus olhos brilharam.
— Beth!
— Cheguei, amiga! — Beth abraçou Agata bem forte. — E vim eliminar fantasmas de maridos.
Mary, Sofia e Karen haviam chamado Beth, tamanha a preocupação com a depressão de Agata, que não ia embora. Beth não estava em boa fase financeira há algum tempo, por isso só falava com Agata por mensagem ou telefone. Mas, ao saber que a situação da amiga estava ficando insustentável, ela juntou todas as suas milhas e voou para ajudá-la.
Ainda nos braços da melhor amiga, daquela que conhecera Ben no mesmo momento que ela, Agata chorou um choro sofrido, angustiante e muito dolorido. Beth apenas apertava forte a amiga contra seu peito e fazia carinho em sua cabeça. Claro que chorou junto. Finalmente, Agata conseguiu falar:
— Ninguém me entende, Beth. Foi minha culpa!
— Para com isso, claro que não...
— É sim! Você não viu, eu disse para ele sair e não voltar nunca mais e foi isso que aconteceu! — contou, voltando a chorar.
— Presta atenção: isso não é verdade! — disse Karen, diante das duas.
— Agata — continuou Beth. — Se você é uma mágica tão poderosa assim, pode dizer em voz alta que meu nome estará na calçada da fama em Hollywood?
Todas deram risadas, mas Agata apenas ameaçou um sorriso no rosto.
— Agata, falando sério agora — disse Beth, afastando-se um pouco da amiga e olhando em seus olhos. — Quantas vezes vocês não brigaram e você falou isso?
— Acho que... muitas... — respondeu Agata, olhando para baixo.

— Pois é, e mesmo assim ele voltou, certo?
— Sim... Mas não dessa vez...
— Agata, aconteceu – disse Mary. – A-con-te-ceu. E todos sentimos muito. E sentimos falta de Ben também. Mas é hora de voltar a viver. Os meninos estão indo bem, mas você está ficando completamente parada no tempo!
— Se os meninos estão bem, para mim já está bom... – falou Agata.
— Amiga, vou passar a semana aqui com você e vamos ver se conseguimos mudar de ideia, ok? – disse Beth, sorrindo e piscando para Karen, Mary e Sofia.

As quatro convenceram Agata a lavar os cabelos e, em seguida, escolheram uma roupa para ela sair e tomar um café. Foram a um lugar bem charmoso. Não falaram de nenhum assunto referente ao Ben, nem à própria Agata. Beth contou sobre suas últimas empreitadas.

— Ah, Beth, eu sinto falta das suas histórias! – exclamou Karen.
— Eu também, sabia? – completou Agata.
— Então pronto! Agora estou aqui e você não tem mais que sentir falta! – disse ela, animadíssima com a alegria de Agata.

A conta chegou e, quando Agata foi pegar sua carteira, deixou cair a caixa de antidepressivos.

— O que é isso? – perguntou Karen.
— Ah... – respondeu Agata, sem graça. – Foram receitados para mim... por um psiquiatra.
— Agata, que maravilha! – exclamou Mary. – Você foi mesmo! Foi no que eu indiquei?
— Sim...
— Então você está tentando, não é, amiga? – perguntou Sofia.
— Eu acho que sim... – respondeu Agata.
— Mas você está tomando direitinho? – perguntou Mary. – Senão não adianta nada!
— Na verdade, eu comecei, mas aí... eu parei... Faz tempo que esta caixa está aqui. Faz muito tempo...
— Agata, se você quiser, podemos ir de novo à consulta, eu vou com você – disse Beth. – Estou à sua inteira disposição.
— Pode ser... Acho que sim.

As amigas comemoraram a disposição de Agata em procurar de novo por um médico e tentar se reerguer.

Ao chegarem a casa, Beth e Agata ficaram sozinhas e a amiga instalou-se no escritório.

– Mas eu vou dormir com você, você sabe disso não é, amiga?

Agata riu.

– Sim, eu sei... Como nos velhos tempos...

– Ah! Que sorriso lindo, amiga! Sorria mais, por favor! Já está na hora!

– É que... eu não me sinto no direito.

– Você já, já vai se sentir de novo. Agora, deixa eu ver o que está passando aqui nesses canais deste país!

Dizendo isso, Beth pegou o controle e ligou a TV. Estava no canal de desenho animado, único programa que passava na casa de Agata. Beth imediatamente mudou de canal. Estava passando uma reprise de um jogo de futebol.

Agata travou. Olhou para a tela da TV e ficou estática.

"Diego."

– Amiga, o que foi? Está se lembrando de Ben?

Agata não respondeu.

– Eu vou mudar de canal, pronto! Já mudei!

"Diego..."

Agata evitava pensar em Diego. Sempre espantava as lembranças e jurou para si mesma diversas vezes, desde a morte de Ben, que tudo não passara de um devaneio, uma loucura, uma viagem da sua mente louca. Mas, mesmo tomando os remédios receitados pelo psiquiatra, ela continuava tendo certeza de tudo que vivera do outro lado do portal. Isso tinha deixado Agata com mais raiva.

– Amiga, eu tenho que te contar uma coisa... – disse Agata.

– Fala. Pode falar.

Agata queria contar para Beth sobre aquele primeiro banho de banheira, em que a água subiu em uma cortina mágica diante de seus olhos e a sugou para outra dimensão. Queria contar que, desde aquele momento, ela se apaixonara por Diego, seu marido do lado de lá, onde ela tinha melhores amigas como Beth, uma sogra chata, um *personal trainer* muito companheiro. Queria contar

das festas, das pessoas famosas, das revistas em que saía, do sexo incrível com Diego, dos jogos de futebol. Queria contar que ele a chamava de *mi amor*, de *Honey* e que não vivia sem ela.
— Fala, Agata! — insistiu Beth, diante do silêncio de Agata.
— Nada... Nada não.
Agata não teve coragem, porque não queria lembrar nem reviver nada daquilo. Não antes de sofrer tudo que achava que merecia sofrer pela morte de Ben.

Capítulo 33

Mais uma semana passou. Agata sentia-se realmente mais animada com a presença de Beth, que estava até ajudando nas tarefas de casa das crianças. Nicolas e Oliver estavam bem contentes por ver a mãe mais animada. Nos últimos tempos, eles recorriam bastante à avó, e ao menos uma vez por mês recebiam a visita dos pais de Ben, que sentiam muita falta do filho. Nessas visitas, Agata esforçava-se um pouco mais para ser mais forte e serena. Mas bastava os sogros irem embora para ela desmoronar.

– É hoje, amiga – disse Beth, fechando a porta da sala, após chegarem da escola dos meninos.

– O quê?

– Não se faça de boba – advertiu Beth. – Vamos esvaziar os armários de Ben.

Agata estremeceu. Mas havia combinado mesmo. De fato, sentia-se mais disposta a fazer isso.

– Tudo bem – respondeu.

– Então vamos. Onde estão aquelas caixas que pegamos?

– Lá no canto – apontou Agata.

Beth pegou as caixas e foi para o quarto do casal. Agata foi atrás. As duas pararam diante do armário e Beth fez sinal de quem não sabia qual era o lado certo. Agata apenas apontou a porta.

Beth abriu e Agata estendeu a mão, puxando o primeiro cabide. Nele, estava pendurada uma camisa verde.

"Esta camisa deixava os olhos de Ben ainda mais verdes", pensou.

***

– Agata! – chamou Ben, de repente.

Agata olhou para trás e lá estava ele, em pé atrás dela, todo nervoso, como era de costume antes de saírem.

– Ben!
– Onde está a camisa, Agata?
– Está aqui... – disse ela, estendendo para ele o cabide.
– Dá logo! Estamos atrasados para o churrasco!
– Já? Pensei que fosse só mais tarde.
– Você não olhou direito o convite? Onde você está com a cabeça?
– Desculpa, Ben. Tome aqui, pegue a camisa! Pega!

Ben estendeu a mão, mas não pegava.

– Pega! Coloca a camisa, Ben! Coloca!

***

– Agata! – gritou Beth diante da amiga. – Calma!
– Beth? Beth...

Agata caiu em prantos no colo da amiga. – Eu estava me lembrando de quando ele usou esta camisa.

– Onde foi? – perguntou Beth, com carinho. – Conta pra mim.
– A gente foi num churrasco, num sítio. Era longe daqui. Foi tão gostoso... A gente riu tanto... Estávamos todos juntos. Nicolas e Oliver se divertiram muito naquele dia! Nossa, como eles se divertiram!

– Que bom ter memórias boas. Guarde para sempre todas elas. Agora me dá aqui a camisa, vamos colocar na caixa, está bem? – disse Beth, com paciência.

– Não! – gritou Agata. – Eu não vou fazer isso! Para de me pressionar! Para! Vai embora!

Nesse momento, Karen e Mary chegaram e correram até o quarto. Beth estava tentando acalmar Agata. Karen aproximou-se e abraçou a filha.

– Mãe, para, por favor.

Karen fez sinal para Beth e Mary continuarem e levou Agata para o quarto dos meninos. Deitou com ela na cama de Oliver e fez carinho em seus cabelos até a filha adormecer.

***

Agata abriu os olhos e estava em um delicioso e macio sofá, coberta por uma linda manta vermelha. Sentou-se e viu uma enorme janela, acima de uma lareira acesa. Pela janela, ela viu montanhas cobertas de neve. Olhou para trás do sofá e viu Ben em pé, diante dela.

– Ben!

Ele abriu os braços. Ela correu e pulou nele.

– Você está aqui!

Abraçou-o forte e o beijou.

– Agata. Linda. Eu sempre estarei aqui, eu amo você e você sempre será a mulher da minha vida. Mas você não pode mais ficar assim, tem que ser forte por nossos filhos, por você, por mim.

– O quê? Não Ben, o que você está dizendo? Você esta aqui, está tudo bem – respondeu Agata.

– Linda. Eu te amo e sempre te amarei. Mas você precisa ser feliz. A única coisa que desejo, meu amor, é que você seja a mulher mais feliz do mundo.

– Ben, Ben, calma. Me perdoa. Por favor, eu preciso que você me perdoe. O portal, minha vida, minha outra vida.

– Agata – disse Ben, sorrindo e fazendo carinho nos cabelos de Agata, afastando os fios para trás. – É você que precisa me perdoar.

– Mas, o meu outro mundo...

– Você não tem culpa de eu ter partido. Os mistérios que o universo guarda estão além do nosso entendimento. Eu te amo.

Agata o agarrou e o beijou ainda mais forte. Ben segurou as mãos dela e a beijou, um beijo de despedida. Ele saiu pela porta que havia na sala. Agata correu atrás dele, mas a porta se fechou e ela não conseguia abrir. Ao se virar, ela não viu mais a lareira, nem o sofá, nem a janela. Estava no quarto de Nicolas e Oliver de novo. A porta se abriu.

– Agata, está tudo bem? – perguntou Beth.

– Ben... Eu vi o Ben... Ele estava aqui! Bem aqui! E a lareira, e o sofá... As montanhas...

– Calma, amiga, respira. Vai ficar tudo bem!

– Ele quer... que eu seja feliz...

– Ele disse isso? – perguntou Beth, sorrindo.

– Sim. Ele disse, e disse que eu tenho que perdoá-lo.

– Claro que você precisa perdoá-lo! Pode perdoar! E é claro que ele quer você feliz.

Beth segurou as mãos de Agata e a levou para o quarto, onde Karen e Mary já tinham quase esvaziado todo o armário.

– Vem ajudar – disse Karen.

Agata ajudou a terminar tudo. No dia seguinte, levou os meninos ao parque e brincou. No outro, foi ao cabeleireiro e cortou o cabelo. Estava chegando o dia da apresentação de música de Nicolas na escola e Agata convidou os sogros e Deby. Foram todos juntos e, pela primeira vez, o clima não era de tristeza. Durante todo o tempo, Beth ficara ao lado de Agata. Mas já estava chegando a hora de retomar sua vida.

– Amiga, já está chegando o dia de eu ir embora – disse Beth, enquanto entravam no carro para buscar os meninos na escola.

– Eu sei... – disse Agata, com semblante triste. – Mas eu ficarei bem.

– Eu pensei em fazermos uma despedida! Em grande estilo!

– Mas o que você pensou?

– A Sofia falou que foi convidada para uma festa exclusivíssima, numa cidade paradisíaca perto da Espanha.

– Uau. Teremos que viajar então... Será? Mas que festa é essa?

– Aniversário do Bernardo Mendonza, um empresário famoso.

– Nossa, a Sofia e os contatos...

– Vamos? Ele disse para ela levar quem quiser. Vamos, por mim? Minha despedida!

– Eu vou pensar, eu prometo.

– Pensa logo porque temos que arrumar passagem.

Agata e Beth chegaram ao colégio, pegaram os meninos e depois foram a uma lanchonete jantar. Já sentadas, Beth olhou para a amiga:
— Vamos! Vamos!
Agata riu.
— Eu tenho que ver o que faço com eles...
— Vovó Karen, não é? — disse Beth.
— Ok. Então vamos...
— Eba! Ainda bem que você topou! Porque a Sofia já fez as nossas reservas!
Agata riu mais e se sentiu muito bem.

Capítulo 34

Agata, Beth, Mary e Sofia chegaram de táxi ao terminal do aeroporto internacional, ansiosas e animadas. Fazia tempo que Agata não se empolgava daquele jeito. Ela até havia demorado para escolher a roupa da viagem e para fazer a mala, mesmo sendo somente uma festa e talvez poucas horas na praia no dia seguinte.

– Vamos, gente, vamos, com horário de voo não se brinca! – apressou Beth, sempre agitada e ansiosa.

– Calma, Beth! A gente não vai perder o voo. Estamos com tempo.

– Tempo de aeroporto não é igual ao tempo normal – respondeu Beth. – E isso eu aprendi depois de muita encrenca...

– Ah, Beth, mas você é a rainha de se meter em encrencas, não é? – ironizou Sofia.

– Eu concordo com a Beth, só não acho que a gente precisa se estressar, meninas.

– Estressar? – disse Mary. – Gente, pelo amor de Deus, se tem uma coisa que a gente está indo fazer é não se estressar!

– Ah, amigas, vocês têm razão, desculpem – disse Beth. – Eu sou a nervosinha do aeroporto mesmo. Já vai passar. Vamos fazer o *check-in* que passa.

Todas riram e seguiram para o balcão. Enquanto Beth assumia tudo, recolhendo documentos e conversando com a agente da companhia aérea, Agata olhou em volta. Perdeu-se nos sons das pessoas falando, pessoas se despedindo, malas abrindo e fechando, apitos e avisos no alto-falante. De repente, tudo ficou em câmera lenta. Agata lembrou-se da última vez em que estivera em um aeroporto.

"Diego."

Lembrou-se da sua viagem de aniversário de dois anos antes. Ela já tinha passado por mais um ano de vida, mas praticamente sem vida. Como fora duro lembrar-se do cruzeiro depois da morte de Ben. Seu último aniversário havia sido em clima de velório. Os únicos momentos em que conseguira sorrir foram com os abraços de Nicolas e Oliver, que fizeram desenhos e declarações emocionadas para a mãe.

Mas, mesmo tentando esquecer, mesmo considerando tudo uma loucura, um devaneio, as lembranças do outro mundo eram muito reais, assim como as memórias que Agata recebera enquanto vivia com Diego. Um passado palpável, muito verdadeiro, uma história que lhe pertencia. E lá estava ela, olhando para o terminal e lembrando-se com riqueza de detalhes de quando correu com Diego, a sogra e Júlia, em meio a seguranças e fotógrafos, até o jato particular.

"Foi tudo tão real..."

– Agata! – exclamou Mary. – Helloooo! Guarda seu passaporte. Vamos tomar um café, com calma, esperando o avião.

As amigas sentaram-se em um café bem em frente ao portão de embarque.

– Amiga, acho que o Felipe está apaixonado por você! – disse Mary para Sofia, referindo-se ao organizador da festa, que havia convidado Sofia.

– Ah, ele que desapaixone!

– Por que, Sofia? Por que tão dura? – questionou Beth.

– Ah, gente, acabei de me divorciar! E, Mary, confesso que estou gostando bastante de ser sua companhia nesse monte de festas, sempre conhecendo pessoas novas – respondeu Sofia.

– Acho que você está certíssima – disse Beth. – Homens e crianças dão o mesmo trabalho – completou, rindo alto.

Todas riram juntas, e uma voz no alto-falante anunciou o embarque imediato do voo.
– Oba! Somos nós! – comemorou Beth.
– Viu só como deu tempo de tudo, Beth? Até tomamos um café! – provocou Sofia.
Beth fez um bico de brincadeira e seguiram para a aeronave. Sentaram-se duas amigas de um lado e duas de outro do corredor, mantendo a conversação intensa.
– Primeiro, a gente pega um bronze. Depois, podemos colocar pepinos nos olhos, passar creme e ficar lindas e maravilhosas para essa festa milionária! – sugeriu Mary.
– Ah, Mary, você é uma sortuda por ser casada com o Gabriel, ele é um cara muito legal por deixar você ser livre assim! – falou Sofia.
– Para tudo, o Gabriel que é sortudo por me ter – respondeu Mary, sorrindo.
Depois que todos os passageiros acomodaram-se e as amigas ainda falavam sem parar, começaram as recomendações de segurança. Em seguida, a aeronave começou a taxiar, até que o piloto declarou:
"Portas em automático."
O pensamento de Agata imediatamente voltou para o jato particular de Diego. Ela lembrou-se da cadeira, da TV, dos quitutes, do banheiro...
– Amiga! – exclamou Mary.
– Ah, oi? – respondeu Agata.
– Café?
– Sim, sim, eu aceito.
O restante do voo foi tranquilo e as amigas chegaram ao destino sãs e salvas. Era um país próximo, porém paradisíaco. O local da festa nunca havia sido visitado por Agata, que ficou ansiosa quando o avião pousou.
– Meninas – disse Agata, inclinando-se para conseguir enxergar as três amigas, cada uma em sua poltrona. – Obrigada por tudo isso. Eu estou, de fato, muito feliz.
As amigas aplaudiram e deram gritinhos de emoção. Mary, sentada ao lado de Agata, abraçou-a e beijou-a com carinho.

— Todas pegaram tudo? — perguntou Beth ainda ao lado da esteira, logo após terem resgatado suas bagagens.
— Sim, tudo — respondeu Mary.
— Então vamos! — exclamou Agata, animada.
As quatro seguiram em direção à porta automática que dava para a saída do desembarque. Assim que a porta se abriu diante de Agata, ela teve uma sensação estranha de já conhecer aquele lugar. Quando saíram para o lado de fora, ela teve certeza.
"Meu Deus, eu já estive aqui."
— Ei! Olha ali a van do nosso hotel, gente! — gritou Beth, correndo e abanando os braços para o motorista. Mary pegou a mão de Sofia, que pegou a mão de Agata, que foi puxada de repente e seguiu, correndo, as amigas.
Entraram na van com outros hóspedes do hotel. Agata, ainda confusa, sentou-se no meio e ficou distante das janelas que, por serem escuras, dificultavam a vista para as ruas.
— Bem, teremos que deixar para ver a paisagem do hotel — resmungou Sofia.
— Pois é! Devíamos ter alugado um conversível! — disse Beth.
— Também não exagera, não é? — disse Mary.
A van andou por cerca de meia hora, até que chegaram ao hotel. Uma majestosa construção de arquitetura moderna, cravada na areia de uma belíssima praia. Ao redor só havia areia e pedras, nas quais as ondas quebravam com força. Mesmo com a maré alta, havia um belo espaço de praia particular para os hóspedes. Para quem preferisse, havia um enorme deck com piscina, com vista para o mar. As amigas entraram pela porta da frente, que dava para a estrada, e logo cruzaram o hotel, antes mesmo do *check-in*, para verem a paisagem, apoiando-se no balaústre do deck.
— Gente, que hotel incrível! – disse Agata. – Que lugar mais... lindo!
Agata ficou encantada com a vista. Era muito parecida com a que tinha da casa de Diego. Ao pensar nisso, sentiu um calafrio percorrer todo seu corpo.
— Agata! Agata! Olha lá! – disse Beth, apontando para uma placa. – SPA! Vamos fazer uma massagem?!
— Ah, sim, claro!

— Antes, que tal a gente pegar nossos quartos? — sugeriu Sofia.

Fizeram a burocracia de entrada e subiram para seus quartos, ambos com vista para o mar.

— Olha, o Felipe caprichou, hein, Sofia. Fala a verdade! — disse Beth. — Tem que dar uma chance para o cara.

— Falei para ela, o cara está apaixonado! — disse Mary, rindo.

— Olha meninas, não sei vocês, mas eu estou morrendo de fome! — disse Agata.

Todas desceram para o restaurante do hotel, que ficava em um andar acima do deck, também com vista para o mar. Sentaram-se e pediram salada. Não queriam inchar, pois tinham uma grande festa. Com *prosecco*, brindaram a amizade e a nova vida de Agata.

— A você, minha amiga! E ao seu renascimento!

— Tim-tim!

No momento em que Agata tomou um gole do *prosecco*, olhando aquela praia que tanto a fazia lembrar-se de Diego, seu coração apertou de saudades. Dessa vez, não de Ben, mas de seu jogador fantástico. De novo perdida em pensamentos, Agata perdeu a noção do que se passava ao seu redor.

— Nossa, meu Deus! Que gato! — falou Beth alto, trazendo Agata de volta ao presente.

— Quem? O Diego? — respondeu Agata, assustada.

— Que Diego, amiga? Tá doida? O Felipe! Agora disfarça que ele está se aproximando.

Da porta de entrada do restaurante, vinha um homem de pele branquinha, cabelos pretos enrolados, olhos pequenos e castanhos bem claros e um sorriso maravilhoso em direção à mesa das garotas, que tentavam manter a postura, mas sorriam por dentro.

Sofia levantou-se para cumprimentá-lo.

— Oi, Felipe.

— Oi, querida! — disse Felipe, puxando-a pela cintura e dando-lhe um beijo intenso.

As três amigas entreolharam-se em silêncio, admiradas com o movimento do rapaz.

— Meninas, este é o Felipe... — disse Sofia, sorrindo e recompondo-se do beijo arrebatador. — Felipe, essas são Mary, Beth e

Agata – falou, apontando cada amiga assim que dizia seus nomes.
– *Buenas noches*!
Todas sorriram e convidaram Felipe para se juntar a elas à mesa. Ele aceitou e ficaram lá por mais algumas horas, conhecendo o pretendente de Sofia, para depois tecerem os mais variados comentários.
– Querida, vamos? – disse Felipe para Sofia.
– Ah, eu me hospedei aqui com elas... – disse ela.
– Eu também me hospedei aqui!
– Ah, pensei que você ia ficar na casa do dono da festa – falou Sofia.
– A festa é do Mendonza, mas a casa não é dele. É um grande amigo que está oferecendo. Estou aqui também, vamos para o meu quarto?
Sofia olhou as amigas com um sorriso maroto, ergueu as sobrancelhas e levantou-se.
– Oba! – disse Mary, assim que o casal se afastou. – O quarto ficou só para mim!
– Boba! – brincou Agata.
Chegou o momento do pôr do sol, e as três admiraram aquele momento juntas. Agata lembrou-se do Havaí, daquela memória que ela só teve depois, mas que sentia como se tivesse vivido cada minuto intensamente. O pôr do sol na tenda ficou marcado em sua mente e em seu coração.
"Ali tudo começou a mudar."
– Será mesmo? Acho que as pessoas não mudam assim tão rápido – opinou Beth.
– Oi? – assustou-se Agata. Parecia que Beth lera seus pensamentos.
– Estou falando que eu não acho que a Sofia vai apostar no Felipe. A Mary está aqui dizendo que sim. Mas ela não vai mudar assim de repente.
– Ah... Desculpa, eu não ouvi.
Depois do espetáculo natural dos céus, Mary, Beth e Agata subiram. No quarto, Agata tomou um longo banho de chuveiro e deitou-se. Beth tentou falar mais sobre Felipe, mas Agata pegou no sono rapidamente.

Na manhã seguinte, Agata abriu os olhos ouvindo o barulho das ondas do mar quebrando nas pedras.
– Diego!
Ao erguer-se na cama, viu que estava no quarto do hotel. Imediatamente lembrou-se de onde estava. Mas aquele clima, aquele som, tudo remetia à sua vida com Diego. Ao olhar para o lado, Beth não estava. Agata ouviu a porta do banheiro se abrir e sua amiga saiu de toalha, animadíssima após um longo banho matinal.
– Bom dia! O Sol está a mil no céu! Vamos descer logo para não perdermos nenhum minuto de bronze!
– Bom dia, Beth! – disse Agata, animada.
Desceram para o café da manhã no restaurante do hotel e conseguiram uma mesa do lado de fora, com uma vista incrível, graças a Mary, que já tinha descido. As três ainda estavam quietas, acordando e admirando a paisagem, quando Sofia apareceu.
– Meninaaaas! – exclamou, na maior empolgação. – O Felipe disse que o motorista nos pega às nove e meia!
– Oi? Motorista? – perguntou Mary.
– É, gata! Mo-to-ris-ta!
– Gente, mas isto está muito chique, nem estou me reconhecendo nesta situação – comemorou Beth.
– Pois é, a nossa amiga foi namorar um empresário milionário, amigo de outros empresários milionários, é nisso que dá!
O dia foi fantástico. As amigas usaram e abusaram da praia particular, do *prosecco*, do SPA e da vista. A tarde foi-se e era hora de se prepararem para o grande evento.
Entre secadores, lápis, batom, base, blush, sombra, rímel, perfumes e votação dos modelos que cada uma iria usar, Mary, Sofia, Beth e Agata ficaram finalmente prontas para a grande festa. Agata vestiu uma saia plissada nude, super leve, uma sapatilha de corda, uma blusinha tomara que caia rosa desbotada e deixou o cabelo semipreso em um coque propositalmente bagunçado. A maquiagem estava impecável. Todas estavam arrasando.
– Vamos, o carro já deve estar aí! – apressou Beth, como sempre.
– Vamos, vamos! – disse Mary, retocando o batom pela última vez e guardando-o na bolsa.

As quatro desceram até o hall e lá estava Felipe, diante de uma limusine preta.

— Limusine? — perguntou Sofia.

— *Mi amor*, era o único carro em que caberíamos todos confortavelmente.

As amigas riram e entraram todos no carro. Lá dentro, havia um balde de gelo com energéticos e vodca.

— Além disso, era *mejor* eu ir com vocês, pois é uma *fiesta muy* fechada — disse Felipe, sorrindo.

— Claro, querido — disse Sofia, beijando-o.

"*Mi amor*. Que saudades do Diego."

Agata pensava mais e mais em Diego, desde que a viagem havia começado.

— Agata. Agata. Agata! — chamou Beth — Onde você foi amiga?

— Ok. Me desculpe.

— Hoje é diversão, hein!

— Eu sei...

O motorista pegou a estrada que acompanhava toda a orla da praia, desviando de montanhas e rochas que impediam de enxergar o mar, até que se abriram paisagens de praias de novo. As casas e hotéis na beira da areia eram lindíssimos. Como estavam animadíssimas, as meninas logo se serviram de vodca com energético. Sem ter comido direito antes de sair, Agata ficou alegre após a primeira dose.

— Ah, gente, eu vou ter que sair neste teto solar — brincou Beth. — Eu sempre quis fazer isso, desde criança.

Felipe riu e disse:

— À vontade! — e apertou o botão para o teto abrir. — Aproveita, porque já estamos chegando.

— Vem, amiga! — disse Beth para Agata. — Vem comigo! — disse, colocando a metade do corpo para fora do carro.

Agata não teve escolha e, já alegre com a bebida, levantou-se com Beth. Ao sair pelo teto solar, visualizou, ao longe, uma linda casa branca, toda de vidro e iluminada, numa ponta da praia. Agata estremeceu. Olhou ao redor e tudo era reconhecível. Aquela estrada, aquela orla, aquela casa.

— Não é possível...

— O que, amiga? O que não é possível? — perguntou Beth, abrindo os braços para o céu.

— Aquela casa...

— É possível, sim! Estamos aqui! É nossa noite! U-hu!

Agata permaneceu imóvel conforme o carro aproximava-se da casa. Outros carros estavam parados por ali. O som estava alto o suficiente para ser ouvido de fora, misturado às vozes das pessoas.

Felipe desceu primeiro e, educadamente, deu a mão para cada uma delas. Fez sinal para o motorista ir estacionar, abraçou Sofia e apontou o caminho.

— Por aqui, meninas. Sigam-me.

Agata olhou o chão de pedras brancas, o paisagismo da entrada da casa, a porta. Não podia acreditar no que via.

— Isto... existe?

— Ah, existe, minha amiga — disse Beth, passando por ela para entrar primeiro. — Estamos bem aqui, nesta mansão incrível, e ela existe.

— Agata, fecha a boca — brincou Mary. — Está tão impressionada assim com esse luxo todo?

— É que... — balbuciou Agata. — Vocês não entendem...

As amigas já não estavam mais prestando atenção em Agata. Sofia entrou com Felipe, Mary e Beth logo atrás. Agata, ainda em choque, andava devagar, olhando ao redor, reconhecendo cada canto daquela casa.

A porta fechou-se atrás dela, que, com o susto, quase tropeçou. Segurou-se no braço de um sofá. Parou e passou a mão devagar pelo móvel, lembrando-se dele com perfeição. Não reconheceu alguns quadros, nem um vaso que considerou de péssimo gosto, que tampava boa parte da vista incrível dos janelões da sala.

De repente, um grupo animado passou por ela, sem olhar direito por onde andavam e trombaram com Agata, que rodopiou e esbarrou em Mary.

— Agata! Vamos lá para fora! Está lotado! Tem uma pista em um deck! Vem!

Agata desceu, segurando na mão de Mary, que a puxava com pressa. Chegaram ao deck e Agata olhava para todos os rostos, todas as pessoas, buscando reconhecer alguém, buscando entender o que ela estava fazendo naquela casa. A música era alta e Mary trouxe mais uma dose de vodca com energético para ela.

Ao dar um gole sem nem piscar o olho direito, Agata viu um homem alto, bonito, moreno e com jeito latino passando por ela.

— Javi!

— Quem é Javi, Agata? — perguntou Beth, que dançava bem ao seu lado.

— Eu não acredito! É ele! É o Javi!

— Meu pai amado! Quem é Javi? — insistiu Beth.

— Meu personal, meu amigo, quer dizer... Pera aí, já volto! — respondeu Agata, correndo em direção ao homem e derrubando todo mundo. Mas o perdeu de vista.

"Não é possível, estou vendo coisas."

Confusa e assustada, Agata resolveu dar a volta na casa, descer mais um lance de escadas e ir para a sacada do andar de baixo, mais vazia. Apoiou-se no parapeito, olhando o mar e vendo algumas pessoas na areia da praia, tentando estender a festa para lá. O som já estava mais abafado. Mas ela queria ficar ali, porque precisava entender o que estava acontecendo.

"Estou no meu mundo. Eu sou eu. Eu sou a Agata, a Agata do Ben, viúva." Pensando nisso, começou a se beliscar. "Será que estou sonhando de novo?"

— Olá.

Agata ouviu aquela voz vinda de trás. Aquela voz.

"Estou ouvindo coisas", e continuou se beliscando, com os braços apoiados no parapeito. Piscando os olhos com força.

— Tudo bem, senhorita?

Agata virou-se devagar. Um homem lindo, com um invejável bronzeado, braços torneados, cabelos levemente cacheados e castanhos claros, balançando com a brisa noturna do mar, estava diante dela. Ele abriu um sorriso. Aquele sorriso.

— Tudo... bem... — conseguiu responder Agata, com os olhos arregalados e o corpo já ficando meio mole.

— O que faz aqui sozinha?

— Eu... estou admirando essa vista... — disse, e virando-se no-

As Autoras

Cris Herman & Bia Schauff

vamente para o mar, respirou fundo e conseguiu continuar. – Eu poderia olhar para essa paisagem pelo resto da vida.
– É mesmo? – perguntou ele, dando mais um passo para perto de Agata.
– Sim... – respondeu ela.
– Sabe, estou vendendo esta casa...
Agata estremeceu mais. Ficou com as pernas bambas e a respiração acelerada. O coração já estava na boca e as bochechas quentes. Ela olhava para o mar e para ele, para o mar e para ele. O homem estendeu uma das mãos diante dela, com delicadeza.
– Prazer, meu nome é Diego.